THE LYING GAME

JURO PELA MINHA VIDA

CB062813

THE LYING GAME

JURO PELA MINHA VIDA

DE

SARA SHEPARD

AUTORA DA SÉRIE BESTSELLER INTERNACIONAL

Tradução de
Joana Faro

Título original
A LYING GAME NOVEL
CROSS MY HEART, HOPE TO DIE

Copyright © 2013 *by* Alloy Entertainment e Sara Shepard

Todos os direitos reservados. Nenhuma parte desta obra
pode ser reproduzida, ou transmitida por qualquer forma ou
meio eletrônico ou mecânico, inclusive fotocópia, gravação ou sistema
de armazenagem e recuperação de informação, sem a permissão escrita do editor.

Edição brasileira publicada mediante acordo com a
Rights People, Londres.

Direitos para a língua portuguesa reservados
com exclusividade para o Brasil à
EDITORA ROCCO LTDA.
Av. Presidente Wilson, 231 – 8º andar
20030-021 – Centro – Rio de Janeiro – RJ
Tel.: (21) 3525-2000 – Fax: (21) 3525-2001
rocco@rocco.com.br | www.rocco.com.br

Printed in Brazil/Impresso no Brasil

preparação de originais
MARIANA MOURA

CIP-Brasil. Catalogação na Publicação
Sindicato Nacional dos Editores de Livros, RJ

S553j

Shepard, Sara, 1977-
  Juro pela minha vida / Sara Shepard. Tradução: Joana Faro. Primeira edição.
Rio de Janeiro: Rocco Jovens Leitores, 2016.
  (The Lying Game; 5)

  Tradução de: A lying game novel: Cross my heart, hope to die
  ISBN 978-85-7980-246-1

  1. Ficção infantojuvenil americana. I. Faro, Joana. II. Título. III. Série.

15-25925

CDD: 028.5
CDU: 087.5

O texto deste livro obedece às normas do
Acordo Ortográfico da Língua Portuguesa.

A traição é a única verdade que perdura.
— ARTHUR MILLER

PRÓLOGO
UM ROSTO FAMILIAR

Observei os dois adolescentes sentados juntos do lado de fora do Coffee Cat Café em uma manhã ensolarada de domingo. Eles se inclinavam um na direção do outro, com um tom de voz quase íntimo, os corpos próximos, mas sem se tocar. É provável que a maioria das pessoas achasse que eram um casal, um lindo casal. O garoto tinha maçãs do rosto altas e um corpo esbelto e atlético. A camisa polo com listras azuis e verdes destacava as manchas verdes nos olhos castanho-esverdeados. Ele era bonito como um astro de cinema. Mas talvez meu julgamento não fosse imparcial: afinal de contas, Thayer Vega *era* meu namorado.

Ou, pelo menos, era antes de eu morrer.

A garota a seu lado era exatamente igual a mim na época que eu tinha um corpo. Os olhos azuis intensos haviam sido maquiados com meu delineador acetinado cor de chocolate, e o cabelo castanho-claro descia pelas costas em ondas espessas do mesmo jeito que o meu fazia. Ela usava um suéter de caxemira cinza e uma calça jeans skinny escura do meu closet. Atendia pelo meu nome, e, quando uma lágrima desceu por sua bochecha, meu namorado se aproximou para abraçá-la. No mesmo instante, senti meu coração fantasmagórico se apertar.

Eu já deveria estar acostumada: viver a existência sem corpo de uma garota morta, flutuar como uma sacola plástica atrás de minha gêmea perdida, Emma, observá-la habitar minha vida, dormir no meu quarto e conversar com o namorado que eu nunca mais poderia beijar. Na noite em que Emma e eu íamos nos encontrar pela primeira vez, eu não apareci, porque fui assassinada. Meu assassino a obrigou a tomar meu lugar, ou haveria consequências. Há meses ela vive a minha vida, tentando solucionar o mistério da minha morte. Mas saber de tudo isso não tornava mais fácil testemunhar momentos como o que estava observando naquele momento.

Quando Thayer chegou a Tucson algumas semanas antes, voltando da reabilitação, Emma pensou que *ele* podia ser o assassino. Embora ele estivesse comigo naquela noite no Sabino Canyon, a investigação da minha irmã provou, para meu grande alívio, que sem sombra de dúvida ele não tinha me matado. Ela também inocentou meus pais adotivos, ainda que eles tivessem escondido um enorme segredo de mim: na verdade, eram meus *avós*. Nossa mãe biológica, Becky, era a filha problemática deles. Ela nos teve na adolescência, me deixou com os pais e levou Emma consigo ao sair da cidade, só para abandoná-la no sistema de adoção cinco anos depois.

Fiquei observando Thayer e Emma conversarem até o escapamento de um carro estourar alto. Emma ergueu a cabeça de repente, fixando os olhos em um Buick marrom no estacionamento diante do café. A mulher ao volante tinha aparência acabada, seu cabelo era uma massa preta embaraçada, e suas bochechas, fundas e pálidas. E mesmo assim senti que ela já tinha sido bonita.

Quando voltei os olhos para Emma, suas mãos tremiam. Seu copo tinha caído no piso do pátio, e a tampa havia voado, espirrando café morno em suas sapatilhas pretas. Mas ela nem piscou.

— Ah, meu Deus — sussurrou Emma.

E, de repente, compreendi: era Becky, nossa mãe biológica. Eu a reconheci pelas lembranças de Emma, embora ela estivesse ainda mais esfarrapada que da última vez que minha irmã a vira, treze anos antes. E ainda assim também parecia familiar para *mim*. Eu me perguntei se já tínhamos nos encontrado. Até então, só me lembrava de minha vida em flashes incoerentes, em geral precedidos por um desconcertante formigamento. Tive essa sensação naquele momento, mas, quando fechei os olhos, não vi nada. Descobri a existência de Becky na noite da minha morte, quando meu pai se encontrou com ela em segredo — e se eu também a conhecesse? Eu me concentrei no formigamento, tentando relembrar mais coisas daquela noite. Mas minha mente estava vazia e fiquei com uma sensação de medo e desgraça.

Na noite anterior, meu pai contou a Emma que Becky era problemática, talvez até perigosa. Enquanto observava o carro ir embora em meio a uma nuvem de fumaça de escapamento, foi inevitável me perguntar: será que era perturbada o bastante para matar a própria filha?

1

MÃE EM FUGA

Emma Paxton fixou os olhos na mulher do Buick. A princípio, tudo o que viu foi uma pessoa abatida, com rosto enrugado, bochechas fundas e lábios finos e rachados. Mas depois percebeu que sob a pele opaca e manchada a mulher tinha um familiar rosto em forma de coração. E se Emma estreitasse os olhos, imaginava seu cabelo quebradiço e crespo voltando a ser brilhante e preto como um corvo. E seus olhos... aqueles *olhos*. Um choque elétrico a atravessou. *Os olhos são nosso melhor traço, Emmy*, sua mãe sempre dizia quando estavam diante do espelho no apartamento precário que ocupavam em determinado mês. *São como duas safiras, valem mais do que qualquer dinheiro.*

Ela ofegou. Era...

— Ah, meu Deus — sussurrou ela.

— O que foi, Sutton? – perguntou Thayer.

Mas Emma mal o ouviu. Ela não via a mãe biológica havia treze anos, desde os cinco, quando Becky a abandonou na casa de uma amiga.

A mulher ergueu o rosto e seus olhos, duas safiras azuis, fixaram-se nos de Emma. Suas narinas se dilataram como as de um cavalo assustado, depois houve um estouro semelhante a um tiro e o carro acelerou em meio a uma grossa nuvem de fumaça de escapamento.

— Não! – gritou Emma, levantando-se às pressas. Ela pulou o parapeito de ferro fundido que cercava o pátio do café, arranhando a panturrilha. A dor percorreu sua perna, mas ela não parou.

— Sutton! O que está acontecendo? – perguntou Thayer, correndo atrás dela.

Ela disparou em direção ao Buick, que saía em alta velocidade do estacionamento e virava à esquerda para o bairro dos Mercer. Emma o seguiu pela rua, quase sem notar o trânsito que passava rápido por ela. Buzinas tocavam com raiva, e alguém chegou a enfiar a cabeça para fora da janela e gritar: "O que pensa que está fazendo?" Atrás dela, Emma ouvia a respiração ofegante e os passos irregulares de Thayer, que fazia o melhor possível para alcançá-la, apesar da perna machucada.

O Buick entrou na rua dos Mercer e acelerou. Emma se forçou a acelerar o passo, com os pulmões arfando. Mas o carro se afastava cada vez mais. Seus olhos se embaçaram de lágrimas. Ela estava prestes a perder Becky *de novo*.

Talvez seja melhor assim, pensei, ainda abalada por minha quase lembrança. Ou, pelo menos, por meu pressentimento. O que quer que estivesse acontecendo, eu tinha a sensação de que Becky não tinha voltado à cidade para uma feliz reunião de família.

De repente, os freios guincharam e o Buick cantou pneus até parar tão rápido que o cheiro de borracha queimada impregnou o ar. Um bando de crianças que jogava kickball na rua gritou, e um garoto ficou parado a centímetros da frente do carro, congelado de medo, com uma bola vermelho-vivo nos braços.

– Ei! – gritou Emma, correndo para o carro. Ela passou pelo gramado dos Donaldson, pulando o enfeite de jardim de Kokopelli e tirando um fino de um figo-da-índia. – Ei! – gritou outra vez, jogando-se na traseira do carro, usando o porta-malas para parar. Ela bateu com a mão no vidro traseiro. A fumaça do escapamento queimou seus joelhos.

– Espere! – gritou ela. Seus olhos encontraram os de Becky no espelho retrovisor. Sua mãe a encarou também. Seus lábios se entreabriram.

Por uma fração de segundo, pareceu que o tempo tinha parado enquanto Emma e a mãe se encaravam pelo espelho, isoladas do restante do mundo. O garoto correu para a calçada, agarrado à sua bola. Passarinhos tomavam banho na fonte de pedras dos Stotler. O murmúrio de um cortador de grama vibrava pelo ar. Será que Becky hesitava por achar que Emma era Sutton? Ou estava pensando em Emma, lembrando-se de todos os bons momentos que tinham passado juntas? Sentadas na cama, lendo capítulos de *Harry Potter*. Brincando de se fantasiar com as roupas que Becky comprava na cesta de um dólar do brechó. Fazendo uma tenda com cobertores durante uma tempestade. Durante cinco anos, tinham sido só as duas, mãe e filha contra o mundo.

Então Becky desviou o olhar. O motor rosnou mais uma vez, e o Buick disparou em meio a uma nuvem de poeira. Emma engoliu um soluço. Ela se virou e parou de repente. Um carro de polícia havia se aproximado em silêncio por trás.

O motorista abriu a janela, e Emma prendeu o fôlego. Era o oficial Quinlan.

— Senhorita Mercer — disse Quinlan em tom ácido, com os olhos escondidos por óculos estilo aviador. — O que está acontecendo aqui?

Emma se virou enquanto o Buick virava a esquina aos arrancos. Por um breve instante, ela esperou que Becky tivesse ido embora por causa da chegada da polícia, não porque queria fugir da filha.

— Era uma amiga sua? — perguntou Quinlan, também olhando para o carro.

— Ãhn, não. Achei que a tinha reconhecido, mas... me enganei — arrematou Emma sem jeito, desejando que qualquer outro policial estivesse patrulhando a rua.

Quinlan já sabia o bastante sobre ela, ao menos achava que sabia. Ele tinha uma pasta com dez centímetros de espessura sobre sua irmã gêmea, quase toda dedicada aos perigosos trotes que ela tinha aprontado com sua panelinha no chamado Jogo da Mentira. Como a vez que Sutton ligou para a polícia dizendo que um leão estava à espreita no campo de golfe, ou quando alegou ter ouvido um bebê chorando em uma caçamba de lixo, ou a noite na qual seu carro "morreu" nos trilhos, só para voltar a funcionar por milagre bem a tempo de escapar do trem que se aproximava.

Minhas amigas haviam ficado especialmente furiosas comigo por causa desse último. O trote de vingança delas foi tão tenebroso que até hoje detesto pensar nele. O vídeo, que mostrava um agressor sem rosto me estrangulando, vazou na internet. E foi esse vídeo que guiou Emma até mim.

Quinlan estreitou os olhos, desconfiado.

— Bom, se você a conhece, peça que dirija com um pouco mais de cuidado. Ela pode machucar alguém. — Ele lançou um olhar penetrante ao grupo de crianças que observava com interesse da calçada.

A irritação dominou Emma. Ela cruzou os braços.

— Você não tem nada melhor para fazer? — perguntou ela em tom atrevido. Sutton era ousada por natureza, e às vezes era libertador canalizar a postura da irmã.

Finalmente, Thayer a alcançou, ofegando.

— Boa tarde, oficial — disse ele em tom cauteloso.

— Sr. Vega. — Quinlan se irritou ao ver Thayer. Não confiava muito mais nele do que em Sutton. Thayer colocou a mão de forma protetora no braço de Emma.

Eu estremeci. Sabia que Thayer estava tentando apoiá-la, mas mesmo assim fiquei com ciúmes. Eu não era o tipo de garota que compartilhava, nem com minha própria irmã. Muito menos meu namorado.

Enfim, Quinlan balançou a cabeça devagar.

— Vejo vocês dois por aí — disse ele, saindo com o carro.

Thayer passou as mãos pelo cabelo.

— Déjà-vu. Pelo menos ninguém me atropelou desta vez.

Emma soltou uma risada fraca. Na noite do assassinato da irmã, Sutton e Thayer estavam juntos no Sabino Canyon. Ele tinha fugido do centro de reabilitação e voltado a Tucson para visitar Sutton, mas o que começou com uma romântica caminhada ao luar logo azedou. Primeiro, eles viram o sr. Mercer conversando com uma mulher que presumiram ser sua amante. Depois alguém roubou o carro de Sutton e o jogou contra eles, quebrando a perna de Thayer. A irmã de Sutton, Laurel, buscou Thayer e o levou ao hospital, deixando Sutton para trás no cânion. Então ela se encontrou com o sr. Mercer, seu pai adotivo, que lhe contou a verdade sobre a mulher com quem estava: seu nome era Becky, ela era filha do sr. Mercer e mãe biológica de Sutton.

No entanto, Emma desconhecia os acontecimentos posteriores. Só sabia que Sutton não tinha sobrevivido. Estava juntando as peças daquela noite no cânion desde que havia chegado a Tucson. Cada pista a levava um pouco mais para perto da verdade, mas mesmo assim ela se sentia longe de resolver o mistério. Ela descobriu que Sutton, furiosa com a traição do sr. Mercer, tinha voltado correndo para o cânion, mas para onde fora? Como tinha morrido?

Emma olhou para baixo e viu um fio de sangue escorrer do arranhão em sua perna até a sandália.

— Aqui — disse Thayer, acompanhando seu olhar. Ele tirou uma bandana azul do bolso e se ajoelhou aos pés dela, estancando a ferida. — Não se preocupe, está limpa. Eu sempre tenho essa bandana à mão para oferecer a garotas bonitas em apuros — acrescentou com um sorriso.

Quando o sangue da minha irmã gêmea escureceu o pedaço de pano desbotado, uma lembrança apareceu diante de mim. Vi Thayer, com as sobrancelhas franzidas, entregando-me a mesma bandana para enxugar as lágrimas. Não consegui lembrar por que estava chorando, mas lembrei que escondi o rosto entre as dobras macias do tecido, sentindo o cheiro quente e doce do corpo de Thayer nele.

— Quem você disse que era? — perguntou Thayer, amarrando a bandana com força ao redor do tornozelo de Emma para cobrir o machucado.

Emma tentou encontrar uma explicação, mais uma mentira. Mas olhou para o garoto que amava sua irmã, com os olhos esverdeados cordiais e preocupados, e tudo o que disse foi:

— Minha mãe biológica.

Thayer tomou um choque.

— Sério?

— Sério.

— Como sabia que era ela? Achei que vocês nunca tinham se visto.

— Ela me deixou uma foto — disse Emma, pensando no bilhete que Becky havia deixado na lanchonete Horseshoe.

Durante alguns dias terríveis, Emma pensou que o sr. Mercer tinha matado Sutton para impedir que ela revelasse seu caso. Sabendo que Sutton tinha visto o sr. Mercer com uma mulher no cânion, Emma vasculhou o consultório dele e descobriu que ele dava dinheiro em segredo a uma mulher chamada Raven. Ela marcou um encontro com Raven em um hotel, mas a mulher misteriosa a fez entrar em uma caça ao tesouro que terminou com um bilhete na lanchonete. Raven deixou para trás uma carta e uma foto sua, só que quem a encarava era o rosto de Becky. Raven/Becky havia desaparecido, mas o sr. Mercer explicou tudo.

Na verdade, esse tinha sido o motivo para Emma pedir a Thayer que a encontrasse para tomar um café. Ela queria contar que o sr. Mercer não fora quem o atropelou no Sabino Canyon na noite da minha morte, e que a mulher que Thayer tinha visto com o sr. Mercer era na verdade a mãe biológica dela.

— Era ela, Thayer. Eu sei que era — protestou Emma.

— Acredito em você — disse ele em voz baixa.

Atrás de Thayer, a porta de uma garagem chacoalhou ao abrir, e os dois se afastaram para um Lexus recém-encerado entrar de ré na rua. Eles ficaram ali por um instante, sem dizer nada.

— Você vai ficar bem? — perguntou Thayer, enfim.

Emma sentiu o maxilar tremer.

— Ela parecia... doente, não é?

— Ela só podia estar doente se não quis falar com você. — Thayer estendeu a mão e apertou o braço dela, depois se afastou com cuidado, como se temesse ter sido íntimo demais. Ele fez um gesto constrangido com a cabeça na direção do café. — Acho melhor eu ir para casa. Mas, Sutton... — Ele hesitou outra vez. — Se quiser conversar sobre esse assunto, estou aqui. Você sabe disso, não é?

Emma assentiu, ainda perdida em pensamentos. Quando ela percebeu que ainda estava com a bandana enrolada no tornozelo, ele já estava a três quarteirões de distância.

Eu o observei se afastar. Talvez ele e Emma estivessem certos. Talvez Becky agisse de forma estranha porque estava doente. Mas eu não conseguia me livrar da sensação de que já tinha visto seu rosto, enquanto estava viva, antes de virar a sombra silenciosa de Emma.

Eu me perguntei se foi o último rosto que vi.

2
O BOM, O MAU E O SEXY

Mais tarde, Emma estacionou o Volvo vintage de Sutton em frente ao estúdio de cinema Old Tucson. Diante dela havia um antiquado saloon de faroeste caindo aos pedaços, com direito a portas de madeira vaivém e um fedor fortíssimo de bebida alcoólica. Ao lado ficavam um banco com buracos de bala na parede, um poste para amarrar cavalos e até uma casa que devia ser um bordel, a julgar pelas mulheres com maquiagem exagerada se abanando na varanda. Nos anos 1950 e 1960, o estúdio fora um set de verdade para filmes de faroeste, mas tinha virado um parque de diversões, uma Disneylândia do Velho Oeste cheia de turistas. Ethan Landry, namorado de Emma e única pessoa que conhecia sua verdadeira identidade, tinha sugerido que fossem até ali em vez de às quadras de tênis públicas, seu ponto de encontro habitual.

— Como vai, dona? — Um homem com calça de vaqueiro e esporas inclinou seu chapéu Stetson para ela. Emma acenou com indiferença, pois não estava no clima do Velho Oeste. *Queria* estar. Seria reconfortante andar com confiança pela rua, de arma no quadril, enfim no comando de seu destino depois de passar tanto tempo se sentindo indefesa.

O estúdio também despertou algo em mim. Tive a certeza de que estive ali em uma excursão da escola e ri da falsidade de tudo aquilo com Char e Mads. Nós nos separamos do tour e entramos no saloon pelo alpendre nos fundos. Mesmo lembrando apenas vagamente o quanto eu me divertia com elas, fiquei cheia de saudade.

Após perambular por alguns minutos sem ver Ethan, Emma se deixou cair em um dos bancos virados para a Tucson Mountain Park e pegou o exemplar de *Jane Eyre* que estava lendo para a aula de inglês. Ela tinha aberto o livro na metade quando de repente ouviu o cascalho estalar atrás de si.

Ethan estava passando pelo armazém, estreitando os olhos sob o sol da tarde. Os joelhos dela enfraqueceram um pouco ao ver os ombros largos, as pernas musculosas e os olhos azul-escuros penetrantes. Ele usava uma bermuda cargo camuflada e um moletom preto, e o cabelo escuro tinha uma aparência desgrenhada fofa que fazia Emma querer passar os dedos por ele. Ao pôr do sol, sua sombra se estendeu em direção a ela enquanto o rapaz se aproximava.

— Mãos ao alto, companheiro! — disse ela, levantando-se de repente e apontando os dedos para ele como se fossem duas pistolas.

De olhos arregalados em um terror fingido, Ethan ergueu as mãos, depois sacou depressa uma arma imaginária de dentro de um casaco imaginário.

– Bang! – disse ele.

Ela apertou o peito e cambaleou para trás, caindo de joelhos. Depois, apesar de todo o drama que tinha acontecido naquele dia, começou a rir. Aquela era uma das coisas de que mais gostava em Ethan: podia ser ela mesma com ele, a Emma Paxton abobalhada de Las Vegas, Nevada. A garota que escrevia um jornal secreto sobre a própria vida, que fazia listas detalhadas com respostas impertinentes que deveria ter dado a pessoas que foram grosseiras com ela, a garota que não sabia distinguir Marc Jacobs de Michael Kors antes de tomar o lugar de Sutton. Ethan não a julgava por nada disso, só gostava dela do jeito que era. Ninguém nunca a tinha aceitado sem ressalvas. Mesmo quando era Emma, todos faziam presunções imediatas porque ela estava no sistema de adoção.

Ethan se aproximou com as pernas arqueadas, como um caubói, puxou-a para si e seus lábios se tocaram em um beijo rápido. Emma achou que seu corpo ia derreter.

Quando se afastaram, ela olhou em volta.

– Eu nunca tinha vindo a um set de filmagens.

Ethan se virou.

– Toda hora esqueço que você não cresceu aqui. A escola fazia excursões ao estúdio o tempo todo. – Ethan pegou as mãos dela e juntos saíram pela rua empoeirada. Ele apontou para o saloon, onde um homem de rosto vermelho e barba limpava um bar cheio de garrafas de uísque. – Construíram aquilo ali para *Onde começa o inferno*. E filmaram um monte de episódios de *Gunsmoke* e *Bonanza* aqui nos anos 1960.

— Uma das placas lá na frente diz que *Os pioneiros* foi filmado aqui — disse Emma. — Eu amava aquele programa.

Ethan se surpreendeu.

— Não imaginei que você fosse o tipo que gostava desse seriado.

Emma deu de ombros.

— Eu assistia a reprises depois da escola. Acho que gostava porque, mesmo pobre, a família também era amorosa e feliz. A mãe e o pai faziam tudo pelas crianças.

Ethan a olhou de soslaio.

— E o que acha dos Mercer? *Eles* são uma família tão boa quanto aquela?

Emma assentiu devagar, sabendo que Ethan se referia a sua recente descoberta de que os Mercer eram sua família, de verdade. Ainda era inacreditável o sr. e a sra. Mercer serem seus avós, e Laurel, sua tia. Ela se sentia grata por tê-los encontrado enfim, mas de certa forma isso tinha complicado ainda mais as coisas. Os Mercer não sabiam que tinham *duas* netas. Nem sabiam que a neta que haviam criado como filha estava morta. O que fariam se descobrissem? O que diriam se descobrissem que Emma vinha personificando Sutton, que sabia da morte de Sutton durante todo aquele tempo?

Eu também pensava muito nisso. Queria que meus pais aceitassem Emma. De verdade. Queria poder ajudar a explicar tudo a eles. Mas às vezes mentiras são dolorosas, sobretudo uma mentira tão grande quanto essa.

— Então. — Ethan pegou a mão de Emma, conduzindo-a até um banco em frente a uma igreja. Essa parte do parque estava abandonada. — Por que quis me encontrar?

Emma respirou fundo.

— Eu vi minha mãe mais cedo — admitiu ela, mordendo o canto do lábio. — Minha mãe verdadeira. Becky.

Ele ergueu as sobrancelhas.

— Onde?

— Ela passou por mim de carro. Tentei correr atrás dela, mas ela acelerou. Acho que não queria conversar.

Ethan virou Emma para si.

— Você está bem?

Ela deu de ombros, forçando um sorriso.

— Não é a *mim* que ela está evitando, certo? É com Sutton que não quer falar.

Ethan coçou o queixo. Ele abriu a boca como se fosse dizer alguma coisa, depois a fechou.

— O que foi? — perguntou Emma.

Ele balançou a cabeça.

— Nada.

Emma inclinou a cabeça para o lado.

— Fale.

Ele respirou fundo.

— Bem, você disse que a Becky era meio... *maluca*, não é?

Emma assentiu devagar. Havia contado a Ethan que a mãe era imprevisível quando ela era pequena. Às vezes, Becky a levava ao parque ou a deixava comer sorvete no café, almoço e jantar. Outras vezes, ficava na cama com as cortinas fechadas, chorando no travesseiro. Um verão antes de abandonar Emma, Becky prendeu o papelão das caixas de cereal nas janelas, certa de que alguém as observava à noite. Emma ainda estremecia ao ver a logo do Captain Crunch.

Ethan raspou a borda de um de seus All Star Chuck Taylor contra a do outro.

— Está com a carta que ela deixou para você na lanchonete?

Sem dizer nada, Emma pegou a carteira de Sutton na bolsa mensageiro da Madewell que estava no ombro e desdobrou o bilhete, estremecendo mais uma vez ao ver a caligrafia de Becky, que continuava familiar depois de todos aqueles anos. Não dizia muito, apenas *Queria que as coisas tivessem sido diferentes naquela noite no cânion* e alguns conselhos vagos, pedindo a Sutton que não cometesse os mesmos erros que ela. Emma gostaria que dissesse mais.

Eu também. Era o primeiro bilhete que minha mãe me escrevia. Eu queria que dissesse quanto me amava, quanto se arrependia de ter me abandonado.

Emma o entregou a Ethan, que o analisou com muita atenção. Por fim, ele ergueu o rosto e devolveu o bilhete.

— Percebeu que não se dirige a Sutton? — Ele o virou. — Nem na frente. Nem na saudação. Em lugar *nenhum*.

— E daí? — perguntou Emma.

— E se tiver sido escrito para *você*? E se ela souber que você não é Sutton?

O corpo de Emma se contraiu.

— A única pessoa que sabe disso é o assassino.

A expressão de Ethan não se alterou. Emma balançou a cabeça.

— Becky é instável, mas não é uma assassina. Fazia caças ao tesouro para mim no conjunto habitacional onde morávamos. Ela me ajudou a pintar murais coloridos nas paredes do meu quarto. É minha *mãe*.

Entretanto, enquanto as palavras se despejavam da boca de Emma, um tipo diferente de mulher lhe vinha à mente. A Becky maníaca. A Becky louca. Ela pegou *Jane Eyre* e olhou a capa. Era a mesma edição de quando o leu pela primeira vez, em Nevada, aos doze anos. A capa mostrava o rosto distorcido da louca sra. Rochester escondida no sótão: os olhos fechados com força, o rosto pálido, a boca aberta em um grito. A imagem era um arquétipo da doença mental. Emma lembrou que costumava olhar aquele rosto e tremer de medo, mas também havia outra coisa, algo que não conseguia explicar. Naquele momento ela compreendeu: era reconhecimento. O rosto de Bertha Mason lhe lembrava sua mãe.

Ela fechou os olhos, afastando as lembranças. A mãe havia passado por muito estresse. Isso não a tornava uma assassina. Que motivo ela teria para matar Sutton?

Eu esperava que Emma tivesse razão. Sonhava conhecer minha mãe biológica desde pequena. Pensar que ela poderia desejar minha morte me causava uma dor profunda e vazia. Mais uma vez, tentei me agarrar às esquivas lembranças. *Tinha* conhecido Becky? Algo acontecera entre nós? Mas, para meu desespero, ela continuava fora de alcance.

— Esqueça que falei disso — disse Ethan às pressas. Ele apertou Emma com força contra o peito. Ela se deixou ficar ali, atordoada. — Emma, desculpe. Eu não quis assustar você. Não sei nada sobre sua mãe. Foi uma ideia idiota.

Ela escondeu o rosto no moletom, ouvindo as batidas do coração dele enquanto o pôr do sol resplandecia rosa-shoking sobre as montanhas. Até aquele momento, ela não quis admitir para si mesma, mas Becky parecia mesmo louca ao passar pelo café. De repente, Emma ficou feliz por Thayer estar a seu lado, e não Ethan. Se Ethan a tivesse visto, ela não poderia negar a possibilidade de Becky ser perigosa.

— Posso perguntar uma coisa? – disse ele, brincando suavemente com seu cabelo.

— Qualquer coisa.

— Acha que vai poder ficar aqui? Quer dizer, depois que o caso da Sutton for solucionado?

Emma fez uma pausa. Era algo com que fantasiava desde o primeiro momento em que descobriu que tinha uma irmã gêmea. Ela nunca havia se encaixado em lugar nenhum. Nem seus melhores e mais bem-intencionados pais temporários a faziam sentir parte de uma família. Ali tinha a família amorosa com a qual sempre sonhara... mas será que tudo isso mudaria quando eles descobrissem quantas mentiras ela havia contado?

— Quando tudo terminar, espero que entendam por que agi assim – disse ela em voz baixa. – Detestaria deixá-los.

— Eu tenho pensado... – O tom de Ethan era quase tímido. – Nós dois temos dezoito anos. Depois de terminarmos a escola, somos livres para fazer o que quisermos. Então, se por alguma razão você não puder mais ficar com os Mercer, podíamos... quer dizer, talvez pudéssemos achar um lugar para morar.

Ela tomou um susto. Suas bochechas ficaram escarlate até no escuro. Por um momento, achou que não tinha entendido.

— Juntos – acrescentou ele. – Como um plano B, digo. Não quero forçar nada. Mas minha mãe não sentiria minha falta. – Uma expressão triste cruzou seu rosto, depois ele voltou a encará-la. – E, Emma, eu não aguentaria se você fosse embora. Se a perdesse.

Emma deu um sorriso acanhado. Ela não sabia se estava pronta para morar com alguém, mas o fato de Ethan pensar no futuro deles juntos causou um ardor em seu coração. Ela traçou o contorno de sua bochecha com o dedo, depois se aproximou e pressionou seus lábios contra os dele.

O mundo cintilou por trás de suas pálpebras fechadas. Ela entrelaçou os dedos no cabelo grosso de Ethan e o puxou mais para perto. A respiração dele fez sua pele formigar de excitação. Emma nunca tinha percebido quanto queria ser tocada por alguém que realmente gostasse dela. Nunca tinha percebido quão pouco fora tocada. Uma vez que Ethan estava em sua vida, às vezes ela sentia que a única coisa que a mantinha sã era a promessa do próximo beijo.

Eu conhecia essa sensação. Thayer tinha esse efeito sobre mim.

O mato farfalhou atrás da escada da igreja. Emma ergueu o rosto.

– O que foi isso?

Ethan virou a cabeça.

– O que foi o quê?

Emma fixou os olhos na fachada da igreja, depois atravessou a rua seca para olhar do outro lado. Nada. O deserto se estendia, vazio, com exceção de alguns cactos aqui e ali. Se alguém estivesse espionando, tinha escapulido.

Ethan colocou o braço ao redor dos ombros dela e estreitou os olhos para o pôr do sol. Mas Emma já não achava a imagem bonita. Em algum lugar, um assassino observava cada passo seu. Em algum lugar, o corpo de sua irmã continuava oculto, e a morte dela não fora lamentada.

Ela se voltou para Ethan.

– Estou exausta. É melhor irmos para casa descansar para o grande jogo de flagbol de amanhã. – Ela estendeu a mão e pegou a dele. – Você ainda vai, não é?

— Eu não perderia por nada — prometeu Ethan.

A areia estalou sob os pés deles quando atravessaram a parte movimentada da cidade, onde turistas compravam lenços e chapéus Stetson.

O Volvo de Sutton estava na extremidade do estacionamento, mas Emma viu o bilhete dobrado sob o limpador de para-brisas na mesma hora. Seu coração se apertou no peito. Ela correu para pegar o bilhete e o arrancou do vidro. Os músculos do rosto de Ethan ficaram tensos enquanto ela o abria.

— Ah, meu Deus — ofegou Emma, olhando em volta para o deserto vazio.

A mensagem tinha sido escrita na mesma caligrafia familiar que a havia saudado em sua primeira manhã em Tucson, o mesmo garrancho que havia anunciado que sua irmã estava morta e que ela tinha que cooperar ou seria a próxima.

Você deveria me agradecer. Antes de vir para cá, você não tinha nada. Agora tem tudo o que quer. Não vacile. A Sutton também achava que podia ter tudo o que queria.

Pela primeira vez, Emma e eu pensamos exatamente a mesma coisa: aqueles passos perto da igreja tinham sido reais. Meu assassino ainda estava observando cada movimento de Emma.

3

O ROSTO QUE MOVEU MIL PUNHOS

— Essas camisas são *tão* toscas — reclamou Laurel, puxando a gola de sua camiseta de algodão azul. — Por que não podiam ter comprado camisetas da American Apparel em vez dessas camisas grossas da Hanes?

Era uma linda manhã de domingo, e Emma, as amigas de Sutton e a família Mercer estavam reunidas no Saguaro National Park para o Festival Anual de Pais e Alunos do Hollier High; pelo menos era assim que o banner sobre suas cabeças chamava. Uma faixa de grama artificialmente verde se alastrava diante deles, e várias famílias preparavam hambúrgueres nas churrasqueiras públicas e enchiam pratos com salada de batatas e fatias de melancia. Crianças pequenas pulavam nas linhas recém-pintadas do campo de futebol americano, brincando de estátua. O sr. Mercer jogou uma bola de futebol oficial da Universidade do Arizona no ar, parecendo animado para o jogo de flagbol que estava prestes a começar.

Emma riu, enfiando a própria camiseta vermelha no short de malha da Adidas de Sutton.

— É um evento beneficente. Com certeza as camisetas foram doadas.

Charlotte Chamberlain revirou os olhos.

— Minha mãe faz um monte de eventos beneficentes. Todo mundo sabe que para ganhar dinheiro de verdade é preciso gastar dinheiro de verdade. Ano passado ela rifou um casaco vintage da Chanel e arrecadou três vezes mais do que valia.

— Qual era a instituição de caridade? — perguntou Madeline Vega, outra amiga de Sutton, que era alta e esbelta ao lado da silhueta baixa e curvilínea de Charlotte.

Charlotte deu de ombros, prendendo os cachos avermelhados em um rabo de cavalo.

— Isso importa?

As garotas se viraram ao ouvir movimento e risadinhas atrás delas. As Gêmeas do Twitter, Gabriella e Lilianna Fiorello, deram uma voltinha. Elas estavam com roupas curtas de animadoras de torcida, Lili de preto e vermelho, com gigantescos alfinetes de segurança prendendo a saia, e Gabby de azul-celeste e branco, com o cabelo louro em um rabo de cavalo alto. Ambas seguravam pompons cintilantes e faziam uma barulheira ao sacudi-los.

— Ah, meu Deus, que roupas são *essas*? — disse Madeline, com uma risadinha maliciosa.

— É *irônico*, dã — gorjeou Gabby, erguendo o pompom bem alto.

Emma sorriu para todas. Aquelas eram as amigas de Sutton, mas ela tinha começado a considerá-las suas amigas também. Fora Alex, sua melhor amiga de Henderson, ela nunca tinha sido íntima de nenhuma garota, muito menos de um grupo inteiro. Era uma sensação agradável, mesmo que não pudesse conversar com elas sobre seus verdadeiros problemas.

Eu também não sabia se conversava com minhas amigas sobre meus problemas sérios. Nós nos adorávamos com uma lealdade feroz, mas não tínhamos muito jeito para dizer isso. Acho que estávamos tão concentradas em manter nossa imagem fabulosa que nos esquecíamos de que ela nem sempre era real.

Emma prendeu o cabelo em um coque e fez alguns agachamentos para se alongar. Suas pernas ainda estavam doloridas por causa da perseguição ao carro de Becky, mas ela tinha ficado muito mais forte depois de começar a fingir ser Sutton, pois tinha treino de tênis quase todos os dias.

– Ah, meu Deus, Sutton, você vai mesmo *jogar* este ano? – perguntou Madeline, incrédula.

– Achei que devia experimentar algo novo – respondeu Emma em tom despreocupado.

Embora Sutton não gostasse muito de futebol americano, Emma estava animada para o jogo. A coisa mais próxima que ela já teve de um passeio em família no sistema de adoção foi uma ida ao centro de reciclagem para entregar latas de refrigerante. Ela amava o fato de os Mercer terem tradições anuais como aquela. Além disso, era exatamente o tipo de distração de que precisava depois do pânico de receber mais um bilhete do assassino de Sutton.

– Mas você sempre reclama que odeia marcas de grama e que dancinha de comemoração de gol do papai a faz morrer de vergonha – disse Laurel com cautela.

Emma deu uma cotovelada em Laurel, sorrindo.

– Está com medo de tomar uma surra, irmãzinha?

– Vá sonhando – retrucou Laurel, rindo. – Vem para cima, vem!

Emma examinou o campo. Além das amigas de Sutton, vários outros adolescentes do Hollier se reuniam para jogar. Emma acenou para Nisha Banerjee, que tomava chá gelado sob uma tenda, e Nisha retribuiu com um aceno amistoso. Nisha e Sutton eram rivais, tanto dentro quanto fora das quadras, mas recentemente Emma havia construído uma amizade com ela. O ex-namorado de Sutton, Garrett Austin, também estava lá, dividindo um cachorro-quente com a irmã mais nova, uma aluna do segundo ano com óculos estilo Buddy Holly e cabelo roxo. Emma evitou o olhar dele; ela o tinha magoado quando ele lhe ofereceu seu corpo no aniversário dela.

Charlotte a pegou pelo cotovelo.

– Não olhe agora, mas você tem um admirador.

Emma olhou em volta, procurando Ethan, mas foram os olhos de Thayer que encontrou. Ele estava com um grupo de garotos do outro lado do campo. Os outros garotos socavam os braços uns dos outros e se empurravam, mas Thayer só olhava para Emma. Quando ela o encarou, ele deu um sorriso tímido e baixou os olhos.

Aquele olhar era para mim, repeti para mim mesma, mas saber disso não tornava mais fácil assistir.

– Lá vamos nós de novo – resmungou Madeline.

– O que foi? – Emma virou-se para as amigas. Todas a observavam com diferentes graus de ceticismo. Ela engoliu em seco, nervosa. Não era difícil adivinhar o que estavam pensando, que havia algo entre ela e Thayer. Desde que ele voltou a Tucson, as coisas entre Emma e as amigas de Sutton andavam meio tensas. Charlotte detestava ter a impressão de que Sutton sempre conquistava todos os garotos, o que Sutton não tinha ajudado muito a desmentir ao roubar Garrett dela meses antes. Madeline não achava que Sutton fazia bem a Thayer, que estava se recuperando do alcoolismo. E quanto a Laurel, ela e Thayer eram melhores amigos havia muito tempo. Ela sempre foi apaixonada por ele, então, quando Sutton decidiu ficar com ele foi ainda mais humilhante. Emma nem imaginava o quanto Laurel havia ficado chateada ao descobrir que Thayer se encontrava em segredo com a irmã durante todo o tempo em que supostamente estava desaparecido.

– Gente, não é nada disso! – disse Emma, esperando evitar o que era claramente um assunto delicado. – Thayer e eu somos só amigos.

– Ah, é? – Charlotte olhou para o outro lado do campo, onde Thayer continuava encarando Emma. – Ele está olhando para você de um jeito bem amistoso.

Emma sentiu o rosto ficar quente. Evitar garotos era uma experiência nova para ela, que nunca tinha ficado em uma escola tempo bastante para criar uma conexão com um possível namorado. Ela se abaixou para reatar os cadarços, tentando ignorar o olhar acusador de Charlotte.

Quando se levantou, notou outra figura familiar do outro lado do campo, e seu coração se alegrou. Ela acenou para Ethan, mas ele não pareceu vê-la. Então ela percebeu sua expressão. Ele estava observando Thayer com os olhos em brasa. Emma se retraiu. Sabia que ele tinha ciúmes de Thayer, mas nunca o tinha visto com uma expressão tão maligna.

— Ethan! — gritou ela, mas a multidão se deslocou e ele sumiu de vista.

— Então, qual dos dois você vai levar à minha festa no próximo sábado? — perguntou Charlotte, com um sorrisinho malicioso.

— Você vai dar uma festa? Desde quando? — interrompeu Madeline, mexendo na gola da camiseta, que tinha cortado em formato de canoa.

— Desde uma hora atrás, mais ou menos — disse Charlotte em tom recatado. — Acabei de descobrir que meus pais vão passar esse fim de semana em Las Vegas. Não podemos deixar uma oportunidade como essa passar, não é?

— Legal — sussurrou Gabby, pegando seu iPhone e começando a digitar. Lili a imitou. Em vinte segundos, a escola inteira já sabia, graças a seus feeds do Twitter.

— Bem, vou levar Ethan, claro — disse Emma.

Ela o olhou do outro lado do campo de novo, esperando ter apenas imaginado o olhar aterrorizante que lançara a Thayer. Uma manchete surgiu em sua cabeça, um velho hábito dos dias em que sonhava ser jornalista investigativa: *Boato Sobre Triângulo Amoroso Separa Casal Adolescente; Detalhes na Página 11.*

O árbitro tocou o apito, avisando aos jogadores para se reunirem no meio do campo. Emma, Madeline e Charlotte estavam com o sr. Mercer no time vermelho. Ethan juntou-se a eles, dando um beijo na bochecha de Emma. Laurel e a sra. Mercer ficaram do outro lado de azul, junto com Nisha e Thayer.

— Vocês vão rodar! — gritou Laurel para Emma do outro lado do campo.

Emma revirou os olhos de brincadeira. Pouco tempo antes, uma ameaça como aquela vinda de Laurel a teria assustado, mas o relacionamento entre elas estava melhor. E Laurel *definitivamente* não era a assassina de Sutton.

— Tudo bem, gente — disse o sr. Mercer, enfiando uma fita amarela na cintura e chamando o grupo para se reunir. — Madeline, Charlotte, vocês nos flanqueiam e mantêm os azuis afastados. Quando a bola for lançada, Sutton, você corre para o ataque o mais rápido que puder. Vou passar a bola para você quando a barra estiver limpa. — Ele apertou seu braço. — Estou feliz que esteja jogando este ano.

Emma não tirava o sorriso do rosto. Desde que descobriu que o sr. Mercer era seu avô, sentia-se mais próxima dele, não só como Sutton, mas como ela mesma. Mas depois a culpa habitual a invadia outra vez. Ele desconhecia seu segredo, e, por mais que quisesse contar, ela não podia. Pensava no relicário apertando sua garganta na casa de Charlotte, no refletor que caiu perigosamente perto de sua cabeça, em todas as vezes que o assassino quis impedir que ela contasse a alguém. Não suportava pensar no avô se ferindo. E, se ele soubesse a verdade, sua vida também correria perigo.

O árbitro tocou o apito de novo. Emma viu a bola ser lançada para trás e saiu em disparada, ziguezagueando com rapidez entre camisas de algodão azul. As vozes agudas das Gêmeas do Twitter cantavam da lateral do campo:

— Temos beleza, temos poder, o outro time pode ir se...

— Sutton! — gritou o sr. Mercer, abafando o restante do grito da torcida.

Nisha estava na frente dele, tentando arrancar a fita de seu cinto, mas ele deu alguns passos para trás e arremessou a bola.

O corpo de Emma se contraiu enquanto a bola percorria o ar. Caiu bem em seus braços, e ela saiu correndo em direção ao gol.

— Aonde pensa que vai?

Com o canto do olho, ela viu a sra. Mercer andar em sua direção. Sua avó tinha uma agilidade surpreendente, flexível por causa da ioga vigorosa que praticava três vezes por semana. Emma a contornou e acelerou o passo. Laurel se juntou à perseguição, e ela e a sra. Mercer ladearam Emma quando ela chispou pelo campo.

O cabelo de Emma se soltou do coque e ondulou atrás dela. Sua velocidade me puxou, mas não senti o vento no cabelo nem meus pés empurrando a terra. Eu me perguntei quantas vezes tinha ido a essa competição só para ficar na lateral do campo com minhas amigas, reclamando do calor. Talvez devesse ter jogado uma vez só para experimentar.

O gol surgiu a distância, tão perto que era quase palpável. De repente, dois braços envolveram sua cintura. Ela caiu no chão, deixando a bola rolar para longe. Quando se virou, o rosto de Thayer pairava sobre o dela.

— Peguei você — disse ele com delicadeza, no mesmo tom de voz suave que usava para dizer *Eu amo você*.

O tempo parou por um instante. Emma sentiu o cheiro doce da grama, viu as leves sardas nas bochechas dele. O rosto estava tão próximo que ela achou que podiam se beijar.

Eu teria dado qualquer coisa para sentir o que Emma estava sentindo.

Então Thayer gritou quando alguém o levantou por trás. Emma olhou em volta, confusa, e viu Ethan colocar Thayer de pé com um empurrão.

— Isto aqui é *flagbol*, não futebol americano — disse Ethan, furioso. — Assim você vai acabar machucando alguém.

Thayer empurrou Ethan.

— Se encostar em mim de novo, cara, eu vou acabar com *você*.

— Ah, é, vai me derrubar como fez com a minha namorada?

Ethan o empurrou outra vez, desta vez com um pouco mais de força. Thayer deu alguns passos para trás. Um sorriso perigoso se abriu em seu rosto.

— Vou adorar quebrar sua cara — rosnou ele. E atacou. Logo os dois eram um emaranhado de membros e terra se debatendo no chão.

— Parem com isso! — gritou Emma, tentando se levantar.

Havia sangue na bochecha de Ethan. A gola da camisa de Thayer estava rasgada. O apito do árbitro cortava o ar inutilmente. Os espectadores estavam de pé com as mãos na boca. As pessoas correram para eles, inclusive o sr. Mercer.

— Parem com isso, garotos! — gritou ele.

Mas pouco antes de chegar à briga ele tropeçou em um torrão de terra e caiu de cara na grama, rolando alguns metros antes de parar. Um gemido baixo de dor escapou de sua boca. Ethan e Thayer pararam de brigar e olharam para ele.

— Pai! — gritou Laurel, abaixando-se a seu lado. Emma e a sra. Mercer estavam bem atrás dela.

O sr. Mercer soltou outro gemido. Suas panturrilhas estavam em carne viva, e sangue escorria para a grama. Ele segurava o joelho esquerdo, que já estava duas vezes maior que o tamanho normal.

— Nossa — sussurrou Thayer, limpando o próprio sangue do nariz, que ia ficando roxo.

A sra. Mercer olhou para a multidão inerte, com o rosto pálido.

— Alguém pode me ajudar a levá-lo para o carro? — perguntou com firmeza.

Thayer e Ethan correram para perto do sr. Mercer. Juntos, levantaram-no com dificuldade, o conduziram pelo campo e o colocaram dentro do SUV da família. O sr. Mercer gemeu durante todo o caminho. Emma os seguiu com o coração batendo forte. Ela mal sentiu a mão de Madeline em seu ombro nem ouviu as promessas de Charlotte de que ele ia ficar bem. Ela e Laurel se sentaram no banco de trás, e a sra. Mercer ligou o carro. Ninguém falou quando saíram da vaga.

Emma se virou e olhou para o estacionamento. Ethan e Thayer estavam a vários metros de distância um do outro, com expressões constrangidas. Os braços de Ethan estavam cruzados. Thayer esfregava a nuca sem jeito.

— Ainda acha que eles não brigaram por sua causa? — murmurou Laurel.

Emma não respondeu. Ela não queria ser disputada como uma donzela medieval. Talvez eles tivessem aprendido a lição, já que o sr. Mercer havia se machucado.

Não conte com isso, pensei, lembrando-me de que Thayer quase beijou minha irmã gêmea ao atacá-la. Ele só ia parar de lutar por mim se descobrisse a verdade, que eu estava morta e Emma era apenas minha substituta.

4
O CARMA É IMPLACÁVEL, E EU TAMBÉM

A notícia da briga entre os dois namorados de Sutton tinha se espalhado por toda a escola na segunda-feira. Emma teve que evitar as constantes perguntas sobre a confusão, e os detalhes ficavam mais exagerados conforme o dia passava. Ethan quase asfixiou Thayer. A perna de Thayer havia se curado milagrosamente, e ele deu um chute mortal na virilha de Ethan. Thayer ia contratar um matador de aluguel de seu passado obscuro para dar um fim em Ethan. Ethan levava uma arma para a escola.

Emma tentou ignorar as histórias, mas elas a perseguiram até no treino de tênis daquela tarde. Quando se juntou ao restante da equipe na quadra, as garotas perguntaram sem parar, como se ela tivesse literalmente participado da briga.

— Eu soube que Ethan e Thayer vão brigar de novo na sexta — disse com avidez Clara Hewlitt, uma aluna do segundo ano.

— Isso é tão Clint Eastwood da parte deles — brincou Emma.

Estava inquieta. Não falou muito com Ethan depois da briga, fora algumas mensagens de texto, gritando com ele por ser tão impulsivo. Ethan se desculpou, assim como Thayer. Mas Emma não gostava muito que os dois estivessem brigando por ela.

O ar do final do outono era quente e seco, e o céu acima das montanhas estava azul-turquesa. Dava para ver a lua mesmo à tarde, um disco pálido no céu sem nuvens. As quadras estavam cheias de garotas se aquecendo, ajeitando rabos de cavalo e fofocando, provavelmente sobre a briga.

Laurel cutucou Emma.

— Olhe a garota nova — comentou ela, rindo, por sorte mudando de assunto.

Emma olhou a garota magra de traços delicados parada a alguns metros de distância. Seu longo cabelo louro estava penteado para trás em várias trancinhas. Ela usava uma dúzia de brincos nos lóbulos das orelhas, e anéis prateados em forma de ankhs, espirais Wicca e cruzes celtas em todos os dedos. Enquanto as outras garotas da equipe realizavam os atléticos agachamentos e exercícios, a garota se equilibrava em uma só perna em uma espécie de postura de ioga, com as mãos na altura do peito como se estivesse rezando. Distraída, ela cantarolava para si mesma enquanto erguia os braços, equilibrando-se com perfeição. Emma reconheceu a música "Free Man in Paris", de Joni Mitchell, que Ursula, uma de suas antigas mães temporárias, tocava sem parar.

Charlotte desdenhou.

— O que ela está fazendo? Balanceando os chacras?

Laurel riu, e os olhos da garota se abriram de repente. Ela as olhou como se através de uma densa névoa e mal conseguisse enxergá-las.

— Fique quieta, Charlotte, você está perturbando as forças cósmicas — implicou Laurel, dando um tapinha de leve no braço da amiga.

Emma deslocou o peso de um pé para outro, corroída por uma pontada de culpa. Já tinha sido a garota nova vezes suficientes na vida para saber o quanto podia ser difícil. Endireitou a coluna e atravessou a quadra em direção à adolescente.

Quase toda a equipe parou o que estava fazendo. Nisha fez uma pausa no meio de uma flexão para seguir Emma com os olhos. Clara, que ensinava algumas jogadoras de classificação mais baixa a segurar a raquete para fazer um backhand, deixou-a cair e encarou abertamente.

Não era a primeira vez que Emma ficava perplexa com o poder da popularidade. Quando Sutton Mercer falava, as pessoas ouviam. Às vezes, essa influência deixava Emma desconfortável. Ela nunca teve esse tipo de prestígio na própria vida e foi vítima da crueldade das pessoas populares algumas vezes. Mas aproveitava a oportunidade de usar seu papel de Sutton Mercer para fazer o bem.

— Oi — disse ela, estendendo a mão para a garota nova. — Meu nome é Sutton.

A garota não saiu da postura de ioga. Após um instante, Emma foi forçada a baixar a mão, constrangida. Só então a garota voltou graciosamente o corpo, abriu os olhos e deu um grande sorriso para Emma.

— Desculpe... eu gosto de ver quando tempo consigo me equilibrar em vrksasana. Meu recorde é vinte minutos e trinta segundos. – Ela piscou com placidez. – Meu nome é Celeste. Você faz ioga?

Emma contraiu os lábios.

– Ãhn, não...

– Deveria – sugeriu Celeste, com um sorriso lânguido. – Não só aumenta o foco, como pode nos colocar em contato com o fluxo do universo. Passei a jogar tênis muito melhor depois que comecei. Quando aprendemos a nos mover com a raquete, é como se ela encontrasse o caminho para a bola.

– Que... legal – disse Emma.

Celeste pegou uma SmartWater em um banco e tomou um longo gole.

– Antes de vir para cá morávamos em Taos. O papai conseguiu um emprego no departamento de artes da universidade. Ele é pintor. Acabou de finalizar uma grande exposição em Berlim.

Emma se animou. Pelo menos isso era mais interessante. Ela amava arte, sobretudo fotografia. Ethan a tinha levado à abertura de uma exposição no mês anterior, e ela havia adorado.

– Que tipo de trabalho ele faz?

– Gosta de arte? – Um toque de ceticismo permeou a voz da garota. – Eu não teria imaginado. O trabalho do papai é muito conceitual. Em geral as pessoas não entendem, pelo menos não no *Arizona*. – Ela enrugou o nariz.

Emma franziu a testa.

– O Arizona não é tão ruim assim.

– Ah, é legal, acho – disse Celeste. – É que estou acostumada a Taos. Lá é muito lindo, e todas as pessoas são *brilhantes*. Todos vivem em harmonia com a terra. Tucson é bem... diferente.

— A universidade tem um ótimo departamento de artes. Tenho certeza de que seu pai vai ficar feliz lá. — Emma olhou em volta, procurando uma forma de fugir da conversa. Celeste era meio arrogante. Ela deu um passo para trás. — Enfim, foi bom...

Mas então Celeste inclinou a cabeça com curiosidade.

— Sabe, a treinadora Maggie me contou tudo a seu respeito, Sutton. Mas achei que você seria... *mais forte*. — Seus olhos percorreram o corpo de Emma de cima a baixo, claramente a examinando, e ela sorriu com desdém.

Emma cerrou os dentes.

— Os melhores perfumes vêm nos menores frascos — murmurou ela.

Por sorte, a treinadora Maggie escolheu esse exato momento para soprar o apito.

— Reúnam-se, meninas!

A equipe correu até Maggie, uma mulher baixa e musculosa, que usava um boné de beisebol sobre os cabelos louros-avermelhados. Quando Maggie colocou a mão no ombro de Celeste, ela baixou a cabeça como um monge budista.

— Então, gente, esta é nossa nova Lady Chaparelle, Celeste Echols — disse Maggie. — Ela acabou de se mudar para cá vinda do Novo México.

Laurel cutucou Emma.

— O que ela disse para você?

— Sabe quem ela é, não sabe? — sussurrou Clara ao lado delas, em um tom reverente. — A avó dela é Jeanette Echols.

— Quem é essa? — Laurel enrugou o nariz.

— A escritora? — perguntou Emma, antes de conseguir se conter.

Charlotte, Laurel e Nisha viraram-se para encará-la.

– Quando foi a última vez que *você* abriu um livro? – perguntou Charlotte, com a mão no quadril.

Emma fingiu tossir para disfarçar a gafe. Uma de suas mães temporárias gostava de Jeanette Echols, que escrevia grossos livros baratos sobre vampiros, bruxas e fadas sedentas por sangue. Um dia, quando estava entediada e não conseguiu carona até a biblioteca, Emma enfim cedeu e começou a ler a série inteira. Mas nem de longe era o tipo de coisa que Sutton leria.

– Por favor, façam-na se sentir em casa – continuou Maggie. Ela olhou para Emma. – Sutton, está pronta para uma partida amistosa?

– Já nasci pronta – disse Emma, andando até a quadra. Pela primeira vez, ela acreditava na própria bravata estilo Sutton. Celeste não podia ser tão ameaçadora.

Celeste prendeu a massa de tranças em um grande rabo de cavalo e abriu um sorriso plácido para Emma.

– Devo avisá-la de que Mercúrio está retrógrado e que sou muito sensível a isso. Sou virginiana.

– Tudo bem – disse Emma.

Ela trocou um olhar com Nisha, a única garota perto o bastante para entreouvir. Nisha fez um discreto gesto, circulando a orelha com o indicador. *Louca*, fez com os lábios, sem emitir som. Emma riu.

Maggie soprou o apito como um sinal para o jogo começar. Emma quicou a bola duas vezes no chão, foi até a linha de fundo e sacou com força por cima da rede. Celeste devolveu sem esforço, lançando na extremidade esquerda da quadra. A bola passou com tranquilidade pela raquete estendida de Emma.

— Zero a quinze — gritou Maggie, apontando para o lado de Celeste.

Emma cerrou os dentes, girando a raquete. Ela se agachou e tentou recuperar a concentração, mas a mesma coisa aconteceu no saque seguinte. Celeste devolveu a bola com um swing gracioso, encontrando um ponto da quadra que Emma não alcançou a tempo.

Emma!, rosnei, desejando poder cobrir meus olhos. Ela estava destruindo minha imagem de jogadora durona de tênis.

— Zero a trinta — gritou Maggie.

Até as garotas que deveriam estar envolvidas com os próprios amistosos pararam a fim de olhar. Tudo o que Emma podia fazer era dar de ombros e sacar de novo. Dessa vez ela rebateu o voleio de backhand de Celeste, mas foi uma bola alta. Celeste a devolveu para o lado de Emma com a facilidade de quem mata uma mosca.

— Bela tentativa — disse ela com a voz gotejando doçura. — Tenho certeza de que vai pegar a próxima.

Emma não acertou a seguinte nem a outra. Quarenta e cinco minutos depois, Celeste a tinha trucidado em cinco partidas consecutivas. Emma apoiou as mãos nas coxas, ofegando, enquanto a equipe observava confusa, sem se atrever a aplaudir *contra* Sutton. Só quando Maggie as encorajou algumas garotas começaram um aplauso desanimado. Laurel e Charlotte cruzaram os braços, decepcionadas. Nisha fez o mesmo. Emma foi até a lateral da quadra arrastando os pés de humilhação.

— Foi sensacional, Celeste! — gritou Maggie, batendo palmas altas para compensar a falta de outras.

Celeste sorriu, com um fino reflexo de transpiração brilhando na pele. Ela fez uma reverência com a cabeça para Emma.

– *Namastê*.

Depois foi para uma das quadras mais afastadas. Algumas garotas saíram às pressas atrás dela, e Emma as ouviu falar de signos e posturas de ioga.

Charlotte balançou a cabeça, perplexa.

– Quem ela pensa que é?

Emma tentou parecer altiva ao enxugar o suor do rosto e dos ombros, mas um alvoroço de ansiedade contorceu seu estômago. Ela tinha certeza de que a irmã gêmea teria acabado com aquela garota.

– Por hoje é só! – gritou Maggie minutos depois, conduzindo as garotas para o vestiário.

Emma nunca tinha ficado tão aliviada com o fim do treino. Vapor ondulava pelo ambiente de ladrilhos verdes, o som dos chuveiros chiava ao fundo. Esponjas coloridas pendiam de alguns dos armários, presas aos cadeados para secar enquanto não eram usadas.

Emma enganchou a cesta de produtos de higiene pessoal no braço, jogou uma toalha sobre o ombro e saiu do corredor de armários. Na parede do fundo havia um enorme mostruário que dizia MELHORES CHAPARELLES DO HOLLIER HIGH. Exibia as melhores jogadoras da equipe ao longo dos anos, desde garotas com cabelões e brincos imensos dos anos 1980 até a foto de Sutton do ano anterior, com cabelo escuro lustroso e liso e olhos brilhantes. Emma parou para olhá-lo por um instante, repentinamente triste. Alguém parou a seu lado e ofegou.

— Quem é aquela? – perguntou Celeste, com a voz baixa e trêmula. Ela apontou para a foto de Sutton.

Emma olhou para ela. Será que estava de brincadeira? Aquilo era algum tipo de jogo, uma extensão do comentário *você não parece muito forte*? A forma que ela tinha de dizer *sua foto não tem a menor chance de entrar nesse quadro este ano*? Mas os olhos de Celeste estavam arregalados e sinceros. Era como se ela olhasse para dentro de Emma e lutasse para entender o que via ali.

— Obviamente aquela é a Sutton. Quem mais poderia ser? – Nisha tinha se aproximado por trás para olhar por cima do ombro de Emma. Ela curvou o lábio.

Celeste balançou a cabeça, com uma ruga atormentada entre os olhos.

— Não é, não. A energia dessa foto não tem nada a ver com a sua, Sutton. Você é muito mais... doce. Como se tivesse levado uma vida dura e soubesse como é sofrer.

Ah, que ótimo. Desde a minha morte tive que ouvir várias vezes o quanto tinha sido escrota e ainda era obrigada a ouvir que minha *energia* também era má?

Emma evitou o olhar da outra garota. Fazia meses que ninguém além de Ethan via seu verdadeiro eu e, bem ou mal, ela havia se acostumado a se esconder atrás da personalidade de Sutton. Teve a desconfortável sensação de que alguém espiava por trás de seu disfarce, vendo como ela realmente se sentia e o que realmente pensava.

Ela lançou um frio sorrisinho de desdém a Celeste.

— Tá bom, então – disse ela, jogando o cabelo sobre o ombro. – Com licença, preciso tomar banho. – Ela passou pela garota, forçando-se a não a olhar de novo.

Cuidado, mana, pensei. Eu não acreditava em premonições nem em astrologia ou auras quando estava viva. Mas também não acreditava em fantasmas. Às vezes existem coisas no mundo que ultrapassam o que vemos a olho nu.

5

JANTAR CORRIDO DE PAI E FILHA

Noite de terça-feira, a maître do restaurante do country clube La Paloma correu até o pódio para receber Emma e seu avô. A sra. Mercer e Laurel tinham uma reunião de mãe e filha no serviço comunitário, por isso Emma e o sr. Mercer jantariam sozinhos naquela noite.

– Ah, sr. Mercer, seu joelho! – exclamou a maître.

O sr. Mercer estava apoiado em muletas, com o joelho escondido nas faixas e nos acolchoados de uma joelheira. Ele abriu um sorriso triste.

– Você deveria ter visto o outro cara – disse ele, estremecendo.

A maître riu alegremente e o chamou para acompanhá-la até o salão. Por sorte, não estava cheio, então o sr. Mercer contornou as mesas com facilidade. Um piano tilintava no canto, misturando-se às conversas em voz baixa e ao som dos talheres. Havia alguns homens de terno no bar, falando de golfe, enquanto mulheres com vestidos de grife e pérolas beliscavam saladas coloridas com molhos em potinhos ao lado dos pratos. As grandes janelas que iam do chão ao teto na parede oposta ofereciam uma vista panorâmica das montanhas Catalinas. Quando eles passaram por um grande espelho dourado, Emma analisou seus reflexos lado a lado. Herdara o nariz reto e o maxilar do sr. Mercer. Ela sorriu para o próprio reflexo e viu um sorriso igual no rosto dele. Uma vez que ela sabia, era muito óbvio que eram parentes.

— O que aconteceu? — gritou uma mulher de uma mesa próxima, olhando preocupada para as muletas do sr. Mercer. Ele se limitou a sorrir para ela e seguir em frente, mas não antes de Emma notar que *muitas* mulheres do salão apreciavam o sr. Mercer.

Eca, elas estavam paquerando meu pai? Claro, ele era bonito de um jeito grisalho, digno e elegante em seu paletó esportivo marrom-claro e sapatos de couro italiano. Mas estava ali com a filha, pelo amor de Deus. Bem, na verdade com a *neta*. Além *disso*, estava de muletas.

Emma ajudou o sr. Mercer a se sentar a uma grande mesa redonda no canto.

— Mil desculpas de novo pelo seu joelho — murmurou ela.

Ele deu de ombros.

— Não foi culpa sua.

— Meio que foi. Se não fosse por mim... — Emma se calou, ainda irritada com Thayer e Ethan.

Mas o sr. Mercer rejeitou seus protestos com um gesto.

— Não vamos mais falar disso, está bem?

Uma garçonete lhes entregou cardápios com capa de couro, e Emma começou a salivar só de ler as opções: ragu de Portobello com óleo de trufas, lagosta cozida na manteiga, lombo de porco temperado com alecrim, peixe-vermelho com crosta de pecã. Comer em bons restaurantes, e não no Jack in the Box, sem dúvida entrava na lista de *Coisas Que Não São Uma Droga Em Ser Sutton Mercer*.

Então Emma pensou no bilhete mais recente do assassino: VOCÊ DEVERIA ME AGRADECER, e sua fome diminuiu de repente. O custo da nova vida tornava difícil desfrutar as vantagens.

Quando a garçonete voltou, eles fizeram os pedidos: fettuccine alfredo para Emma, um filé mignon malpassado para o sr. Mercer. Então ele enfiou a mão no bolso do paletó, tirou o envelope de papel pardo dobrado e olhou-o nas mãos por um instante.

– Encontrei isto para você – disse, colocando-o na mesa entre os dois.

Emma o abriu e encontrou uma grossa pilha de fotos. Por cima havia uma fotografia brilhante de Becky com uns doze ou treze anos. Ela estava montada em um cavalo com um sorriso largo e um aparelho cintilando nos dentes. A seguinte era de Becky com uniforme de escoteira, apontando com orgulho para uma faixa com distintivo de honra ao mérito. Fantasiada de gata no Halloween. Na praia construindo um elaborado castelo de areia. Havia algumas de Becky mais velha, com dezesseis ou dezessete anos. Havia perdido todo o viço infantil e tinha uma beleza pálida e frágil. Ela já não sorria para a câmera. Emma parou em uma foto de sua mãe usando uma camisa de flanela xadrez grande demais em uma trilha de um cânion na Califórnia. Era difícil interpretar sua expressão. Triste, talvez, ou apenas distante.

Uma onda de tristeza também percorreu Emma. O que tinha acontecido com aquela garota sorridente montada a cavalo? Como havia se tornado a mulher perturbada que ela tinha visto no Buick?

Também achei difícil olhar aquelas fotos. Eu passei a vida inteira me perguntando quem era minha mãe biológica. Claro, imaginava alguém incrível: uma repórter internacional chamada para cobrir uma perigosa zona de guerra que não era lugar para crianças, ou uma modelo que trabalhava nas passarelas de Paris. Mas Becky era muito comum, sem graça. Problemática.

– Temos mais no sótão, se quiser vê-las – sugeriu o sr. Mercer.

– Eu gostaria – disse Emma, repassando as fotos mais uma vez. Ela parou em uma foto de Becky com treze ou catorze anos fingindo uma cara zangada em uma tenda, talvez em um acampamento. – Ela é linda.

A Becky que ela havia conhecido era bonita, com grandes olhos azuis e pele branca como leite. Mas tinha certa fragilidade, uma inquietação que mantinha a maioria das pessoas a distância, como se uma tristeza tangível se grudasse a ela. Emma se lembrava de estar em um parquinho certa vez quando um homem em uma camisa de time de basquete tentou paquerar a mãe. Becky o encarou em silêncio de dentro das profundezas de seu longo cabelo solto até ele se afastar, nervoso.

O sr. Mercer assentiu quando a garçonete serviu os aperitivos.

— É, sim. Ela se parece muito com a mãe. E você também, por sinal.

Emma percebia. Todas as gerações de mulheres Mercer tinham os mesmos olhos, as mesmas maçãs do rosto. Em uma das fotos, Becky estava sentada ao lado da mãe na extremidade de um deque. O sorriso da sra. Mercer parecia forçado, enquanto Becky limitava-se a encarar a câmera com um olhar vazio. Ela parecia ter mais ou menos a idade de Emma.

— Quando foi a última vez que a mamãe viu Becky? — perguntou ela, pegando o garfo para espetar um pedaço de alface da salada.

O sr. Mercer mergulhou um pedaço de lula no molho marinara, franzindo a testa.

— Não muito depois que ela deixou você conosco, Sutton. — Ele suspirou. — Becky tinha um talento para atingir a mãe exatamente onde mais doía.

Emma engoliu um crouton.

— Não deveríamos contar a ela que a Becky está na cidade? Faz muito tempo. Talvez as coisas tenham mudado.

O sr. Mercer balançou a cabeça.

— Sei que é difícil, mas precisamos guardar este segredo. As coisas não têm sido fáceis para nenhum de nós, mas sua mãe foi a mais afetada. Prometa que não vai contar.

— Prometo — garantiu Emma com suavidade. Ela hesitou, mordendo o lábio, depois seguiu em frente. — Acho que vi Becky outro dia. Ela passou por mim de carro, mas sei que era ela.

Para sua perplexidade, ele assentiu.

— Isso não me surpreende.

— Não? Está dizendo que ela já esteve por aqui, espionando?

A garçonete reapareceu nesse exato momento para perguntar se estava tudo bem.

– Ótimo – disse o sr. Mercer, com um discreto sorriso. Quando ela foi embora, ele se virou para Emma. – Ela voltou à cidade algumas vezes.

– Ela *claramente* me viu. – Emma sentiu a mágoa na superfície da pele como uma ferida de verdade. – Por que foi embora? Por que fingiu que eu não existia?

O sr. Mercer soltou um profundo suspiro.

– A vida da Becky nunca foi fácil.

– Claro que foi. – De repente, Emma sentiu raiva. Ela pegou a pilha de fotos e começou a passá-las. – Passeios a cavalo. Aulas de dança. Presentes de Natal. Férias de esqui, férias na praia, férias na Disney. Ela teve... – Emma engoliu em seco. Ela quase disse *mais do que eu jamais tive*. – Teve tudo o que qualquer pessoa poderia desejar. Não invente desculpas para ela.

Emma conseguiu evitar que sua voz se erguesse, que ecoasse pelo salão inteiro, mas oscilou perigosamente. Ela beliscou o antebraço sob a mesa para controlar as lágrimas. Os olhos do sr. Mercer estavam tristes por trás dos óculos, e por um instante ele pareceu mais velho e mais cansado do que Emma estava habituada.

Ele estendeu a mão por cima da mesa e pegou a dela.

– Sutton, acredite em mim, sei como você se sente. Sua mãe e eu nunca paramos de conversar sobre isso. Imaginamos o que mais poderíamos ter feito por ela, imaginamos se alguma parte de seu... de seu comportamento é culpa nossa. Mas algumas pessoas simplesmente enfrentam dificuldades no mundo, por mais privilégios que tenham, por mais que sejam amadas. Algum dia você vai entender isso. Nem todo mundo é forte como você.

Emma afastou sua mão da dele.

– Você fala como se ela fosse problemática. Como se fosse algum tipo de aberração.

Mais uma vez ele hesitou. Em seguida, voltou ao aperitivo e com delicadeza espetou outro pedaço de lula com o garfo.

– Ela não é uma aberração. Você não deveria falar assim sobre ninguém, muito menos sobre Becky. Mas, querida, ela tem muitos problemas. Dificuldade de socializar e conviver com outras pessoas. Essa é uma das razões para ter se mudado tantas vezes, para ser tão reservada. Ela pode ser imprevisível quando não está tomando remédios.

O sangue de Emma gelou. Becky tomava remédios? Havia quanto tempo?

– Como assim imprevisível? – perguntou ela.

O sr. Mercer se ajeitou na cadeira.

– Bem, às vezes ela passava dias a fio desanimada. Escondida no quarto, chorando sem motivo. Às vezes era destrutiva. Quebrava coisas por maldade. Abriu um buraco na parede com um soco só porque lhe pedimos para tirar a mesa.

– Ah – disse Emma em voz baixa. Ela pensou nos hábitos da mãe, coisas que sempre considerou mais estranhas ou irresponsáveis que perigosas. Como as vezes que passava uma semana com a mesma calça de pijama. Quando enchia os bolsos de doces roubados da loja da esquina ou usava um fósforo para atear fogo alegremente às contas da casa sem sequer abri-las.

O sr. Mercer pigarreou, constrangido.

– Mas, apesar de tudo isso, Becky também pode ser criativa, amorosa e maravilhosa. Do seu próprio jeito, ela ama você, sei que ama. Por isso a entregou para nós, porque sabia que podíamos cuidar melhor de você do que ela. Ela queria falar com você naquela noite no cânion, mas não estava pronta. Talvez a esteja observando desta vez na tentativa de reunir coragem para finalmente conversar com você.

Eu não tinha tanta certeza disso. Becky não parecia exatamente tímida ou nervosa, e sim pega no flagra. Ou irritada, talvez, por Emma estar correndo atrás dela.

Emma estava pensando a mesma coisa. E era inevitável se lembrar do que Ethan disse no estúdio, que Becky podia ter tido uma participação no desaparecimento de Sutton. Mais lembranças começaram a voltar como se tivessem sido liberadas de uma represa, todas aquelas que Emma costumava evitar. Como a noite em que Becky pegou o namorado, Joe, traindo-a. Ele era um cara tranquilo de cavanhaque que assistia a desenhos no sábado de manhã com Emma antes de Becky se arrastar da cama. Becky interceptou uma ligação de alguém chamada "Rainbow" no celular dele e surtou, revirando os olhos como uma louca enquanto andava pelo apartamento e gritava com Joe. Emma se escondeu embaixo da cama quando Becky pegou uma cadeira dobrável para bater na cabeça do namorado. Ainda se lembrava do terrível estalo do impacto. Ela se encolheu, abraçando seu Socktopus com todas as forças e rezando para tudo terminar logo.

Ela estremeceu. Queria ignorar as suspeitas de Ethan, mas talvez não soubesse do que sua mãe era capaz.

A garçonete reapareceu, dessa vez com as entradas. Enquanto Emma enrolava uma garfada de macarrão, o telefone do sr. Mercer tocou no bolso. Ele olhou a tela e franziu a testa.

— É do hospital — murmurou ele. — Desculpe, querida, preciso atender.

Apesar do barulho do salão cheio, Emma ouviu uma voz clara e calma do outro lado da linha.

— Dr. Mercer, aqui é do Hospital da Universidade do Arizona. Estamos com a sua filha. Estamos com Rebecca. Houve um incidente. O senhor poderia vir agora?

Quase antes que a mulher terminasse a frase, o sr. Mercer já tentava pegar as muletas. Emma derrubou a cadeira ao se levantar às pressas para ajudá-lo. Um único pensamento rodopiava sem parar em sua mente. *Aconteceu alguma coisa com Becky.*

Voei atrás dos dois quando saíram às pressas do clube, aguçando os ouvidos para escutar o que mais a enfermeira tinha a dizer e me preparando para o que quer que eles fossem descobrir naquela cama de hospital a apenas alguns quilômetros de distância.

6

O QUARTO ANDAR

O sr. Mercer encontrou uma vaga perto da entrada do Hospital e Centro Médico da Universidade do Arizona, e eles correram para o saguão do pronto-socorro. Uma lufada de ar-condicionado os recebeu.

— Estamos aqui para ver Rebecca Mercer, por favor — disse o sr. Mercer para a mulher da triagem.

Emma olhou em volta, enrugando o nariz por causa do cheiro antisséptico de hospital. Apenas uma semana antes, ela tinha estado ali para investigar o envolvimento do avô no desaparecimento de Sutton, invadindo o consultório dele na ala de ortopedia e revistando sua mesa. Foi assim que encontrou Becky, para começo de conversa.

O saguão do pronto-socorro era cheio de cadeiras de plástico laranja, mesinhas de centro dilapidadas e revistas velhas.

Um jovem estava sentado com uma toalha ensanguentada enrolada em um dos dedos, e uma mulher que devia ser a mãe dele falava rápido em espanhol a seu lado. Um homem com vários filhos pequenos estava sentado sob um pôster que ensinava a espirrar no cotovelo para não espalhar germes. A TV presa ao teto estava sintonizada em um canal de filmes clássicos. Emma reconheceu Jimmy Stewart e Kim Novak de *Um corpo que cai*, ao qual assistira em uma aula anos antes, em Henderson.

Aconteceu alguma coisa com Becky. Ela e o avô não tinham dito uma palavra durante o percurso até ali, ambos estavam apavorados demais com o que podiam encontrar quando chegassem, mas a imaginação de Emma tinha percorrido mil possibilidades terríveis. Ela imaginava as pernas de Becky esmagadas sob as rodas de um carro, Becky com uma doença misteriosa que ninguém conseguia curar, Becky com algum membro faltando ou ligada a aparelhos. Vinte minutos antes, ela estava zangada e frustrada com a mãe, mas naquele momento odiava a si mesma por sequer ter pensado aquilo. E se a perdesse de verdade?

Embora Becky ainda me deixasse inquieta, a mesma coisa me preocupava.

A mulher da triagem disse algo ao sr. Mercer em voz baixa, e Emma não ouviu. Ele assentiu, depois atravessou o saguão mancando em direção a um brilhante elevador cor de bronze. Com um *ping*, as portas se abriram, e ele entrou. Emma o seguiu.

— Aonde estamos indo? Achei que ela estivesse na emergência.

O sr. Mercer não respondeu. Ela viu o reflexo indistinto dos dois nas portas amassadas de metal, mas, ao contrário do espelho no restaurante, ali eles pareciam deformados e lúgubres. Uma versão instrumental de "Bad Romance" saía pelos alto-falantes. O elevador subiu arrastando-se centímetro a centímetro.

– Eles já foram ver como ela está? – perguntou outra vez Emma. – É grave?

O sr. Mercer se limitou a pressionar os lábios até se tornarem uma linha branca. Então o elevador tilintou e as portas se abriram. Letras douradas formavam o nome da ala na parede verde-sálvia diante deles: SERVIÇOS PSIQUIÁTRICOS E DE SAÚDE MENTAL.

Emma segurou o braço do avô e o forçou a olhar para ela.

– O que estamos fazendo aqui? Você precisa falar comigo.

O sr. Mercer ajustou as muletas sob os braços.

– Não sei muito mais que você, querida. A enfermeira que ligou falou que é grave. Becky teve algum tipo de... episódio.

– Algum tipo de episódio? – A voz de Emma ressoou aguda pelo corredor silencioso. – O que isso *significa*?

O avô abriu a boca para falar, mas, antes que tivesse a chance, uma enfermeira atarracada com um penteado grisalho rígido e bufante dobrou a quina do corredor para encontrá-los. Ela checou a prancheta.

– Dr. Mercer? – perguntou ela, com uma voz animada e eficiente.

O sr. Mercer deu um passo à frente.

– Sim, como ela está?

– Venha comigo.

Em silêncio, eles atravessaram com ela a sala de espera e um largo corredor verde. Os tamancos de sola de borracha da enfermeira não faziam barulho no linóleo, mas os saltos de Emma estalavam alto. Fora isso, a ala estava quieta. Nas paredes, em vez de prontuários médicos ou cartazes sobre prevenção de germes, havia tranquilas paisagens em tons pastel e o tipo de pôsteres motivacionais que se viam em salas de aula do ensino fundamental. Um deles era um gato cinza rajado pendurado em um galho de árvore com as palavras AGUENTE FIRME.

Uma estranha sensação se abateu sobre mim, como um zumbido profundo e vibrante. Quanto mais nos embrenhávamos ala adentro, mais forte se tornava.

Cuidado, sussurrei para minha irmã gêmea, desejando que ela pudesse me ouvir. *Algo está errado.*

Eles passaram pelo posto de enfermagem e Emma olhou sem interesse para um quadro de avisos que dizia VOLUNTÁRIO DO MÊS em letras cintilantes na parte superior. Mas, quando viu a foto pendurada da garota, parou de repente. Era Nisha Banerjee, com um sorriso quase tímido no uniforme de listrinhas vermelhas. Emma inclinou a cabeça para o lado. *Nisha* era voluntária ali? Ela se lembrava de que o pai de Nisha trabalhava com psiquiatria, mas um estágio na ala psiquiátrica parecia uma estranha atividade extracurricular.

Eu não seria voluntária ali nem em um milhão de anos, nem que isso me garantisse uma vaga na faculdade que eu quisesse.

Quando Emma ergueu o rosto, a enfermeira estava virando outra esquina do corredor com o sr. Mercer. Todas as portas da ala tinham uma janelinha perto da parte de cima para que os pacientes fossem vigiados quando a porta estivesse fechada. Ela estava assustada demais para espiar lá dentro, mas ouviu um homem cantando suavemente em uma língua que ela não reconhecia. Atrás de outra porta, uma mulher balbuciava algo que parecia:

— Você precisa encontrá-los no seu cabelo, é lá que gostam de se esconder... Eles espionam você, então você tem de arrancá-los pela raiz.

Emma correu para alcançar o pai e a enfermeira.

— Parece um surto psicótico — murmurava a enfermeira quando Emma chegou até eles.

Os três pararam diante de uma porta fechada igual às outras. Uma gravura barata das pilhas de feno de Monet decorava a parede oposta. Havia uma mancha de algo vermelho no piso de linóleo. Seria sangue?

O zumbido estava cada vez mais alto. A dor de todos daquele andar, sua ansiedade, sua mágoa e seu medo vibravam através de mim. Cada emoção tinha o próprio tom, como se dúzias de diapasões tocassem ao mesmo tempo. Mas um sentimento unia todos os pacientes daquele andar: estavam presos, encarcerados nos quartos e nas próprias mentes defeituosas. Eu entendia como se sentiam, mais do que queria admitir.

A enfermeira colocou a mão na maçaneta.

— Gostaria de vê-la?

— Sim — disse Emma com bravura, dando um passo à frente.

Os olhos do sr. Mercer entraram em foco, como se ele estivesse olhando para algum lugar distante e tivesse acabado de perceber que Emma estava ali. Ele colocou a mão na testa e respirou fundo.

— Não sei o que me passou pela cabeça. Eu deveria ter deixado você lá embaixo, na sala de espera. Não é assim que quero que conheça sua mãe.

Emma cruzou os braços.

— Não. Vou ficar.

Pareceu que o sr. Mercer queria dizer mais alguma coisa, mas ele assentiu.

— Está bem — disse à enfermeira.

Ela abriu a porta.

Uma mulher de bata hospitalar se debatia de um lado para outro na cama como se sua pele estivesse coberta de aranhas. O cabelo preto era um denso emaranhado ao redor da cabeça. O rosto estava fundo e magro demais, e a pele tinha uma palidez doentia. Ela usava uma pulseira de plástico hospitalar. Emma mal distinguiu o nome escrito em tinta preta grossa: Rebecca Mercer.

Mas essa não podia ser Becky. Não se parecia em nada com ela. Não parecia nem a mulher que ela vira no carro poucos dias antes. Essa mulher era louca, uma estranha. Lágrimas encheram os olhos de Emma. Ela colocou a mão na boca, engolindo um soluço.

A cabeça da mulher se virou. Ela fixou um olhar ardente em Emma e de repente se aquietou.

— Oi, Emma — disse ela.

Emma ficou de queixo caído. Ela deu um passo cambaleante para trás, com o sangue latejando nos ouvidos.

O quarto começou a girar a meu redor também. Em geral, era algum barulho ou imagem que disparava uma lembrança, um clarão de luz ou o som de um apito de trem me levava de volta aos últimos dias de minha vida. Mas dessa vez a mesma vibração trêmula que eu sentia desde que entrei na ala ficou cada vez mais alta até se transformar em uma dor impetuosa e violenta nos ouvidos. Eu sabia que som era aquele, era o som da loucura, e a da minha mãe era a mais alta de todas. A loucura me atacou como um bando de morcegos, atacando-me e me arrastando para baixo até que eu só via a escuridão do meu passado.

7

ESTRANHAS NA NOITE

O som do SUV do meu pai se desvanece a distância. Não, não meu pai. Meu avô. Meus punhos se fecham quando penso nisso, pressionando as unhas contra as palmas das mãos até sair sangue. Limpo as lágrimas e a sujeira do rosto e fico quieta até o som do motor desaparecer.

O que começou como um encontro com Thayer, o único garoto que já amei de verdade, acabou com ele sendo levado às pressas para o hospital no carro da minha irmã, deixando-me sozinha nas montanhas sabendo que minha vida inteira era uma mentira. Eu sempre soube que era adotada, mas até esta noite nunca soube que as pessoas que tinham me criado eram meus parentes.

A lua se esconde atrás de uma nuvem e o cânion fica ainda mais escuro. Minhas mãos começam a tremer e a adrenalina azeda em meu sangue. O que foi que eu fiz? Disse coisas horríveis para o homem que considerava meu pai, depois saí correndo. Estou com vontade de vomitar.

Diante do cânion, do outro lado da rua, fica um condomínio, onde todas as casas estão dispostas em um semicírculo de ruas. As luzes das varandas flutuam na escuridão como vagalumes. Vejo a casa de Nisha Banerjee, com a piscina cintilando no quintal, a rua cheia de carros. Se eu prender a respiração, consigo ouvir a batida do baixo no quintal. Era ali que eu deveria estar hoje, em uma festa do pijama da equipe de tênis. Talvez eu devesse ir. Pelo menos algumas das minhas amigas vão estar lá. Preciso ficar perto de rostos felizes, de gente que gosta de mim. A Nisha é um saco, mas é fácil ignorá-la.

Pego meu telefone enquanto atravesso a rua em direção a casa. Seis chamadas perdidas, todas da Mads. Talvez o pronto-socorro tenha ligado para ela por causa de Thayer. Tento retornar, mas cai direto no correio de voz. Desligo antes do bipe, sem confiar em mim mesma para falar com um gravador.

Estou quase na entrada da casa de Nisha quando um rangido na casa ao lado me sobressalta. É a casa de Ethan Landry, mas não vejo nem sinal dele, só um grande telescópio na varanda apontado para o céu. Cara esquisito. Qualquer outro o viraria para a casa de Nisha, esperando ver de relance uma briga de travesseiros bem sexy.

Minha mão está no portão do quintal de Nisha quando ouço o telefone tocando dentro da casa dela.

— Alô — atende a voz de Nisha. — Ah, oi, sr. Mercer — gorjeia ela. — Não, ele não está aqui agora. Quer deixar recado?

Troco o peso de um pé para outro. Por que meu pai ligaria para o sr. Banerjee? Os dois trabalham no mesmo hospital, mas até onde eu sei eles não interagem. Meu pai é da ortopedia, e o pai da Nisha, da psiquiatria. Talvez esteja ligando a fim de pedir que ele fique de olho para ver se eu apareço. Talvez esteja tentando organizar algum tipo de grupo de buscas paterno.

Alguém grita no quintal.

— Marco!

Ouço barulho de água e depois risadas. Eles parecem tão novos, suas vozes são tão agudas e inocentes que dão a impressão de que nunca tiveram de enfrentar nada triste ou real. De repente, toda a energia se esvai de mim de uma só vez, e uma dor persistente deixa meus membros pesados. Não posso entrar agora; não posso pintar um sorriso animado no rosto e fingir que está tudo bem.

Exausta, atravesso a rua de novo até o cânion e me deixo cair em um banco do parque, pensando em chamar um táxi. Nem imagino onde meu carro está depois que aquele maluco foi embora com ele. Talvez meu pai encubra isso para mim. Afinal de contas, foi basicamente culpa dele.

Pensar nas mentiras dos meus pais me deixa furiosa de novo. Por que me esconderam um segredo como esse? Seria tão difícil admitir que éramos parentes? Talvez tivessem vergonha de mim. Talvez só quisessem mostrar aos outros que meu jeito de ser não era culpa deles, que eu era uma semente ruim sei lá de onde, não um monstro que eles criaram. Lágrimas de ódio enchem meus olhos e as afasto rápido.

O estalo de um galho se quebrando atravessa a escuridão. Quando me viro, percebo que os grilos silenciaram. Observo a escuridão. Mas não vejo nada.

O que estou fazendo aqui, aliás? Há alguns anos, uma mulher foi atacada enquanto corria no cânion ao anoitecer. Estava treinando para uma maratona. As autoridades disseram que ela nem deve ter visto o leão da montanha. Os felinos se movem de forma tão furtiva que a maioria das pessoas nem sabe que está sendo perseguida até ser tarde demais. Depois que aconteceu, era impossível ligar a TV sem ver um alerta público às pessoas para fazer caminhadas em grupos de dois ou mais. Lembrem-se, quanto mais gente, mais segurança! Não caminhem sozinhos por Pima County.

Não fuja da sua carona quando estiver no deserto à meia--noite, *penso. Os pelos da minha nuca pinicam.*

Pode ser um animal selvagem. Ou o louco que roubou meu Volvo e atropelou Thayer. Ele pode ter voltado para fazer mais alguma coisa.

Prendo a respiração e escuto. Ao longe, sirenes da polícia tocam.

Então, ouço outra vez o mesmo som de antes: folhas farfalhando, estalando sob os pés. Eu me levanto devagar, com o coração na boca. Com cuidado, vou para a trilha que me levará de volta à entrada do parque.

É quando meus olhos captam movimento nas árvores. Algo corre em minha direção. Viro as costas e saio correndo pela trilha antes de ver o que é. Meu corpo está dolorido por causa de tudo o que aconteceu durante esta noite longa e horrível. Ouço meu perseguidor atrás de mim, atravessando os arbustos. Bato com a panturrilha em algo que não vejo e caio de quatro. Engatinho sem forças pela terra, tentando me levantar. Mas ouço o perseguidor se aproximar. Eu me viro de frente bem a tempo de ver alguém sair das sombras e entrar em meu campo de visão.

É uma mulher. Quando ela me vê, para e me encara, ofegando. Seu cabelo preto fica quase azul ao luar. O rosto é marcado e encovado, os olhos são buracos profundos no crânio. Ela usa um uniforme sujo de garçonete com um rasgão na bainha. Dá um passo em minha direção e eu me arrasto para trás, com as mãos ardendo por causa da terra. Quando me viro, percebo que recuei até a pedra do cânion. Não tenho para onde fugir.

– Espere – diz a mulher, estendendo uma das mãos para mim.

Quando ela se aproxima, vejo que seus olhos não são pretos como eu tinha pensado, mas de um intenso azul-piscina. E o rosto tem uma sinistra expressão predatória, como se ela soubesse que estou encurralada e isso a agradasse.

– Oi, Sutton. – Sua voz é suave e áspera, e casual como se já tivéssemos conversado mil vezes antes. – Sou sua mãe. Becky.

E então a lembrança desmorona sobre si mesma, e fico sem nada.

8

QUEM É VOCÊ?

Emma segurou o batente da porta do quarto do hospital com os olhos fixos nos de Becky, o som da voz da mãe dizendo seu nome ecoava sem parar em sua mente. *Emma. Emma. Emma.*

Becky a reconhecera. Com uma rápida olhada, ela tinha visto o que escapou aos amigos e à família de Sutton: que Emma não era Sutton. Emma queria acreditar que era porque Becky era sua mãe, a pessoa que melhor a conhecia. Só que Becky *não* a conhecia melhor; Becky não convivia com ela havia catorze anos. Mas isso só podia significar...

Nossos cérebros fizeram a mesma pergunta ao mesmo tempo: Becky sabia que Emma não podia ser Sutton porque tinha feito algo comigo?

Tentei arrancar mais um pedacinho da lembrança que tinha acabado de recuperar, ficar dentro dela só mais um pouco de tempo, mas nada me ocorreu. Tudo o que vi foi Becky saindo da escuridão e vindo até mim. Eu não sabia o que significava, só que sua expressão naquela noite no cânion me gelava até a alma. Mas que tipo de mulher mataria a própria filha?

– Emma – sussurrou Becky outra vez. Um dos dentes da frente estava lascado, emprestando a seu sorriso uma aparência de bruxa. Os braços tinham espasmos ao lado do corpo.

Emma recuou e balançou a cabeça, lembrando-se de que não era Emma, pelo menos não ali.

– N-Não – disse ela. – Não sou Emma.

O sr. Mercer pôs a mão no ombro de Emma.

– Querida, esta é a Sutton. Lembra? Eu mandei fotos para você. É sua filha.

– Sim, minha filha. – De repente, o estremecimento de Becky se transformou em uma convulsão. Seus pés chutaram os cobertores, atirando ao chão uma pequena bandeja de comida que estava ao lado da cama.

A enfermeira assentiu, e dois auxiliares de enfermagem enormes, do tamanho de gorilas, entraram no quarto. Pela primeira vez, Emma percebeu as amarras de couro manchadas presas às grades de proteção lateral da cama. Um auxiliar de enfermagem de rabo de cavalo baixo se debruçou sobre a cama e segurou Becky pelos ombros, enquanto o outro, cujo cabelo tinha um corte militar, apertou com agilidade as tiras de couro ao redor dos braços e das pernas de Becky. Os dois trabalharam eficiente e silenciosamente, como se Becky fosse um móvel que estivessem prendendo à caçamba de uma picape. Os olhos dela corriam de um lado para outro, e a boca se abria e se fechava como a de um peixe.

Emma engoliu em seco, cheia de pena e medo da mulher que a abandonara havia todos aqueles anos e que podia ter machucado sua irmã gêmea.

– Emma! – uivou Becky.

– Meu nome não é Emma – insistiu Emma com a voz alta e clara. – Eu sou a Sutton.

– Você é a Emma! – A voz de Becky ficava cada vez mais alta. Ela parecia estar quase suplicando. – Emma! Emma, Emma, Emma, Emma... – Grandes lágrimas desciam por suas bochechas.

O sr. Mercer se aproximou.

– Quem é Emma, Becky? Pode nos dizer?

Becky se limitou a balançar de um lado para outro, com violência, o rosto marcado de lágrimas. Seu corpo inteiro tremia e forçava as amarras.

Sua expressão vazia disparou uma das últimas lembranças que Emma tinha da mãe. Em sua formatura da pré-escola, que Becky tinha perdido, Emma ganhou um prêmio de civilidade por manter sua carteira mais limpa que a dos outros alunos. Depois, ela foi com as famílias dos coleguinhas comprar sorvete e tentou fingir que não ouviu os outros pais sussurrando "irresponsável" e "lelé". Ela pediu de menta com gotas de chocolate, o sabor preferido de Becky, para ajudar a fingir que a mãe estava ali. Mais tarde, quando entrou por conta própria no quarto delas de hotel de beira de estrada com a chave pendurada por um cordão com trava da Hello Kitty que tinha na mochila, Becky estava na cama olhando para o teto. Emma guardou a mochila e os sapatos no armário com cuidado. Deitou-se na cama ao lado da mãe e se aninhou a ela. Becky a olhou como se nunca a tivesse visto na vida.

— Qual das duas é você mesmo? — perguntou ela.

Emma sorriu. Conhecia essa brincadeira. Às vezes a mãe implicava com ela, fingindo que não sabia quem ela era.

— Eu sou a Emma! — disse ela tocando a própria testa. — Quem é você?

Nesse momento, Becky começou a chorar.

— Eu sou sua mãe — sussurrou ela, apertando Emma contra o peito.

Três dias depois, ela levou Emma para dormir na casa da amiga.

— Emma, Emma, Emma — chorava Becky.

Lágrimas corriam pelo rosto, deixando sulcos na sujeira das bochechas. Emma, a pequena Emma, queria dar um passo à frente com um Kleenex para limpar delicadamente o rosto da mãe. Mas no mundo real ela não conseguia se mover. Não queria chegar perto daquela mulher louca que se debatia em uma cama de hospital.

— Pronto, srta. Mercer — disse uma voz gentil com leve sotaque indiano.

Um homem de meia-idade de jaleco branco passou pela enfermeira com uma seringa na mão. Quando viu a agulha, Becky gemeu. Ela balançou a cabeça em desespero, fazendo o cabelo bater no rosto.

— Só vai doer por um segundo — disse o médico, enfiando a agulha com rapidez no braço dela.

Segundos depois, o corpo de Becky relaxou. Seus olhos perderam o foco e sua cabeça pendeu, voltando-se para a parede.

— Obrigado, dr. Banerjee — disse o sr. Mercer em tom cansado.

Emma ergueu o rosto para o médico, surpresa. Era o pai de Nisha, um homem baixo de rosto redondo, óculos grossos e expressão triste. Sua esposa tinha morrido havia pouco tempo. Toda vez que Emma o via, ele parecia muito perdido.

O dr. Banerjee conduziu o sr. Mercer e Emma para fora do quarto.

— Vamos até o corredor para ela descansar.

— Vai simplesmente deixar as amarras nela? – soltou Emma.

O dr. Banerjee a olhou com firmeza. As lentes ampliavam seus olhos vermelhos.

— São para protegê-la, Sutton. Prometo que vamos fazer de tudo para deixá-la confortável. Mas no momento ela é um perigo para si mesma e para os outros.

Eles o seguiram até o corredor. Sob a gravura de Monet, havia um banco baixo encostado à parede, e ele os convidou a se sentar com um gesto. O sr. Mercer afundou no banco com gratidão, mas Emma balançou a cabeça. O dr. Banerjee voltou-se para eles.

— Há muito tempo que eu não a via tão mal – disse ele, expirando com força. Ele tirou de baixo do braço uma grande pasta, abriu-a e folheou-a. A ficha médica de Becky, percebeu Emma. Ela lançou um olhar de questionamento ao sr. Mercer.

— O dr. Banerjee tratou Becky várias vezes ao longo dos anos, quando ela vinha para cá – explicou ele.

Ela assentiu devagar.

— Como ela veio parar aqui hoje? – perguntou ela ao dr. Banerjee.

— Foi presa – explicou o pai de Nisha.

O sr. Mercer esfregou o rosto, como se tentasse esquecer a informação. Por fim, olhou outra vez para o dr. Banerjee.

– Ela machucou alguém?

O outro homem se sentou diante dele e tirou da pasta o que Emma reconheceu como um boletim de ocorrência.

– Não, por sorte. Ela apontou uma faca para um homem no shopping do centro. Estava confusa, agitada. Vários vendedores relataram que ela passou pelas lojas fazendo perguntas bizarras. Mas a segurança do shopping conseguiu tomar a faca dela sem ninguém sair ferido.

Eu me lembrei da expressão sinistra da minha mãe no cânion na noite em que nos conhecemos. Se ela podia apontar uma faca para alguém, talvez pudesse fazer algo pior. Talvez *tivesse* feito.

– Quando foi a última vez que a viu? – perguntou o dr. Banerjee.

O sr. Mercer balançou a cabeça.

– Há uns dois meses. Ela saiu do hotel, por isso imaginei que tivesse deixado a cidade, como normalmente faz. Mas depois me ligou de um hotel de estrada na semana passada, então não sei por onde andou.

O dr. Banerjee limpou os óculos na manga do jaleco.

– Sinto muito por lhe dizer isto, mas ela parecia estar morando no carro. A polícia o encontrou no estacionamento. Ela parou de tomar os remédios outra vez. Não sei há quanto tempo, mas você sabe como ela fica mal.

O sr. Mercer e o dr. Banerjee continuaram a falar em voz baixa sobre o prognóstico e o potencial plano de tratamento de Becky, e o sr. Mercer perguntou se devia conversar com um advogado para o caso de alguém do shopping prestar queixa. Emma apenas entreouvia. Ela olhou outra vez para o quarto onde estava sua mãe, drogada e quieta. Depois seus olhos recaíram sobre a pasta no colo do dr. Banerjee, cheia de relatórios médicos e registros de prisão.

Emma imaginou seus dois mundos lado a lado, como imagens gêmeas em um estereoscópio. Becky era sua mãe triste e linda, amorosa, mas trágica? Ou era a maníaca que apontava facas, uma mulher tão louca que merecia ficar amarrada a uma cama? Seus punhos se fecharam. Ela não era mais a adorável e pequena Emma e não podia *se dar ao luxo* de ser a amarga adolescente Emma que começava a aceitar o repentino reaparecimento de sua mãe. Ela era uma pessoa completamente diferente. Era a Emma que vinha canalizando Sutton. Era uma garota dura e prática que precisava lutar para sobreviver, fazer perguntas difíceis e ouvir verdades que talvez não quisesses saber. Ela era a Emma que ia solucionar um assassinato e sabia que, para fazer isso, precisava descobrir o que havia naquela pasta.

Eu queria ver o que havia naquela pasta tanto quanto ela. Minha irmã só precisava encontrar um jeito de pegá-la.

9

MENTIRINHAS E ÁLIBIS

Passava da meia-noite quando o sr. Mercer estacionou o carro na entrada da garagem e desligou o motor. As luzes da cozinha estavam acesas, obviamente, a sra. Mercer tinha esperado acordada por eles, mas ele não fez menção de sair do carro. Ele e Emma ficaram sentados em silêncio, sem olhar um para o outro. Com o ar-condicionado desligado, o ar logo ficou pesado.

O sr. Mercer pegou a mão de Emma e a apertou.

– Não era assim que eu queria que você conhecesse sua mãe – disse ele.

– É – murmurou ela, olhando pela janela do carona. Dava para ver vagamente o buraco que o sr. Mercer tinha aberto no gramado antes do acidente. Ele planejava plantar algo ali, mas no escuro parecia um túmulo aberto.

— Sinto muito — continuou o sr. Mercer. — Deve ter sido difícil vê-la daquele jeito.

Emma não disse nada. Seu corpo estava dolorido e fraco. Ela sempre pensou que pudesse procurar a mãe um dia, rastreá-la com a ajuda de um detetive particular ou talvez sozinha, usando a própria habilidade de investigação. Em suas fantasias, às vezes repreendia Becky por tê-la abandonado. Em outras, corria até ela, jogava os braços em torno de seu pescoço e tudo era perdoado. Mas em seus devaneios nunca tinha imaginado algo assim.

Após uma longa pausa, o sr. Mercer voltou a falar.

— Vou visitá-la amanhã. Espero que a tenham estabilizado um pouco e que ela esteja mais coerente. Quer ir comigo?

Emma mordeu o lábio. Queria fazer perguntas a Becky, mas nada que pudesse perguntar diante do avô. E se Becky continuasse a chamá-la de Emma? Alguém podia tentar descobrir a quem Becky estava se referindo. Em seu estado confuso, Becky poderia dizer qualquer coisa, até que Sutton tinha uma irmã gêmea chamada Emma. E aí, o que aconteceria?

O sr. Mercer lhe lançou um olhar compreensivo e apertou sua mão.

— Você não precisa decidir agora. — Ele tirou o cinto de segurança. — É melhor entrarmos. A mamãe deve estar preocupada.

Emma piscou por causa da luz forte do vestíbulo. Do outro lado do corredor, viu Laurel sentada em um banco na ilha da cozinha, usando seu roupão atoalhado favorito. A sra. Mercer estava atrás dela, servindo chá em duas canecas em formato de abacaxi. Ela quase deixou a chaleira cair quando os viu.

— Onde vocês estavam? — pressionou ela. — Já passa da meia-noite. Por que não ligaram? Eu liguei mil vezes.

Com uma expressão envergonhada, o sr. Mercer tirou o telefone do bolso e passou o dedo pelas chamadas perdidas. Emma não precisou olhar o dela para saber que havia uma dúzia de chamadas da mãe na tela.

— Desculpe, querida — murmurou ele.

Laurel estreitou os olhos para Emma, lançando-lhe um olhar longo e investigativo. Apontou para algo na jaqueta de Emma.

— O que é isso?

Emma olhou para baixo. O crachá de visitante do hospital estava preso à lapela. Ela perdeu o fôlego. Estava tão cansada na volta para casa que não tinha se lembrado de tirá-lo. Tentou enfiá-lo no bolso, mas era tarde demais.

— Vocês foram ao hospital? — pressionou a sra. Mercer.

O sr. Mercer e Emma se entreolharam. Ele esperou um pouco demais antes de falar.

— Olhe, eu não queria preocupar você, mas estava sentindo muita dor no joelho. Fui lá pedir para darem uma olhada e ver se arrumava alguns remédios. Mil perdões por não ter ligado, querida. O sinal no hospital é horrível, e perdemos a noção do tempo.

O relógio sobre a mesa da cozinha tiquetaqueava alto. Drake, o dogue alemão da família, levantou-se de sua caminha, se sacudiu e depois voltou a se deitar. A sra. Mercer ficou parada de braços cruzados. Emma se perguntou se ela havia passado noites assim enquanto criava Becky: acordada até tarde, fazendo chá e nervosa demais para bebê-lo, esperando receber más notícias. Sentiu uma onda de culpa por preocupar a avó.

Enfim, a sra. Mercer suspirou e voltou-se para Emma.

— Bem, era sua noite de passear com Drake, Sutton. Está tarde demais para isso, mas o mínimo que você pode fazer é ir com ele para o quintal.

Emma assentiu.

— Venha, garoto.

O dogue alemão voltou a se levantar preguiçosamente. Emma abriu a porta de correr do quintal e seguiu-o noite adentro.

Enquanto ele farejava ao longo da cerca, Emma se deixou cair em uma cadeira de ferro fundido e olhou para as estrelas. Quando pequena, tinha o hábito de batizá-las com nomes significativos. Havia a Professora, uma estrela linda e cintilante que homenageava a sra. Rodehaver, sua adorada professora do terceiro ano. Havia a Brigona e a Pestinha, que ela nomeou por causa de colegas de turma especialmente desagradáveis, estrelas confinadas à borda do céu e apagadas pela luz e pela poluição. E também havia a Emma, a Mamãe e a Papai, três estrelas que cintilavam próximas umas das outras, mas não juntas. Ela tinha inventado histórias sobre por que viviam separadas: uma no Cinturão de Órion, outra só um pouco à esquerda do que Ethan dissera ser Vênus. Nas histórias de Emma, estavam separadas porque tinham que quebrar uma maldição, solucionar um enigma ou fazer uma peregrinação para se reunir. E sempre acabavam juntas no final.

Depois de ver sua mãe naquela noite, Emma não tinha mais tanta certeza de que sua história teria um final feliz.

— Então o que vocês estavam fazendo hoje? *De verdade?*

Emma deu um pulo e se virou, sentindo o cheiro de hidratante de tuberosa. Laurel estava atrás dela, e a luz da varanda formava um halo ao redor de sua cabeça louro-mel.

— O papai estava com o joelho bichado mesmo? — perguntou Laurel. — Ou ele estava acobertando você, como nos velhos tempos?

Emma estreitou os olhos, tentando avaliar Laurel na escuridão.

— Não tinha nada para acobertar — respondeu ela com voz clara e firme. — O joelho do papai está machucado, nós fomos ao hospital. Por que eu mentiria sobre algo assim?

Laurel alterou o peso de um pé para outro.

— Nossa, sei lá, Sutton. Não sei por que você mente sobre metade das coisas que mente. Você só, tipo, inventou todo um *jogo* sobre isso.

— Um jogo no qual você implorou para entrar, se bem me lembro.

— Tudo bem, tudo bem, touché. — Laurel apertou mais o roupão em torno dos ombros, depois se sentou na cadeira ao lado da de Emma. Uma leve brisa passou pelos sinos de vento pendurados no pátio. — Sabe que pode confiar em mim. Que segredos são esses?

À luz da varanda, Emma viu o rosto de Laurel, sério e esperançoso, e por um minuto considerou contar a ela sobre Becky. Talvez não toda a verdade, não sobre Becky chamando-a por seu verdadeiro nome, mas que mal faria contar a Laurel que conhecera sua mãe biológica? Depois de superar o choque inicial, Sutton também teria contado à irmã adotiva.

Mas se Becky *realmente* fosse responsável pela morte de Sutton, quanto menos Laurel soubesse, mais segura estaria. Emma olhou para o quintal, onde Drake contornava a fonte para pássaros.

— Tudo bem. Você me pegou — disse ela. — Estávamos ensaiando para o roller derby de pais e filhas. O apelido dele no roller derby é dr. Corta Onda, mas estou dividida entre Paris Hellton e Nicole Bitchy. O que você acha?

– Mentirosa! – Laurel lhe deu um soco no braço, mas estava rindo. A tensão se dissipou.

– Não sei se temos uma chance com a perna do papai enfaixada, mas vamos tentar. O céu é o limite, é o que sempre digo – continuou Emma com um sorriso.

Laurel pegou uma almofada no balanço da varanda e bateu em Emma, que se abaixou e gritou, pegando outra almofada em retaliação. Quando Drake chegou trotando no pátio para investigar, ambas estavam rindo e jogando almofadas uma na outra de lados opostos da cadeira.

– Meninas? – A silhueta da sra. Mercer apareceu na porta. – O que estão fazendo? Vocês vão acordar a vizinhança inteira. Drake, entre. Laurel, Sutton, vão dormir.

A porta se fechou com firmeza. Emma e Laurel se entreolharam, depois caíram em uma gargalhada silenciosa.

Observei minhas irmãs com uma pontada de tristeza, desejando estar entre elas. Fiquei impressionada com a capacidade de minha irmã gêmea de aplacar a frustração de Laurel. Eu nunca consegui fazer isso.

– Sutton – sussurrou Laurel, empurrando-a para olhar nos olhos dela. – Seja o que for que está acontecendo... só me diga se eu puder ajudar, ok?

Emma pensou em negar que estivesse acontecendo algo, mas mordeu o lábio.

– Ok – disse ela.

Então elas se levantaram e foram para a cozinha bem-iluminada enquanto eu, a silenciosa terceira irmã, fui ficando para trás sem ser vista.

10
CHÁ PARA DUAS

No dia seguinte, depois da aula, Emma faltou o tênis e voltou direto para casa de carro. A casa estava silenciosa quando ela chegou, o suave tique-taque do relógio carrilhão ecoava pelo vestíbulo. Quando seu telefone apitou, permeando o silêncio, ela se sobressaltou. Recebeu uma nova mensagem de texto de Ethan: NÃO VI VOCÊ NO TREINO DE TÊNIS. ESTÁ TUDO BEM?

SIM, SÓ ESTOU TENTANDO DESCANSAR UM POUCO, respondeu Emma. Ela não tinha dormido bem na noite anterior, atormentada por pesadelos de ser amarrada a uma cama de hospital.

COMO VOCÊ ESTÁ?

Os dedos de Emma ficaram parados no teclado. Naquela manhã, no corredor, ela contou rapidamente a Ethan sobre Becky, sem querer entrar em muitos detalhes porque não sabia quem podia estar escutando. Duvidava de que Sutton quisesse que a história de sua mãe louca caísse na boca de todos. Ethan lhe deu um enorme abraço.

— Sinto muito por você ter de lidar com isso — disse ele na ocasião, e ela se sentiu um pouquinho melhor, sabendo que ele estava a seu lado.

ESTOU BEM, escreveu ela enfim. MAS ESTOU COM SAUDADES DE VOCÊ. MAL POSSO ESPERAR PELO NOSSO PIQUENIQUE HOJE À NOITE.

NEM EU, respondeu ele. VEJO VOCÊ ÀS OITO?

Depois de escrever SIM, Emma fechou a porta suavemente. Drake chegou trotando no vestíbulo, abanando o longo rabo. Ela acariciou o pelo curto e macio em torno de suas orelhas.

— Oi, garoto — sussurrou ela.

Ele ergueu a cabeça para lamber o rosto dela. Quando ela começou a subir a escada para o quarto de Sutton, ele a seguiu, com as unhas estalando alto no piso de madeira.

Na escada havia várias fotos da família: imagens de férias que os Mercer tinham tirado ao longo dos anos na Disneylândia, em Paris, em Maui, misturadas a fotos de manhãs de Natal e cerimônias de prêmios escolares. Descontraída, Emma parou para endireitar a foto escolar de Sutton aos sete anos com marias-chiquinhas. Até naquela época seu sorriso era malicioso, como se ela soubesse que podia se safar de quase tudo.

Emma estava no meio da escada quando a sra. Mercer apareceu no corredor com uma cesta de roupa nos braços. Ela havia trocado o elegante terninho de trabalho que usava naquela manhã por um jeans escuro e um suéter de caxemira de mangas curtas. Quando viu Emma na escada, tomou um susto.

– Sutton! – exclamou ela. – O que está fazendo em casa?

Emma apoiou as mãos no corrimão.

– Estou com dor de cabeça, então faltei o tênis. – Não estava longe da verdade. O episódio com Becky a abalara profundamente.

Ao ver a testa franzida de preocupação da sra. Mercer, ela acrescentou:

– Estou bem. Tomei um analgésico e já estou me sentindo melhor. Só não quero ficar correndo em uma quadra de tênis quente. – Inclinou a cabeça. – O que *você* está fazendo em casa?

A sra. Mercer sorriu.

– Saí mais cedo do trabalho hoje. Tinha uma reunião que não consegui me obrigar a participar.

– Acho que nós duas estamos matando aula – brincou Emma.

A sra. Mercer transferiu a cesta de roupas para um dos braços.

– Por que não toma um chá comigo? Eu ia me sentar agora para beber uma xícara.

Na verdade, Emma tinha voltado para casa na tentativa de recuperar o foco. Se quisesse descobrir o que tinha acontecido com Sutton, precisava pensar de forma lógica. Estava ansiosa para ficar um pouco sozinha, relaxando no quarto de Sutton, mas não achou que pudesse recusar a oferta.

– Claro.

O sol se despejava através das janelas da cozinha, que iam do chão ao teto. Emma se apoiou à bancada da ilha da cozinha e observou a sra. Mercer medir as folhas secas de chá e colocá-las em um bule de flores roxas.

— Lembra que você brincava de chazinho quando era pequena? — perguntou a sra. Mercer, sorrindo. — Você descia com seus bichinhos de pelúcia e os sentava ao redor da mesa e fingia servir panquecas inglesas para eles.

— Panquecas inglesas? — Emma revirou os olhos ao imaginar Sutton fazendo isso. — Mentira.

— É verdade. Acho que você nem sabia o que eram panquecas inglesas, só tinha ouvido o nome em algum lugar e achava bonito.

Emma sorriu. Ela gostava de ouvir as lembranças doces da irmã.

Eu gostava que minha mãe tivesse *lembranças doces de mim.*

— Como está Ethan? — A sra. Mercer despejou água quente sobre as folhas. Vapor com aroma de lavanda saiu pelo bico do bule.

— Bem. — Emma não conseguia apagar o sorriso bobo do rosto. — Vamos fazer um piquenique hoje à noite.

A sra. Mercer ergueu uma das sobrancelhas.

— Que romântico.

Emma baixou a cabeça, sentindo um calor subir para as bochechas.

— Vamos olhar as estrelas... ele adora astronomia. Eu ia fazer cookies agora à tarde para levar conosco.

— *Você* vai fazer cookies? — A sra. Mercer a perscrutou. — Você não sabe nem ligar o forno.

— Ah, tenho certeza de que posso descobrir — disfarçou Emma.

Não ficou surpresa por Sutton não saber cozinhar, mas ela cozinhava desde o ensino fundamental, fazendo cookies de aveia com gotas de chocolate e biscoitos de manteiga de amendoim para tentar conquistar suas várias famílias temporárias. Preparar esse tipo de coisa a relaxava. Ela gostava de se sentar, ouvir suas músicas favoritas no iPod usado que comprara em um brechó de caridade e inalar os deliciosos aromas de açúcar e chocolate.

Eu só esperava que ela não lambesse a massa da colher. Sutton Mercer *não* tinha pneuzinhos.

– Bem, tenho certeza de que ele vai adorar, mesmo que estejam meio queimados – implicou a sra. Mercer.

– Nossa, obrigada, mãe – reclamou Emma de brincadeira.

Bastava falar de sua noite com Ethan para o coração de Emma acelerar. Parecia que seu encontro no estúdio cinematográfico tinha sido séculos antes, e ela mal podia esperar para sentir o hálito de Ethan em sua orelha e os lábios dele contra os seus. Ela sorriu ao pensar na enigmática mensagem de texto que ele tinha enviado naquela manhã: n 32° 12' 23.2554", w 110° 41' 18.3012" = <3? 20h? Após um instante de confusão, Emma digitou a longitude e a latitude no iPhone de Sutton. As coordenadas eram de um site do Saguaro National Park. *Me manda convites em forma de charadas* era outra coisa a acrescentar a sua lista de *Coisas Fofas que Ethan Faz*.

O bule assobiou, tirando Emma de seus pensamentos.

– Ele não se machucou muito na briga, não é? – perguntou a sra. Mercer.

Emma deu de ombros.

– Acho que ele está bem. Ficou com um olho roxo e está se achando o máximo.

A sra. Mercer suspirou.

— Ele não devia ter atacado o Thayer. Garotos nunca param para pensar, não é? As pessoas podem sair machucadas de brigas como aquela, e não só os envolvidos. — Ela olhou para Emma. — Como *você* está em relação a tudo isso, Sutton?

Emma puxou um pedacinho de fio solto em sua saia.

— Você não soube? Meu nome é Sutton Mercer. Adoro garotos brigando por mim.

A sra. Mercer cruzou os braços.

— Nunca vi você ficar tão pálida como na hora em que aqueles dois começaram a brigar.

A gratidão borbulhou no peito de Emma quando ela encarou a sra. Mercer. Ninguém mais estava disposto a acreditar que ela não estava gostando de enrolar dois meninos.

— Não sei o que fazer — admitiu ela. — Eu gosto do Ethan, e não existe mais nada entre mim e Thayer. Só não consigo convencer nenhum dos dois disso.

A sra. Mercer tomou um gole de chá.

— Sabe, Sutton, o problema não é você estar passando os sinais errados. É que vale muito a pena lutar por você. Não pode se culpar por isso.

Se eu pudesse ter colocado a cabeça no ombro da minha mãe adotiva naquele momento, teria colocado. Desde minha morte, Emma e eu nos esforçávamos ao máximo para tentar descobrir o que eu tinha feito para merecer ser assassinada. Parecia que eu tinha dado razões a tanta gente para querer acabar comigo, que o verdadeiro mistério era por que alguém não tinha feito isso antes. Ouvir algo bom sobre mim pelo menos uma vez era uma mudança agradável.

A sra. Mercer abriu um pacote de cookies e colocou alguns em um prato.

– Bem, acho que o Ethan tem sido uma boa influência para você. Suas notas aumentaram muito desde que começou a namorar com ele, e tem sido mais gentil com sua irmã. – Ela abriu um sorriso maternal para Emma. – Ou talvez minha menininha esteja crescendo.

Emma se ajeitou, desconfortável.

– Ãhn, de onde é esse aparelho de chá, mãe? – perguntou ela, esperando desviar do assunto de sua mudança de personalidade.

A sra. Mercer a olhou de um jeito estranho por cima das pinças prateadas de açúcar.

– Não se lembra? Era da sua bisavó, a única coisa que ela trouxe da Escócia. Não sei quantos anos tem... sempre tive a impressão de que foi passado de geração em geração muito antes da época dela.

Eu suprimi uma pontada de tristeza. E de raiva. Quantas vezes já ouvi a história da família e me senti excluída só por achar que era adotada? Ainda não entendia o motivo de meus avós não acharem que podiam me contar que suas histórias também eram minhas, que eu era parente dos ancestrais vindos da Escócia com aquele aparelho de chá. Tudo se resumia a Becky. Que atos tinham lhe valido um banimento tão completo que não me permitiam nem conhecer minha origem?

Emma observou atentamente o aparelho de chá, pensando o mesmo que eu. Sua mente começou a trabalhar.

Ela ergueu o rosto.

– Mãe, posso fazer uma pergunta? Você... tem algum arrependimento?

A sra. Mercer se surpreendeu.

– Arrependimento?

– Sabe, gente com quem você não fala mais, relacionamentos que terminaram. Algo assim. – Ela quase estremeceu ao perceber quanto estava sendo transparente, mas a sra. Mercer não pareceu notar.

Sua avó olhou para dentro da xícara.

– Sabe, as coisas mudam. As pessoas mudam. Às vezes precisamos nos afastar de alguém de quem gostamos. Pode ser difícil, querida. – A sra. Mercer dobrou e desdobrou um guardanapo de linho com um abacaxi bordado. – Às vezes é preciso admitir que um relacionamento não tem conserto. Que, por mais que você queira, não pode confiar em certas pessoas.

Algo em suas palavras causou um leve calafrio na espinha de Emma. Ela despejou mais chá na xícara, fazendo algumas folhas soltas rodopiarem no líquido quente. Ela desejou poder usá-las para ver o futuro. Ou, melhor ainda, o passado.

A sra. Mercer franziu a testa.

– O que está havendo, querida?

– Nada – disse Emma, mordendo o lábio. – Só estava pensando que você sempre esteve ao meu lado, em todas as circunstâncias. Acho que isso só me fez imaginar se algum dia já fui longe demais. – *Como Becky*, pensou ela, desejando que a sra. Mercer se abrisse. *Qual é, vó, conte como Becky passou dos limites.*

Sua avó pegou a mão de Emma sobre a mesa, com os intensos olhos azuis arregalados de preocupação.

– Você está tentando me dizer alguma coisa? Está com algum... problema?

Emma balançou a cabeça.

— Não, claro que não. Está tudo bem.

A sra. Mercer perscrutou os olhos de Emma por um bom tempo, depois soltou sua mão e pegou a xícara e o pires, fazendo a porcelana chocar-se com suavidade. Quando voltou a falar, sua voz foi hesitante e cuidadosa, como se ela ainda estivesse formando as palavras na cabeça.

— Sutton, amo muito você e sua irmã. Faria qualquer coisa pelas duas. Fui dura com você algumas vezes, sei disso. Mas é porque olho para você e penso no potencial que tem de ser bem-sucedida, saudável e feliz. — Ela fez uma pausa. — O amor de uma mãe é incondicional, Sutton. Você jamais poderia fazer nada que o diminuísse. Eu juro.

Emma voltou a olhar para o chá. Uma tristeza inconfundível a dominou ao ouvir as palavras da avó. O amor de uma mãe deveria ser incondicional. Mas estava claro que a sra. Mercer não sentia isso por Becky. E Becky não sentia isso pelas gêmeas.

Emma não sabia por que a sra. Mercer tinha aceitado Laurel e Sutton, e não Becky, mas sabia que não ia arrancar nenhuma informação dela naquele dia. Precisava continuar investigando e encontrar as próprias respostas.

Por nós duas.

11

UM PIQUENIQUE SOB AS ESTRELAS

Naquela noite, quando Emma chegou ao parque, Ethan já estava no pé da trilha, com o telescópio nas costas em um estojo de plástico. O sol se punha nas montanhas em uma explosão de luz vermelha. Por um instante, o rosto de Ethan adquiriu um brilho sobrenatural, como se emitisse uma luz interna.

Ela o observou por um bom tempo, aumentando sua lista de *Coisas Fofas que Ethan Faz: nº 578: Carrega o telescópio como se fosse uma guitarra e ele, um astro do rock.* De jeans detonado e camiseta branca, Ethan tinha mesmo um quê de James Dean. O coração de Emma acelerou quando ela se aproximou para encontrá-lo.

– Oi. – Ethan estendeu os braços. Emma pressionou o rosto na camiseta dele e inalou o cheiro de roupa limpa, sentindo os músculos do peito dele contra a bochecha. Ele beijou o topo da cabeça dela. Os dedos de Emma se curvaram de prazer dentro das meias.

— Vamos — disse ele, pegando sua mão e guiando-a para a trilha. O parque estava cheio de sons suaves de morcegos caçando, trinados de grilos e cigarras, e pequenos animais escavando a areia.

Sob um salgueiro-do-deserto cujas folhas a brisa esvoaçava, havia um cobertor xadrez vermelho e branco e uma cesta cheia de uvas, morangos, uma baguete e uma fatia de brie. Ethan tinha levado até uma garrafa de sidra e copos plásticos de champanhe. Velas em potes de geleia completavam a cena.

Emma perdeu o fôlego e apertou o braço de Ethan.

— Não acredito que você fez tudo isso — exclamou ela.

Ele se ajoelhou no cobertor e indicou o lugar a seu lado com um tapinha.

— Achei que ia ser legal ter um encontro de verdade. Com romance e tudo, sabe. — Ele abriu a sidra e lhe entregou um copo, servindo também um para si mesmo.

Ela riu e encostou seu copo ao dele.

— Então um brinde ao romance. Embora eu não saiba se sou tão boa quanto você. Talvez você pudesse me dar umas dicas.

— Acho que podemos dar um jeito nisso — murmurou ele, inclinando-se para beijá-la com tanta suavidade e doçura que para ela era inevitável querer mais.

— Boa lição — suspirou ela quando ele se afastou.

Eles beliscaram o queijo e a baguete, observando o pôr do sol em um confortável silêncio. Emma sempre sonhou com uma noite romântica como aquela, mas nunca se atreveu a imaginar que teria alguém como Ethan para compartilhá-la.

Ele era tudo que ela podia querer em um namorado, e enfim tinha a sorte de conseguir.

— Já pensou mais sobre... sabe, sobre o que devemos fazer quando isto terminar? — perguntou Ethan, olhando-a de um jeito nervoso.

Ela corou, lembrando-se do que ele tinha sugerido, que fossem morar juntos se os Mercer não a aceitassem como Emma. Ela mordeu o lábio, desviando os olhos antes de responder.

— Um pouco. — Ela hesitou, depois continuou. — Você sabe que eu quero ficar com você. Mas morarmos juntos é um passo muito grande. Quero fazer faculdade. Eu só... preciso recuperar minha vida antes de poder pensar nessas coisas. — Ela tentou imaginar o que diria em sua redação para a faculdade. *Fingir ser minha irmã enquanto solucionava seu assassinato e descobria todos os segredos da nossa família me ensinou o valor da perseverança. Também consigo fazer várias coisas ao mesmo tempo.*

— Eu também — disse ele depressa. — Quer dizer, também quero fazer faculdade. Já enviei inscrições para adiantar. Só estou esperando a resposta.

— Já? — Emma ficou impressionada. Ia mandar as dela em cima da hora, se é que o faria ainda naquele ano. Ela mordeu a ponta de um morango. — Para onde?

Ele deu de ombros.

— Universidade do Arizona, claro. Davis, Carnegie Mellon, UCLA. Stanford é um tiro no escuro. Tudo vai depender de quanta ajuda financeira vou conseguir. — Ele franziu a testa.

— A maioria delas é muito longe — constatou Emma, surpresa. Ela sabia que não deveria estar chocada. Ethan era um bom aluno e queria fazer a melhor faculdade que pudesse. Mas nunca o imaginou deixando Tucson. A ideia se torceu dentro dela como um nó.

— Emma — disse ele com firmeza, parecendo ler seus pensamentos. — Antes de conhecer você, eu mal podia esperar para ir embora daqui. Detestava esta cidade. É cheia de gente que nos observa e julga. Mas... — Ele engoliu em seco, tentando encontrar as palavras, e pegou a mão dela. — Irei a qualquer lugar que você quiser ir. Se quiser ficar em Tucson, vamos dar um jeito aqui. Se eu entrar em uma faculdade em outro lugar e conseguir encontrar um jeito de pagar, teremos opções. E, claro, não precisamos morar juntos se você não estiver pronta. Só quero ficar perto de você, aconteça o que acontecer.

A cabeça de Emma girava. O olhar dele era tão sério, tão cheio de ternura, que ela não conseguiu encontrar voz. Em vez de falar, aproximou-se para outro longo beijo.

— E se o caso ainda não tiver sido solucionado, talvez a gente possa simplesmente fugir — sussurrou ele em seu ouvido. — Talvez você possa ir comigo para a faculdade. Você poderia fazer as inscrições enquanto eu estivesse nas aulas, para começar no próximo outono.

Emma sorriu e se imaginou andando pelo gramado de Stanford, com um copo de café para viagem na mão. Ela se sentaria em um banco e leria *Em busca do tempo perdido*, de Proust, esperando Ethan voltar de um seminário de filosofia. Quando a aula terminasse, ele lhe daria um grande beijo e a apresentaria ao professor como "minha namorada, Emma Paxton".

— Eu posso mantê-la a salvo, Emma — continuou Ethan. — Não vou deixar ninguém machucar você.

As palavras dele a puxaram de volta para a Terra. Ela se afastou com tristeza, balançando a cabeça. O encanto havia se quebrado de repente.

— Você sabe que não posso sair de Tucson, não enquanto a pessoa que feriu minha irmã ainda estiver à solta. — A noite já havia caído, o céu era iluminado por estrelas e a fina silhueta da lua crescente. Ela olhou para o breu do deserto. — No início, eu só estava tentando sobreviver. Mas agora... sinto que *conheço* a Sutton, Ethan. Sei que parece estranho, mas às vezes sinto que ela ainda está aqui comigo, me incentivando. Eu a amo e não posso deixá-la na mão. Ela merece justiça. — Emma balançou a cabeça outra vez. — Vou solucionar isso ou morrer tentando.

Senti todo o meu ser ficar imóvel. Ninguém jamais tinha feito uma promessa como essa por mim, se arriscado a morrer por mim. Pela primeira vez fiquei feliz por Emma não poder ouvir meus pensamentos. Eu não sabia se encontraria as palavras para lhe dizer o quanto estava grata.

À luz trêmula das velas, Emma viu que a cor tinha se esvaído do rosto de Ethan.

— Não fale assim — sussurrou ele. — Não quero pensar que algo ruim pode acontecer a você. Eu não aguentaria.

A mão de Ethan tremia na dela, e de repente Emma percebeu que ele nunca tinha compreendido de verdade o perigo que ela estava correndo, nunca tinha realmente entendido que um assassino a estava observando. *Observando os dois*, pensou ela, lembrando-se do que tinha acontecido no estúdio de cinema Old Tucson.

— Tudo está muito complicado agora — disse ela em tom apaziguador. — Vamos ver o que acontece... quando os Mercer descobrirem quem eu sou, quando você receber todas as cartas de aceitação das faculdades, quando eu descobrir se sequer tenho tempo de me inscrever. De um jeito ou de outro, não podemos decidir nada até lá.

Ele assentiu devagar.

– Tem alguma pista nova?

Ela balançou a cabeça.

– Não, mas preciso descobrir mais sobre a Becky. – Ela tentou falar com firmeza, mas a voz falhou. – Digo, ela mal consegue escovar o cabelo. Será que poderia mesmo ter montado um esquema como este... matar uma de nós duas, me obrigar a tomar o lugar de Sutton, invadir a casa da Charlotte para me estrangular, dar um jeito de me seguir por todo canto sem que eu perceba? É complicado até quando a pessoa *é* equilibrada.

Ethan hesitou ao falar.

– Sem dúvida ela parece imprevisível.

Emma ouviu a dúvida na voz dele. Ela relembrou todas as vezes que Becky a surpreendeu. Em um minuto, Becky fazia algo estranhíssimo, como chorar no meio do supermercado por causa de uma toranja meio amassada, e no seguinte tentava convencer o garçom da lanchonete a lhes servir o jantar de graça, ou entrava com Emma sorrateiramente no cinema para ver um filme da Disney sem comprar ingresso. Talvez ela fosse esperta. Era uma sobrevivente. Tanto ela quanto Emma eram sobreviventes, e isso significava que sabiam se virar.

No entanto, não significava que ela era uma homicida. Não é? Mas depois Emma lembrou que Becky sorriu ao chamar Emma pelo verdadeiro nome, com a expressão sinistramente calma, como se soubesse que ela não era Sutton. Como se tivesse certeza disso.

Emma esfregou os olhos, revendo a pasta de papel pardo.

– O dr. Banerjee é o médico dela há anos. Ele tinha uma pasta de mais de dez centímetros de grossura sobre ela. Aposto que ali há notas de sessões, testes de diagnósticos, todo tipo de coisa. Se eu a pegasse, podia responder algumas dúvidas.

Quando ela voltou a olhar para o namorado, a coluna de Ethan estava rígida e os lábios, contraídos em uma linha tensa e raivosa. Os olhos pareciam pretos no escuro, opacos e inescrutáveis.

– A ficha psiquiátrica é particular, Emma – disse ele.

Ela se retraiu diante da frieza em sua voz.

– Eu sei. Pode acreditar, não estou animada com a ideia de investigar o passado insano da minha mãe. Mas isso poderia nos dar as respostas que estamos procurando. E não temos mais nenhuma outra pista.

Ele balançou a cabeça com veemência.

– Não. É errado.

– Ethan, isso poderia inocentar Becky! – exclamou ela. Uma onda de irritação a percorreu. Ele *queria* acreditar que a mãe dela era uma assassina?

– Você não tem o direito de bisbilhotar a cabeça de alguém desse jeito! – disparou ele. Ambos ficaram calados por um instante. Ao longe, no deserto, alguns coiotes latiam.

Então ele soltou o ar com força.

– Desculpe. É que isso é muito importante para mim.

Em qualquer outro momento de sua vida, ela teria concordado com ele. Também não queria vasculhar a ficha particular de alguém, muito menos da própria mãe. Mas as pessoas próximas a Sutton protegiam os próprios segredos com muito cuidado, e para ficar em segurança Emma precisava descobrir tudo o que pudesse.

– De qualquer forma, não importa. Não tenho acesso aos arquivos – suspirou Emma. – Não quero vê-los, Ethan. Só estou muito cansada de becos sem saída.

Ele tocou sua bochecha.

– Sei que está frustrada.

– Também peço desculpas. – Emma sorriu com tristeza. – Lá se foi o romance.

– Eu não diria que o romance está fora de questão – sussurrou ele em seu ouvido.

Ele se aninhou com delicadeza a seu pescoço, beijando-o suavemente. Emma estremeceu com o toque, enroscando os dedos no cabelo dele. O calor da rápida briga não se dissipou, mas se suavizou, transformando-se em um tipo diferente de energia. Suas terminações nervosas formigavam sob as pontas dos dedos dele. Ele a beijou, um beijo mais longo e profundo que antes. Ela fechou os olhos e se encostou a ele.

Apenas uma das velas não se apagou. Eu olhei para a última pequena chama, lembrando-me das discussões cáusticas que tinha com Thayer e dos beijos frenéticos que em geral se seguiam. *É isso o que você ganha por namorar um cara fechado, mana,* pensei. *Várias brigas épicas e vários amassos quentes de desculpas.*

Eu estava feliz por Emma e Ethan estarem fazendo as pazes. Mas a pergunta continuava em minha mente: Como Emma ia descobrir se Becky era inocente?

E se Ethan não podia ajudá-la a provar isso, quem poderia?

12

MONSTROS NO SÓTÃO

Depois de um treino de tênis exaustivo no dia seguinte, Emma estava no corredor do segundo andar com os olhos fixos no alçapão que levava ao sótão. Durante o jantar que teve com o pai, ou melhor, com o avô, o sr. Mercer mencionou que algumas coisas antigas de Becky ainda estavam lá em cima. Talvez algo do sótão a ajudasse a entender o relacionamento de Becky com a família e esclarecesse seu comportamento. Era uma pista fraca, mas era tudo o que tinha.

Verificou o relógio. Estava sozinha em casa, pois o sr. Mercer estava no hospital, a sra. Mercer saíra para resolver algumas coisas, e Laurel ainda estava na escola por causa de um projeto de física, mas não sabia por quanto tempo, então precisava ser rápida. Puxou a corda que pendia do teto. Drake, que lhe fazia companhia no corredor, recuou às pressas quando uma onda de poeira caiu ao redor dela. Para alguém daquele tamanho, ele era muito covarde.

Emma segurou as laterais da escada e subiu para a escuridão. O cheiro bolorento de papel velho e naftalina permeava o sótão, que era cheio de vestígios de hobbies abandonados e história familiar. Um par de esquis estava apoiado em um manequim de costura amarelado. Havia caixas transparentes com enfeites de Natal vermelhos e verdes em pilhas organizadas no chão. Uma boneca de porcelana com a bochecha quebrada estava sentada com o olhar vazio em uma cadeira de balanço de tamanho infantil. Em uma das extremidades do sótão, raios de sol espreitavam por uma pequena janela suja que dava para o quintal.

O sótão me causou a mesma sensação frustrante de déjà-vu que eu tinha em relação a todos os objetos e lugares da minha antiga vida. Alguns dos objetos – como uma penteadeira em tamanho infantil com banco cor-de-rosa acolchoado, uma mochila de caminhada da North Face e uma pilha de velhos jogos de tabuleiro cobertos de teias de aranha – atraíram-me como ímãs. Eu sabia que significavam alguma coisa para mim, mas não me lembrava do quê.

Emma ficou parada por um momento, perguntando-se onde os Mercer teriam guardado as coisas de Becky. Não havia exatamente uma grande caixa no canto rotulada COISAS DA NOSSA FILHA SECRETA E DISTANTE. Mas ela sabia que o sr. Mercer havia estado ali dias antes para pegar as fotos, então olhou em volta em busca de áreas que pareciam ter sido mexidas pouco tempo antes. Seu olhar recaiu sobre um baú chinês esculpido de forma rebuscada. Havia um monte de caixas de sapato velhas ao lado dele, como se tivessem sido removidas ali de cima recentemente. A decoração da tampa de jacarandá estava limpa e livre de poeira. Ela respirou fundo e o abriu.

O interior do baú cheirava a tabaco e jornais velhos. Um coelho de pelúcia com uma orelha só estava aninhado no cano de um coturno roxo da dr. Martens. Embaixo disso ela encontrou um espelho de mão prateado enrolado em um lenço, um monte de caixas de CD quebradas, um exemplar gasto de *Ariel*, de Sylvia Plath, e um maço amassado de cigarros. Parecia que alguém tinha pegado todo o quarto de Becky e colocado no baú. Enfiado no fundo, sob uma pilha de revistas desbotadas, ela encontrou um caderno coberto de rabiscos. Seu coração saltou. Ela reconhecia um diário quando via um, pois sem dúvida já teve muitos. Só nunca soube que a mãe fazia o mesmo.

Garota Encontra Antigo Diário da Mãe, Conteúdo Muda Tudo, torceu ela, olhando a capa do caderno. Em seguida abriu o diário.

A caligrafia era dolorosamente familiar, os mesmos garranchos desleixados que Emma se lembrava dos cartões de aniversário da infância e do bilhete que Becky deixou para ela na lanchonete poucas semanas antes.

A princípio as anotações eram claras e organizadas, datadas até mesmo com a hora:

> *Hoje eu acordei às cinco e não consegui mais dormir, então saí pela janela e fui para o Denny's. A mamãe e o papai entraram em pânico e acharam que eu tinha fugido porque não desci para comer e eles viram que meus sapatos tinham sumido. Será que não se pode aproveitar um café da manhã Grand Slam em paz por aqui?*

Alguns dias depois:

Consegui duzentos dólares pelos brincos de diamante cafonas que a mamãe me deu de presente de aniversário de dezesseis no ano passado. Parte de mim acha que eu deveria me sentir mal por vendê-los, mas não sou nem um pouco doce e ela deveria saber disso. Com isso e os cento e cinquenta dólares que economizei trabalhando de babá para os Gandin, tenho quase o suficiente para dar o fora daqui.

Emma desviou os olhos do caderno com uma estranha dor perfurando o peito. Ela sentia que estava espionando a mãe, por mais que quase vinte anos tivessem se passado. Mas espionando ou não, aquela era sua única pista. Ela virou outra folha.

As anotações continuavam, separadas por alguns dias. Esboços cobriam algumas páginas, a maioria elaborados desenhos abstratos ou trepadeiras floridas. Um poema de Emily Dickinson preenchia uma folha, cercado por ilustrações a lápis de cor. Becky reclamava da escola e dos pais. Ela terminou com um namorado e arranjou outro. Traiu um terceiro. Sempre se sentia solitária, mesmo quando estava cercada de gente. Por incrível que parecesse, ela era normal de um jeito quase decepcionante. Criativa, mal-humorada e rebelde, mas não louca.

No meio do caderno, as anotações começaram a mudar. A linguagem se tornou incoerente; os pensamentos, dispersos. *O cachorro do vizinho não para de latir, e se ele não parar daqui a pouco eu vou acabar surtando*, escreveu ela um dia. *Esta cidade é venenosa. Até as roupas que uso machucam minha pele.* E então, um dia, só as palavras *Mãe, desculpe*. A letra era inclinada em alguns pontos, ou se enrolava em estranhas espirais de texto.

Emma virou outra folha. Sua respiração ficou presa na garganta. Escrita sobre duas páginas opostas, em enormes letras maiúsculas, estava a palavra *Emma*.

Na página seguinte o nome era repetido em longas linhas sobre o papel. Emma, Emma, Emma, Emma em tamanhos e letras diferentes, caligrafias ornamentadas, letras gordinhas e cuidadosos traçados salpicados de estrelas. Ela passava as folhas cada vez mais rápido. O restante do caderno estava preenchido com apenas uma palavra, EMMA, rabiscada de um jeito cada vez mais desvairado, em pilot, lápis, às vezes escrito com tanta força que as letras rasgaram o papel.

O caderno caiu de suas mãos trêmulas e bateu no chão levantando uma nuvem de poeira. O sótão girava ao redor em um carrossel estranho e sombrio. Ela sabia que Becky era doente, mas aquilo... aquilo era obsessão.

Eu também estava com medo. O que estava passando pela mente de nossa mãe? Será que ela tinha escrito aquilo antes de nascermos?

A porta da garagem fez barulho ao se abrir, e Emma se sobressaltou. Ela enfiou o diário rapidamente no bolso e se levantou. Com o máximo de silêncio que pôde, desceu a escada e fechou o alçapão.

A casa estava silenciosa outra vez quando chegou ao corredor. Ela franziu a testa e desceu em direção à entrada.

– Olá? – chamou ela. Ninguém respondeu. Ela abriu a porta da frente e olhou para o gramado.

Precisou piscar várias vezes para clarear a visão. Por um instante, parecia que um agave enorme cambaleava pelo quintal dos Mercer sobre pernas humanas bambas. Após o sótão silencioso e escuro, seus olhos só podiam estar enganando-a.

Logo depois, a planta ambulante foi substituída por um garoto alto de ombros largos carregando uma suculenta gigante. Ela espiou para ver quem estava por trás das folhas espinhentas. Thayer.

Suspirei. O que é mais sexy que um garoto lindo carregando algo pesado? Nesse momento, eu teria dado qualquer coisa para ter mãos, só para poder passá-las pelos ombros e pelo cabelo úmido e desgrenhado dele.

– O que você está fazendo aqui? – perguntou Emma.

Thayer parou e sorriu para ela, apoiando-se na perna que não estava machucada.

– Laurel disse que seu pai está chateado porque se machucou na época em que estava fazendo o paisagismo do quintal – explicou ele. – Concluí que, como tenho parte da culpa por ele ter se machucado, deveria vir ajudá-lo a terminar. Além do mais, sei tudo sobre ferimentos no joelho – disse ele, indicando com a cabeça a própria perna machucada.

Uma onda de prazer percorreu as bochechas de Emma. Ela entendeu o que Sutton via em Thayer. Ele tinha muito mais profundidade e ternura do que ela percebera no começo.

– Aqui, deixe-me ajudar – disse ela, pegando um dos lados da pesada planta. Juntos a tiraram do plástico e a colocaram no buraco que o sr. Mercer tinha cavado.

– Cuidado com os espinhos, eles machucam bastante – avisou Thayer.

– Estou acostumada com espinhos de cactos – respondeu Emma.

Ela riu quando eles se levantaram em uma chuva de terra. Seus braços, e até rostos, ficaram cobertos.

— Foi muito legal da sua parte ajudar meu pai — acrescentou ela, indo em direção ao salgueiro para escapar do sol quente.

Thayer deu de ombros.

— Só estou tentando consertar as coisas. Pelo menos até onde puder. — Ele olhou de relance para Emma, depois piscou, como se a estivesse vendo pela primeira vez. — Está tudo bem? Você está meio pálida.

Emma baixou os olhos, pensando no que tinha acabado de descobrir no sótão.

— Vi minha mãe de novo há duas noites — admitiu ela.

Os olhos esverdeados e de cílios longos de Thayer se arregalaram de preocupação.

— Onde?

De repente, a história inteira se despejou de dentro dela: a visita ao hospital, a descoberta de que sua mãe tinha um histórico de doença mental. O fato de que tinha apontado uma faca para alguém. Emma deixou de fora a parte sobre Becky chamá-la por seu verdadeiro nome, mas, enquanto contava o resto a ele, sentiu um pouco de alívio da tensão que sentia. Ela respirou fundo.

Thayer soltou um assobio baixo.

— Nossa.

— Pois é — disse ela. Conversar com Thayer era muito fácil. Ela já se sentia mais calma, mais focada. — O pior é que não posso contar a ninguém. A mamãe, digo, minha mãe adotiva, não sabe, e meu pai não me deixa contar a ela. Disse que isso a destruiria. Também não posso contar para a Laurel nem a nenhuma das meninas porque elas contariam a Laurel. Tudo isso é complicado e idiota.

— É uma droga guardar segredos dos seus pais — concordou Thayer, adquirindo uma expressão sombria.

Ele se apoiou na árvore e franziu as sobrancelhas. Emma o observou com o canto do olho. Thayer sabia tudo sobre segredos de família. Ele raramente falava sobre o assunto, mas parte da razão de ter fugido de casa foi para escapar do temperamento violento do pai.

Quando ele falou, foi em voz baixa.

— Eu nunca lhe contei isso, mas peguei meu pai tendo um caso no ano passado.

Emma ficou de queixo caído.

— Sério? — Emma pensou no colérico e rígido sr. Vega. Ele estava sempre com o cenho franzido, a coluna rija e ereta, e parecia desaprovar tudo. Quem iria querer ter um caso com ele?

Thayer assentiu.

— É. Peguei a namorada dele, ou seja o que for, saindo de casa quando minha mãe estava visitando minha tia. Tentei conversar com ele sobre isso, mas ele me atacou por me meter. Agiu como se não tivesse cometido erro nenhum. — Thayer cerrou os dentes. — Minha mãe não tem a mínima importância.

— Que droga — murmurou Emma.

Ela estendeu a mão e apertou a dele. Quando a pele dos dois se tocou, um zumbido elétrico começou no ponto de contato. Percebendo o que tinha feito, ela retraiu a mão, corando. Thayer também desviou os olhos.

Eles ficaram sentados juntos em silêncio por um instante. A mão de Emma ainda formigava por ter tocado a dele. Ela se sentia meio culpada por ter contado tanto a Thayer, como se estivesse agindo pelas costas de Ethan. Mas não era nada disso. Ela e Thayer eram apenas amigos, e amigos podiam fazer confidências um ao outro quando estavam com algum problema. Além do mais, Thayer só estava interessado nela porque achava que era Sutton, sua ex-namorada.

Eu esperava que ela tivesse razão e Thayer ainda me amasse. De todas as coisas que a morte havia me tirado, Thayer foi a mais difícil de perder.

Ele se levantou com cuidado, testando o peso sobre o joelho machucado.

– Preciso ir. Tenho fisioterapia em meia hora.

– Como está indo?

– Melhor – disse ele. – Se eu continuar, talvez consiga até jogar futebol no ano que vem.

Emma sorriu.

– Que ótimo!

– É. – Thayer sorriu, e uma covinha apareceu na bochecha esquerda. – Enfim, fale pro seu pai... bem, não importa.

– Vou falar que você deu um oi – disse Emma.

Thayer assentiu para ela, depois virou as costas e mancou até o carro. Por um instante, Emma quis correr até lá e dar um abraço de despedida nele... mas algo lhe disse que não era uma boa ideia.

Talvez esse algo fosse eu. Eu pairava a seu lado, e juntas o observamos ligar o carro e ir embora.

13

NUNCA SUBESTIME O PODER DAS COMPRAS

Emma ainda estava na varanda quando ouviu algo ranger atrás dela. Seu coração parou. E se Becky tivesse fugido do hospital? As páginas do diário cobertas com *Emma* rodopiavam em sua mente. Mas, quando se virou, ficou cara a cara com Laurel.

– Que susto! – acusou Emma, com a mão no coração.

– Nossa, antigamente você não se assustava com tanta facilidade – comentou Laurel com uma risadinha, dando o braço a Emma. – Namorar um garoto certinho está enfraquecendo você. Agora vamos, precisamos ir. – Ela verificou o batom no espelho do pó compacto da Chanel, depois puxou Emma para a porta.

– Aonde estamos indo? – perguntou Emma, pegando a bolsa.

Laurel lhe lançou um olhar incrédulo.

— Dã, lerdinha. Apenas à maior liquidação da Saks do ano? Emma se surpreendeu.

— Certo — disse ela. Nem imaginava o que Laurel estava falando, mas estava claro que Sutton teria isso marcado em seu calendário virtual meses antes. Ela deu um falso tapinha na própria testa. — Já está na hora de novo?

— Ãhn, é sempre na mesma época todo ano. — Laurel revirou os olhos. — Acho que o tempão que você passou no hospital naquela noite deve ter afetado sua memória.

Ela abriu a porta de seu Jetta e Emma entrou. Elas passaram de carro por um campo de golfe verde-esmeralda, vívido em contraste com as cores ocre do outono de Tucson. Usher cantava baixo no som. Emma ergueu o rosto e sentiu o vento nas bochechas.

Laurel conversava alegremente enquanto dirigia.

— Quero alguma coisa bem especial para a festa da Char no fim de semana que vem. Não aguento mais nada que tem no meu closet.

— Nem me fale — mentiu Emma. O closet de Sutton era, em uma só palavra, *incrível*. Tinha um zilhão de jeans. Uma bolsa para cada par de sapatos. Cabides e mais cabides de vestidos de festa, alguns ainda com a etiqueta. Uma gaveta inteira de cintos e lenços. Uma única roupa de Sutton custava mais que o guarda-roupa inteiro de Emma em sua antiga vida. Mas, de uma maneira estranha, ela sentia *saudade* dos brechós, de revirar as cestas em busca de um tesouro escondido, de rir dos pares de sapatos horrendos que ninguém com a cabeça no lugar teria comprado quando novos, muito menos usados, e de comprar uma bugiganga do departamento de utilidades domésticas só por comprar. Mas ela jamais contaria isso a Laurel.

É, minhas amigas não são exatamente do tipo brechó de caridade. Emma arrastou Mads a um logo depois de chegar. E embora tivesse conseguido uns óculos escuros lindos da Chanel, a coitada da Mads saiu de lá como se tudo estivesse cheio de piolhos.

Quando a placa brilhante da Saks Fifth Avenue entrou em seu campo de visão, Laurel lançou a Emma um olhar constrangido.

– Ãhn, eu convidei Nisha para nos encontrar – contou Laurel. – Tudo bem?

Emma se surpreendeu.

– Nisha?

Laurel estacionou o carro em uma vaga e o desligou.

– É que... acho que vocês estão se dando melhor agora... Ela colocou Celeste no lugar dela no treino de tênis, sabia? Estamos trabalhando juntas naquele projeto de física, e eu pensei...

– Claro, tudo bem. Só fiquei surpresa – disse Emma.

Um sorriso aliviado atravessou o rosto de Laurel. Emma se lembrou do quanto Laurel tinha ficado nervosa quando Emma descobrira que ela estava na festa do pijama na casa de Nisha na noite da morte de Sutton. Pobre Laurel, havia fechado os olhos, quase como se preparasse para algum tipo de castigo. Ela se perguntou por que Sutton ligava tanto para as companhias da irmã. Para as garotas do Jogo da Mentira, cuidar da vida social umas das outras era importantíssimo.

Observando dessa distância, nem eu sabia. Eu me lembrava da onda de poder e força quando unia ou afastava pessoas, quando dizia a minhas amigas de quem elas tinham autorização para gostar ou quem deviam namorar. Agora isso parecia... pequeno.

Nisha estava na entrada da Saks com seu cabelo liso e brilhante solto sobre os ombros. Ela levantou a mão de um jeito quase tímido quando elas se aproximaram. A noite caía depressa, e o céu tinha um pálido tom azul-prateado. Gralhas-do-campo esvoaçavam pelo estacionamento, gritando de cima dos postes de luz e dando rasantes para pegar migalhas que iam da praça de alimentação até os carros. As três garotas ficaram ali por um instante, olhando constrangidas umas para as outras.

Então Emma sorriu e indicou a Saks com um gesto.

– Prontas para o combate?

Os olhos castanho-escuros de Nisha se acenderam.

– Eu nasci pronta. Obrigada por me convidar.

– Imagine – disse Laurel, empurrando a grande porta de vidro. – Vamos nessa.

A cena parecia um hospício. Mulheres se aglomeravam como abelhas zangadas, arrancando roupas de araras e cestas. Duas garotas que Emma reconhecia da aula de alemão faziam literalmente um cabo de guerra com um jeans, discutindo em voz alta sobre quem o vira primeiro. Mulheres mais velhas fedendo a Chanel No. 5 franziam os lábios com desdém diante da desordem, mas agarravam chapéus e bolsas com a mesma avidez ao encontrarem as marcas que estavam procurando. Parecendo atormentadas, vendedoras cambaleavam de lá para cá em saltos doze.

Emma passou a mão por uma camiseta de caxemira amarrotada em uma mesa. Quando virou a etiqueta, teve um acesso de tosse. Mesmo com a redução de preço, a camiseta custava quatrocentos dólares. Laurel segurou seu cotovelo.

— Ralph Lauren? Está fazendo compras para quem, a vovó? Vamos. — Laurel a guiou até um amontoado de vestidos de festa. Nisha já garimpava uma arara de vestidos Oscar de la Renta em cores de pedras preciosas. Laurel tirou o suéter e vestiu um minivestido amarelo sobre a regata e o jeans, depois, franzindo a testa, tirou o jeans por baixo. Seria estranho se todas as outras mulheres da loja não estivessem fazendo o mesmo. Laurel analisou seu reflexo em um espelho de corpo inteiro preso a uma pilastra, depois olhou com inveja para Emma.

— Queria ter seus ombros. — Ela tirou o minivestido e o entregou a ela. — Experimente você.

Emma enfiou o vestido por cima da cabeça. Ela girou de um lado para outro diante do espelho, contraindo o rosto. Era cor de banana demais.

Qual é, eu queria dizer. Será que ela não sabia que amarelo era *a* cor do ano? E ela e eu tínhamos o tom de pele certo para usá-lo bem.

Laurel experimentava um Dolce & Gabbana que fazia sua pele brilhar.

— Então você voltou a falar com Thayer, hein? Vi vocês no jardim.

Emma deu de ombros enquanto tirava o vestido.

— É. As coisas andam meio estranhas entre nós, mas não quero perdê-lo como amigo.

Laurel escarneceu.

— Bem, o que esperava? Não sei o que aconteceu entre vocês ou por que você decidiu terminar com ele, mas para ele não acabou.

Emma a olhou com cuidado. Laurel tinha perdoado a irmã por ficar entre ela e Thayer, mas seu tom ainda tinha um toque de melancolia. Emma pegou um vestido curto vermelho Alice + Olivia.

– Você ficaria deslumbrante com este – sugeriu ela, entregando o vestido a Laurel. – Todos os caras da festa iam babar por você.

– Sério? – perguntou Laurel, emocionada.

– Juro. – Emma pegou mais vestidos da arara e os segurou diante do corpo sem experimentá-los. Segurando um pretinho justo sob o queixo, afastou o cabelo do rosto com as mãos para ver como o vestido ficaria com o cabelo preso.

Laurel olhou para ela e bufou de inveja.

– Você e suas maçãs do rosto. É muito injusto. Quem era a sua mãe biológica? Alguma bailarina russa?

As sobrancelhas de Emma se ergueram. Nunca tinha conversado com Laurel sobre a mãe biológica de Sutton. Será que ela e Sutton conversavam? Emma avaliou o rosto de Laurel com o canto do olho. O tom de pele das duas era bem diferente. Laurel tinha a pele de pêssego e o cabelo louro-areia do lado da família do sr. Mercer, enquanto Emma herdou o cabelo escuro e a pele de porcelana da sra. Mercer. À primeira vista, elas não tinham nada em comum. Mas, quanto mais ela olhava, mais percebia as coisas que compartilhavam: as sobrancelhas arqueadas, os mesmos lóbulos pequenos e delicados das orelhas, o mesmo contorno do cabelo na testa. Ela se perguntou se Sutton e Laurel tinham notado ou comentado isso enquanto cresciam.

– Thayer ainda é apaixonado por você, sabe – continuou Laurel. – Ele olha para você do mesmo jeito que olhava há dois verões na feira agropecuária. Lembra? Ele levou três horas para ganhar aquele Scooby-Doo enorme para você no lançamento de aros. Isso, sim, é dedicação. Esse tipo de sentimento não some da noite para o dia.

Emma escondeu um sorriso. Aquilo era *mesmo* dedicação. Ninguém tinha passado três horas fazendo *nada* por ela, mas era o tipo de gesto bobo e romântico que ela adorava. Imaginou os dois dividindo um bolo de funil, passeando de roda-gigante. Mas aí parou, confusa. Quem estava imaginando nessa lembrança? Sutton, ou a si própria?

Cuidado, Emma. Como eu disse, não gosto de compartilhar, muito menos com irmãs.

Nisha apareceu ao lado delas usando um vestido roxo fino como papel que deixava sua pele radiante. Ela já tinha passado pelo caixa e estava com duas sacolas pretas da Saks sobre o ombro.

– Então, como estão as coisas com Ethan? – perguntou ela.

– Bem – disse Emma. – Ele é muito romântico.

Nisha a cutucou.

– E tem um gancho de direita e tanto.

Emma revirou os olhos.

– Aquela briga não foi uma idiotice? Tive vontade de estrangular os dois.

Laurel riu das profundezas de um vestido peplum preto que enfiava pela cabeça.

– Como se você não estivesse jogando Thayer e ele um contra o outro. Sério, Sutton, todo mundo sabe que você é assim. Gosta de causar ciúmes.

– Não gosto, não! – insistiu Emma, cruzando os braços e olhando-a com ódio. – Por que eles não podem relaxar e aceitar que não quero mais drama no momento?

– Eu não me preocuparia. Está na cara que Ethan é louco por você. Se ele não aguentar com um pouco de competição, não aguenta um namoro com Sutton Mercer. – Laurel a olhou de cima a baixo de brincadeira, depois tirou o vestido sem nem olhá-lo no espelho. – Vamos dar uma olhada nos sapatos.

Emma largou um vestido de lantejoulas Badgley Mischka e seguiu Laurel pela loja. Caixas de sapatos, papel vegetal e meias de nylon descartáveis amassadas espalhavam-se por toda a seção de calçados. Uma loura com a pele tão bronzeada que parecia couro experimentava um par de saltos quinze de oncinha, enquanto um homem careca de meia-idade em um terno Armani segurava sua bolsa. Um bando barulhento de garotas pré-adolescentes ria e tirava fotos umas das outras usando plataformas Lanvin que claramente não iam comprar.

Laurel estendeu a mão ávida para um par de Louboutins de veludo. Ela os colocou nos pés pequenos e inclinou o quadril para se avaliar.

– A mamãe e o papai iam me matar – disse ela, olhando o preço. – Mas ao menos eu morreria feliz.

– Eles são... – De repente, Nisha se calou e agarrou o braço de Emma. – Oh-oh – disse ela entre os dentes.

Emma seguiu o olhar de Nisha pela loja. A apenas seis metros de distância, diante de uma arara de lenços de seda, estava Garrett Austin, ex-namorado de Sutton.

Emma o encarou. Garrett usava uma camisa oxford engomada de listras e um jeans da J Brand desgastado com perfeição. Tinha deixado o cabelo louro-areia crescer, trocando o corte mauricinho que usava quando namorava Sutton por um look mais comprido e despenteado. No geral, estava bem gatinho... tirando a expressão furiosa.

Emma se retraiu e baixou os olhos, surpresa por vê-lo tão zangado. Ela sabia que Garrett guardava muito rancor dela, tanto por rejeitá-lo na noite do aniversário de Sutton quanto por terminar com ele logo depois. Ele quase a atacou no baile de Halloween. Se Ethan não os tivesse interrompido, quem sabe o que teria acontecido?

Nesse momento, duas garotas se aproximaram de Garrett com os braços cheios de sacolas de compras lotadas.

– Terminamos – disse uma delas, que usava um chapéu fedora e uma minissaia de renda preta.

Emma tinha quase certeza de que era Louisa, a irmã mais nova de Garrett. A outra era Celeste.

– Muito obrigada de novo pela carona, Garrett – arrulhou Celeste, tocando Garrett de um jeito sugestivo com dedos logos e cheios de anéis. – É muito triste ver as pessoas de Tucson gastarem gasolina andando em carros separados. Em Taos, todo mundo vai de carona para todo canto.

Nisha fez um barulho no fundo da garganta.

Garrett corou, abrindo um sorriso tímido para a garota nova.

– Concordo plenamente. Temos que, tipo, preservar os recursos da Terra. Mas parece que algumas pessoas são egoístas.

Eu bufei de rir. Isso vindo do cara que implorou ao pai por um Hummer bebedor de gasolina.

Emma olhou para Nisha.

– Acho que isso significa que você e o Garrett não estão mais juntos – murmurou ela.

Pela cara de Nisha, ela estava prendendo uma risada.

– *Por favor*. Nunca estivemos juntos de verdade. Ele ainda meio que gosta de você, mas não admite. Até eu fiquei cansada de ouvir como você é escrota.

Emma a cutucou.

– Que caridoso da sua parte.

Nisha sorriu.

– Além disso, ele é meio chorão.

Emma olhou outra vez para Garrett e Celeste.

– Exatamente – disse Celeste, apertando a mão de Garrett. – Tem *muita* gente egoísta por aqui. – Ela olhou para Emma, Laurel e Nisha e abriu um sorriso falso.

– Como é que é? – retrucou Laurel, dando um passo à frente com os ombros tensos.

Celeste piscou com inocência.

– Ah, eu não estava falando de vocês, claro. – Ela se alegrou quando seu olhar recaiu sobre Emma, como se só tivesse notado sua presença naquele momento. – Sutton! Oi! – Ela observou os braços vazios da outra. – O que foi? Não encontrou nada que caiba?

Garrett soltou uma risadinha.

Emma recuou como se tivesse levado um tapa.

– Na verdade, ela ia comprar isto aqui agora – intrometeu-se Laurel, mostrando o vestido amarelo que Emma tinha experimentado mais cedo.

– Ah, não. – Celeste fez um biquinho, piscando os olhos grandes, confusa. – Mas amarelo faz um contraste *horrível* com sua aura. Se eu fosse você, não usaria.

Nisha fechou a cara.

– Quem transformou você na fiscal da moda New Age?

Garrett franziu a testa, cruzando os braços. Sua irmã olhava para todas as garotas e deu um passo inseguro para trás.

– Ah, por favor. – Celeste riu, toda inocência. – Eu nunca alegaria ser fiscal de coisa alguma, muito menos da moda. Não acredito em nada tão... *transitório*. Insignificante.

– Então por que você está aqui? – perguntou Laurel, sem se dar o trabalho de esconder o sarcasmo.

Boa, irmãzinha, comemorei em silêncio.

– Só para fazer companhia aos meus *amigos* e comprar alguns presentes – explicou Celeste, passando o braço ao redor dos ombros de Garrett de maneira sugestiva. – Mas você está certa, é hora de ir embora. Meus chacras são muito sensíveis a todo esse consumismo. – Ela torceu o nariz e se virou para a porta.

– Ãhn, tudo bem – disse Garrett, apressando-se para alcançá-la. Ele lançou a Emma mais um olhar venenoso antes de sumir de vista.

Emma se apoiou contra a estante de sapatos, sentindo-se exausta.

– Ela é muito estranha.

Nisha fez um gesto de desdém.

– Não deixe que ela irrite você.

– Ah, não vou deixar – disse Emma em sua melhor voz de Sutton.

– E também não deixe Garrett incomodar você – acrescentou Laurel em voz baixa. – Ele só está com ciúmes.

Emma assentiu, voltando-se para os sapatos, mas não tinha tanta certeza. Garrett pareceu mais que ciumento no baile de Halloween. Pareceu furioso, e até violento.

Eu também não conseguia tirar a expressão de Garrett da cabeça. As lembranças que tinha do meu ex eram confusas, mas eu ainda via seu sorriso doce e sua expressão gentil quando olhava para mim. Nunca o consideraria capaz desse tipo de ódio. Será que toda essa raiva era só porque Emma não queria transar com ele? A ideia me deixava meio triste. Eu achava que o conhecia melhor do que isso.

Obviamente, eu não conhecia ninguém tão bem quanto pensava, como Emma estava sempre provando.

14

ESCOLA DE PATIFARIA

Na sexta-feira de manhã, Emma largou a bolsa Kate Spade vermelha de Sutton na mesa do estúdio de cerâmica e se sentou entre Charlotte e Madeline. Havia um vaso disforme diante de Madeline. Charlotte girava uma grande caneca. Diante delas, Laurel brincava com duas xícaras pequenas de *espresso*. Potes de esmalte estavam espalhados pela mesa ao lado de pincéis de vários tamanhos e toalhas de papel.

– Está maravilhoso, Char – disse Emma depois de pegar seu longo vaso de pedestal na prateleira. Ela apontou para a espiral que Charlotte pintava na caneca.

Charlotte corou de prazer.

– É como passar delineador – comentou ela.

– Então, meninas – interrompeu Madeline. – Precisamos resolver os detalhes de uma festa. Falta uma semana e estamos ficando sem tempo.

Festa? Emma quase disse em voz alta, depois se lembrou de que os pais de Charlotte estariam fora da cidade no fim de semana seguinte.

Charlotte apoiou o queixo na mão perfeitamente manicurada.

– Conheço um cara que pode nos arrumar alguns barris de cerveja. Juntando com o bar dos meus pais, deve ser suficiente.

Emma inclinou a cabeça.

– Seus pais não vão perceber se sumir alguma coisa?

Charlotte fez um som de desdém.

– Por favor. Eles bebem Tanqueray como se fosse água.

– E a comida? – perguntou Madeline.

Charlotte deu de ombros.

– Podemos comprar algumas tábuas de frios no AJ's. Eu ando mesmo louca para comer o brie en croûte deles.

Emma pegou o pote de esmalte azul, pensando nas festas que frequentava em sua antiga vida, nas quais a comida consistia basicamente de Doritos, Oreo ou uma grande tigela de Starburst. Ela tentou imaginar as amigas de Sutton em uma dessas festas e quase caiu na gargalhada.

De repente, o característico retinir de prata com prata a fez erguer o rosto. Celeste estava ao lado de Garrett na porta do estúdio, usando uma túnica longa bordada com fios metálicos brilhantes. Ela se esticou e plantou um beijou longo e molhado na boca dele, depois lançou um olhar penetrante a Emma, como se quisesse esfregar na cara dela o fato de que estava com o ex de Sutton.

– Obrigada por me trazer até a aula – agradeceu ela em um tom voz baixo e aéreo.

Garrett tocou uma de suas tranças.

— Até logo — disse ele com a voz rouca. Ela se segurou no batente da porta depois que ele foi embora, observando-o até que dobrasse a quina do corredor.

Madeline ficou de queixo caído. Charlotte jogou o pincel na mesa, enojada, depois olhou para Emma.

— Ãhn, por que você não está mais irritada?

Emma deu de ombros, abrindo a tampa do esmalte.

— Eu os vi ontem à noite na Saks. Ao que parece, estão juntos.

Charlotte fechou o punho.

— Bom, claramente ele está namorando com ela só para se vingar de você, Sutton. Não é possível que goste dela de verdade.

Laurel pigarreou.

— Parece que um monte de caras acha a Celeste bonita.

Todos os rostos se viraram para ela de repente. Ela deu de ombros.

— Bem, Thayer disse que estão todos falando dela.

— *Thayer* a considera bonita? — perguntou Emma, enrugando o nariz. Celeste não parecia ser o tipo dele.

Laurel revirou os olhos.

— Vou repetir o que ele disse: 'Ela tem um corpo celestial.'

— Eca! — falei em voz alta, embora ninguém me ouvisse. Aquilo não parecia coisa do Thayer.

Celeste entrou na sala, foi até a prateleira de cerâmica queimada e pegou uma tigela enquanto os sinos em seus tornozelos tilintavam a cada passo. Ao voltar para seu lugar, ela parou na mesa de Emma, observando-a minuciosamente, como se estivesse tentando enxergá-la através de uma densa névoa.

— Posso ajudá-la? – disse Emma em tom ácido, de repente na defensiva. Não estava pronta para outro confronto desconcertante com Celeste.

— Eu só queria poder ajudar *você* – suspirou Celeste. Madeline e Charlotte se entreolharam, arqueando as sobrancelhas. – Podem rir à vontade, mas a aura da Sutton precisa *demais* de energia curativa – acrescentou Celeste. – Em algum momento, talvez em uma vida passada, seu espírito foi fraturado. Por isso você tem tanta dificuldade de ser emocionalmente generosa – disse ela a Emma em um tom enjoativo de tão doce.

— Fiquei sabendo que você está sendo emocionalmente generosa com o ex da Sutton – disparou Charlotte. – Espero que seu aniversário esteja chegando, ele dá bons presentes.

Tanto Madeline quanto Laurel bufaram de tanto rir.

Celeste limitou-se a abrir um sorriso perspicaz, ainda olhando para Emma.

— Os segredos serão revelados, Sutton Mercer. Você foi avisada. – Ao dizer isso, ela se afastou em uma onda de patchouli.

As palavras atingiram Emma como um tijolo. Segredos eram a única coisa que a mantinha viva.

— Qual é o problema dela? – sussurrou Charlotte.

— É, você a magoou em uma vida passada ou coisa do tipo, Sutton? – brincou Madeline.

— Não sei – respondeu Emma, inquieta. – Mas sem dúvida ela quer minha cabeça.

Elas olharam para Celeste, que tinha encontrado um lugar em uma mesa cheia de garotos, comendo-a discretamente com os olhos. Um deles, um aluno do terceiro ano com uma franja emo sobre o olho esquerdo, aproximou-se para inspecionar a tigela que ela estava pintando, aproveitando a oportunidade para olhar dentro da sua blusa.

— Sabem o que eu tenho pensado? — disse Madeline, baixando a voz. — Acho que já passou da hora de fazermos um trote do Jogo da Mentira. E acho que nossa próxima vítima pode ter acabado de cair no nosso colo.

As outras três garotas inclinaram-se de forma imperceptível para Madeline, os olhos faiscando em uma animação ansiosa. Mas Emma continuava dividida. Às vezes, os trotes do Jogo da Mentira a deixavam desconfortável. Ela já tinha sido o alvo da crueldade dos alunos populares vezes demais em Nevada. Não se livrava de uma sensação de culpa sempre que participava.

— O refeitório desta escola é uma decepção total — dizia Celeste a um garoto atlético do outro lado da sala. — Em Taos, minha escola só vendida produtos orgânicos, e todas as entradas vinham direto da fazenda para a mesa.

— Legal — comentou o garoto. Como se ele desse a *mínima*.

— E este lugar tem tantas máquinas de salgadinhos — continuou Celeste. — É nojento. Sabia que essas coisas são cheias de toxinas? Além do mais, engordam. — Seu olhar deslizou para Beth Franklin, uma garota doce, mas um pouco gordinha, que estava comendo na mesa ao lado um saco de pretzels de uma dessas máquinas. Beth ficou roxa e recolocou os pretzels na bolsa.

Se bem que Emma não tinha certeza de que iria mesmo se sentir culpada com esse trote. Talvez Celeste o merecesse.

Eu concordava.

— Então, o que devemos fazer? — perguntou Laurel. — Escrever algumas cartas de amor de 'Garrett' combinando um constrangedor encontro falso? Tipo, com um mímico, um palhaço ou coisa do tipo?

— Já fizemos coisas assim. — Charlotte balançou a cabeça. — Precisamos de algo especial para essa garota.

Todas se calaram, refletindo. Uma voz baixa e fria soou atrás de Emma.

— Façam uma sessão espírita.

Todas se viraram ao mesmo tempo e viram Nisha, que não tinha nem desviado o rosto do gato de argila que pintava. Seu cabelo estava preso em um rabo de cavalo que descia por um de seus ombros. Enquanto delineava cuidadosamente bigodes na cara do gato, ela continuou.

— Simulem um monte de fantasmas. Vocês sabem que ela acredita em todas essas bobagens. Vai cair que nem um patinho.

As garotas se entreolharam. Emma percebeu que estavam muito impressionadas. Enfim, Madeline falou com um tom indignado:

— Não aceitamos sugestões de gente de fora do Jogo da Mentira.

Nisha deu de ombros.

— Em geral vocês não têm ideias tão boas.

— Você se esqueceu do assassinato no vestiário? — retrucou Madeline, referindo-se ao trote que elas tinham passado em Nisha meses antes, criando uma falsa cena do crime no armário dela. — Você estava quase fazendo xixi nas calças.

Nisha abriu a boca para argumentar, mas Emma se intrometeu:

— Nisha está certa. Uma sessão espírita falsa seria um golpe incrível.

Além do mais, parecia menos danoso que algumas das outras ideias do Jogo da Mentira, que já haviam incluído quase estrangular Sutton até deixá-la inconsciente ou estacionar o Volvo de Sutton nos trilhos do trem.

Emma olhou para as outras.

— Qual é, gente, essa ideia é demais. E Nisha, como foi sua, quer ajudar?

Madeline, Charlotte e Laurel se viraram para encará-la.

— Você está louca? – sussurrou Madeline, aproximando-se. – Ela não é uma integrante oficial.

— Gabby e Lili vão ficar furiosas – acrescentou Charlotte. – Elas levaram anos para entrar.

— Desde quando tomamos decisões baseadas no que Gabby e Lili pensam? – perguntou Emma.

Madeline cruzou os braços.

— Eu queria que Samantha Weir entrasse dois anos atrás e você foi megaescrota em relação a isso na época, Sutton. Não entendo o que mudou.

— Nisha é muito mais legal que Samantha Weir – argumentou Emma, canalizando sua Sutton interior. – Mas se você tiver uma ideia melhor, não usaremos a da Nisha e ela não precisa se envolver. Alguém?

Elas se entreolharam. Ninguém disse nada. Enfim, Madeline expirou com força.

— Tudo bem. Mas só desta vez. Não precisamos de nenhuma integrante.

— Nisha? – perguntou Emma.

A outra garota lhes deu um longo e minucioso olhar por cima do gato de argila. Depois sorriu.

– Por que não? – disse ela. – Contem comigo. Eu sempre quis ver um trote do Jogo da Mentira por dentro.

Do outro lado da sala, Celeste pintava símbolos astrológicos na borda de sua tigela. Um choque elétrico percorreu a coluna de Emma quando a garota nova ergueu o rosto e encontrou seus olhos. Um sorriso lento e lânguido se abriu no rosto de Celeste, como se ela tivesse acabado de pegar Emma em uma mentira e mal pudesse esperar pela chance de expô-la.

Ou, pensei com um arrepio, como se tivesse acabado de me ver, flutuando atrás de minha irmã gêmea.

15
ESPERANÇAS E INTRIGAS

Na manhã de segunda-feira, Emma, Laurel, Madeline, Charlotte e as Gêmeas do Twitter estavam sentadas na mureta de pedra do pátio, aproveitando o sol antes de o primeiro sinal tocar. Emma se sentia um pouco mais descansada depois do fim de semana. Havia tentando se recompor, passando muito tempo assistindo a reality shows com Laurel no sofá e fazendo um passeio de bicicleta com Ethan. O sr. Mercer não falou de Becky nenhuma vez, e ela não perguntou.

Grupos de alunos passavam por ali a caminho dos armários ou das salas de aula, muitos lançavam olhares discretos às garotas e tentavam não parecer desesperados demais. Corriam boatos de que Charlotte ia dar uma festa no sábado, e todo mundo queria um convite.

— Mal posso esperar pela sua festa, Char — disse Laurel, abrindo a tampa de um pote de iogurte Chobani.

— Vai ser fantástico — concordou Charlotte. — Poor Tony vai tocar às dez da noite. — Ela se recostou e tomou um gole de seu latte gelado, parecendo alheia à horda de candidatos a convidados.

— O DJ da Plush? — Madeline parecia impressionada. — Como conseguiu?

— O poder do dinheiro, garota. — Os olhos de Charlotte cintilaram por trás dos seus óculos escuros estilo aviador. — A mamãe e o papai me deixaram um envelope de dinheiro para comprar comida e coisas do tipo para o fim de semana. Eles devem estar se sentindo culpados por algum motivo, porque exageraram muito desta vez.

Uma garota com mechas azuis e macaquinho florido apareceu de repente ao lado da mureta.

— Oi, Charlotte. Eu fiz um monte de scones de mirtilo para a venda de doces do clube de teatro, mas acabei exagerando. — Ela deu uma risadinha nervosa e suas bochechas redondas coraram. — Vocês querem alguns? Estão muito bons.

A mão de Lili voou para o prato de doces, mas Charlotte a afastou com um tapa.

— Obrigada, mas já tomamos café da manhã. — Com um gesto, Charlotte indicou os copos do Starbucks e os potes de iogurte vazios espalhados ao redor delas.

A garota ficou arrasada.

— Ah, tudo bem. — Ela saiu às pressas, com as bochechas ardendo.

Madeline fez um som de desdém ao vê-la se afastar.

— Isso é que é forçar a barra, hein?

— Os scones, ou aquela roupa? — perguntou Charlotte.

— Ela não é tão ruim assim, gente — comentou Lili. — Fazemos educação física juntas e ela é bem engraçada.

— Tanto faz — disse Charlotte. — Pode convidá-la quando a vir hoje à tarde, Lili. Só diga para não usar um vestido de chantilly ou outra maluquice do tipo, viu?

Emma deu um gole hesitante no próprio café e estremeceu. Sutton bebia café puro, apenas com um toque de Splenda, e ela ainda não estava acostumada ao amargor.

Madeline a cutucou.

— Alguém está quieta hoje.

— É, o que está planejando? — Charlotte baixou os óculos escuros e a observou por cima da armação. — Eu *não* quero sangue de porco perto do tapete persa dos meus pais, Sutton, então nem pense nisso.

Emma jogou o cabelo com o que esperava ser uma arrogância convincente.

— Relaxe, Char, não estou planejando nada para a festa. Quer dizer, nada além de deixar vocês todas no chinelo.

— Isso não é um plano, é só sua personalidade terrível — implicou Laurel.

Antes que Emma pensasse em uma resposta, alguém colocou uma mão gelada em seu ombro.

— Garotas — disse uma fria voz feminina.

Emma gritou de surpresa. Ela se desequilibrou violentamente, e antes de perceber estava esparramada no chão ao lado de mureta, olhando o rosto assustado de Nisha.

Todas caíram em uma gargalhada histérica. Lágrimas de alegria desciam pelo rosto de Laurel. Charlotte e Madeline estavam paralisadas de tanto rir, apertando a barriga. Lili e

Gabby tinham caído nos braços uma da outra. Foi Nisha que se abaixou para ajudar Emma a se levantar.

— Desculpe — pediu ela, parecendo morta de vergonha. — Não tive a intenção de assustar você.

O rosto de Emma queimava.

— Não se preocupe — disse ela, tentando se recompor. — Eu só... pensei que fosse outra pessoa, só isso.

É, meu assassino. Mas Emma precisava manter a cabeça no lugar. O assassino podia estar observando naquele momento. Sem falar que ela ia acabar com minha imagem.

As outras pararam de rir por tempo suficiente para recuperar o fôlego, e Nisha se aproximou.

— Eu só queria mostrar o que fiz — disse ela, tirando um pedaço de papel de sua bolsa mensageiro coral e entregando-o a Emma. As outras se debruçaram sobre os ombros delas para ver o que dizia.

Na parte de cima do panfleto, uma fonte gótica dizia CONFERÊNCIA DOS MORTOS. Abaixo havia uma imagem de uma lápide.

— Descubra os mistérios além do véu dos vivos — leu Charlotte em voz alta. — Junte-se a nós na noite de domingo no Sabino Canyon quando invocaremos os espíritos. Máscaras e mantos obrigatórios para a entrada. — Havia um endereço de e-mail no fim para RSVP. Charlotte sorriu.

— Ah, está muito perfeito — comentou Madeline. — Ela vai cair direitinho.

— Quem? — perguntou Gabby, olhando o papel.

— Celeste — disse Charlotte. — Ela é nossa próxima vítima.

Lili ficou confusa.

— Aquela hippie? Desde quando?

— Desde que ela começou a me incomodar profundamente — explicou Emma. — E Nisha está nos ajudando. Foi ideia dela.

Gabby e Lili ergueram as sobrancelhas, mas nenhuma das duas disse uma palavra. Pela primeira vez, os dedos das duas ficaram pairando sobre o teclado de seus telefones.

Laurel apontou para o convite.

— Para que as máscaras?

— Para ela não nos reconhecer e ir embora na hora — explicou Nisha. — Além disso, máscaras são assustadoras, não é? É tudo parte da ilusão.

— Vamos nos encontrar na casa da Sutton e da Laurel no domingo para finalizar tudo — sugeriu Charlotte, jogando seu copo no lixo e se levantando.

— Vai ser no Sabino Canyon? — Emma não conseguiu disfarçar o desânimo na voz. Quanto menos ela precisasse ir ao local do assassinato de sua irmã, melhor.

— É perto da minha casa — explicou Nisha. — Achei que depois podíamos pedir comida e comemorar nosso sucesso. Se vocês quiserem, claro — acrescentou ela.

— O Sabino é perfeito — disse Madeline, apertando o cotovelo de Emma. — Aquele lugar é tão assustador que vai ser o ideal para uma sessão espírita. Aquela esquisita vai se arrepender de ter tentado mexer com você.

O olhar de Emma percorreu o pátio e foi até onde Celeste estava sentada em posição de lótus. Naquele dia, ela usava uma calça de cânhamo, sandálias de corda trançada e uma estrela Wicca de cinco pontas em uma corrente no pescoço. Celeste a lembrava uma versão mais estranha de Erin Featherstone, uma garota de sua escola em Henderson que era budista e chorava sempre que insetos morriam. Mas então Celeste ergueu o rosto e encontrou os olhos de Emma. Um sorrisinho lento, tranquilo e malicioso chegou a seus lábios, e seus olhos se estreitaram perigosamente. Não importava o que *Emma* pensava, percebeu ela, naquele momento ela era Sutton Mercer, e ninguém mexia com Sutton.

Ela se virou para as outras.

— Vamos nessa.

É isso aí, concordei.

Elas se levantaram e foram para o armário de Celeste, que ficava no corredor de belas-artes, entre o auditório e o estúdio de dança. Elas elegeram Charlotte para enfiar o convite pelas aberturas de ventilação, depois correram para trás de uma quina e esperaram ansiosamente Celeste aparecer, sufocando as risadas.

O cacofônico aquecimento da orquestra da escola saía da sala de música e percorria o corredor. O ar tinha um cheiro forte de aguarrás.

— Ela está vindo — sussurrou Laurel, e todas esticaram o pescoço pela quina para observar.

Celeste foi até o armário. Até seu jeito de andar era aéreo, como se ela não tocasse o chão. Ela abriu a porta do armário e o panfleto flutuou para fora. Laurel mordeu os nós dos dedos para conter as risadas quando Celeste se abaixou para pegá-lo.

— Ela está lendo — sussurrou Lili.

Charlotte bateu em seu ombro.

— É isso o que nós *queremos* que ela faça, idiota.

Celeste olhou para os dois lados do corredor, depois dobrou a folha de papel com cuidado e a enfiou dentro de um livro. Em seguida, fechou o armário e começou a andar pelo corredor em direção a elas.

– Rápido! – guinchou Gabby.

As garotas correram até o estúdio de cerâmica para se esconder. Instantes depois, o iPhone de Nisha vibrou.

– Ela confirmou a presença – anunciou ela, encarando Emma e sorrindo. – Meninas, é hora de ressuscitar os mortos.

Quem dera ela estivesse falando literalmente, pensei. Mas um trote em uma garota que merecia era quase tão bom quanto.

16

TODO DIA DEVERIA SER FOLGA DOS VETERANOS

No dia seguinte, antes do terceiro período, Charlotte e Madeline apareceram uma de cada lado de Emma e a guiaram até a porta do estacionamento dos alunos.

— Gente? — perguntou Emma quando elas passaram por sua sala. — Eu tenho inglês agora. Preciso entregar um trabalho sobre *Jane Eyre*.

Por mais importante que fosse fingir que era Sutton, Emma não conseguia abrir mão de seus hábitos de estudo. Ela tinha terminado de ler *Jane Eyre* pela segunda vez e adorado, mas não podia admitir para as amigas de Sutton. Duvidava de que a irmã gêmea teria se desmanchado em elogios à angustiada literatura vitoriana.

Ãhn, não. Seria mais provável eu pesquisar a Wikipédia dez minutos antes da aula e torcer para ninguém perceber.

Mas parabéns para minha irmã. Era bom saber que uma de nós era cabeça.

Madeline fez um som de desdém.

– Então entregue no final do dia. Enfim, quem quer falar sobre um livro velho e estranho de uma garota que claramente nunca transou? Eu desisti na primeira página. Nós merecemos um dia de saúde mental. E *precisamos* de roupas novas para a festa.

Emma fez uma pausa. Em sua antiga vida em Nevada, ela não teria sonhado em matar aula. Sempre foi uma boa aluna. Sabia que sua única chance de fazer faculdade era conseguir uma ótima bolsa de estudos, e se esforçava muito. Ela também *gostava* da escola, era uma fuga das condições de vida deprimentes que tinha, um lugar onde podia se misturar à multidão anônima e fugir dos olhos de irmãos temporários bizarros ou de guardiões excêntricos e ser apenas uma criança normal.

Mas um dia de saúde mental era exatamente aquilo de que ela precisava no momento.

– Tudo bem, estou dentro – concordou ela, dando o braço a Madeline e saindo para o sol.

Elas entraram no jipe Grand Cherokee de Charlotte e colocaram uma música da Kelly Clarkson no máximo quando saíram. Emma sentiu o peso nos ombros aliviar pela primeira vez em dias. Aquilo era mesmo melhor que assistir à aula.

– Então, pedi a sobremesa da festa no Hey, Cupcake! – contou Charlotte quando elas passaram por uma loja de revistas em quadrinhos com um Homem-Aranha de fibra de vidro em tamanho natural preso à parede externa. – Acham que sete dúzias vai dar?

— Eu amo o veludo vermelho deles — disse Madeline, revirando os olhos de êxtase. — Talvez seja melhor pedir mais uma dúzia.

— Se eu tiver de olhar você comer uma dúzia de cupcakes, vou me matar — reclamou Charlotte, observando com inveja a silhueta esguia de dançarina de Madeline.

— Vai levar alguém, Charlotte? — perguntou Madeline, no que Emma suspeitou ser uma tentativa de mudar de assunto.

Em um sinal de trânsito, Charlotte aplicou gloss pêssego da NARS pelo espelho retrovisor.

— John Hokosawa — disse ela. — Eu nem ia me dar ao trabalho, mas conversamos depois da aula de cálculo de ontem e ele está lindo.

— Ah, meu Deus, eu adorei o novo corte de cabelo dele — concordou Madeline. — Ele está com cara de quem deveria estar correndo de moto.

As duas riram.

— Esperem, rebobinem — disse Emma, virando a cabeça para Charlotte. — Como assim você não ia se dar ao trabalho de levar alguém? — Até onde ela sabia, as garotas do Jogo da Mentira não iam a lugar nenhum sozinhas.

Charlotte deu de ombros.

— Não tem mais ninguém com quem sair.

— Ai, nem me fale. — Madeline se recostou no banco, fazendo um biquinho. — Não aguento mais os garotos da escola. Fico olhando os corredores e pensando: É só isso? Eles são tão crianças.

— Então *você* vai sozinha? — perguntou Emma.

Madeline a olhou como se ela fosse louca.

– Claro que não. Vou com Jake Wood. Não vou ficar na seca pelos próximos seis meses só porque têm caras da faculdade no horizonte.

Emma nunca tinha ouvido Madeline ou Charlotte falarem de faculdade, mas provavelmente não devia ficar chocada. A faculdade *estava* no horizonte, pelo menos para elas. Tudo mundo parecia estar olhando para a frente, pronto para tocar a vida enquanto Emma estava presa à vida de outra pessoa. O que aconteceria se não resolvesse esse caso antes do prazo das inscrições para as universidades? Ela as enviaria como Sutton ou ficaria presa ali em um limbo, correndo atrás de pistas que não davam em nada e quebrando a cabeça?

Eu também não sabia. E se ela ficasse cansada de se perguntar quem tinha me matado? E se encontrasse um jeito de abandonar minha vida sem se ferir? *E aí* o que aconteceria comigo?

Elas entraram no estacionamento do La Encantada. Mães jovens com calças de ioga da Lululemon e brincos de diamantes empurravam carrinhos pelas galerias ensolaradas. Um grupo de idosos ultrapassou as garotas em uma caminhada vigorosa, agitando os braços com animação. Jazz animado saía pelos alto-falantes, e o cheiro de pão e coisas fritas flutuava pelo ar vindo do AJ's Market. Enquanto elas se dirigiam à área principal do shopping, o telefone de Emma apitou. MAIS ALGUMA IDEIA SOBRE BECKY?, escreveu Ethan.

NÃO, respondeu Emma.

TALVEZ A GENTE DEVESSE PESQUISAR A DOENÇA DELA, sugeriu Ethan. SE FOR ALGUMA COISA INOFENSIVA, PODEMOS TIRAR BECKY DA LISTA DE SUSPEITOS.

BOA IDEIA, concordou Emma. PRECISO IR.

INGLÊS É TÃO INTERESSANTE ASSIM?, brincou Ethan.

Emma observou as vitrines brilhantes à frente. O que Ethan pensaria sobre ela ter matado aula? Ela sabia que ele achava as amigas de Sutton frívolas e superficiais. TOTALMENTE INTERESSANTE, respondeu ela, decidindo não contar.

Elas pegaram a escada rolante, subindo para a loja Bebe. Emma olhou as garotas com o canto do olho. O olhar de Charlotte estava escondido atrás dos óculos estilo aviador, e Madeline digitava furiosamente. Um adesivo que dizia MÁFIA DO LAGO DOS CISNES cobria a parte de trás de seu iPhone, algum tipo de piada interna de balé. Quando passaram pelas portas, Madeline foi direto para a arara de suéteres curtos, enquanto Charlotte começou a olhar os vestidos. Ao avaliar um vestido curto e franjado que lhe fez lembrar de melindrosas e os loucos anos 1920, Emma teve uma ideia repentina: um monte de gente estaria na casa de Charlotte, o mesmo lugar onde ela tinha sido atacada em uma madrugada de sua primeira semana em Tucson. A festa não teria supervisão. E se o assassino de Sutton estivesse lá?

Ela estremeceu, lembrando-se daquelas mãos fortes em sua garganta, apertando a corrente do relicário de prata de Sutton em sua pele até que ela mal conseguisse respirar. Como queria ter visto o rosto de quem a atacou.

– Char? – Emma tentou parecer casual enquanto olhava uma arara de cintos. – Você vai desarmar o sistema de segurança para a festa?

Charlotte olhou para ela de um jeito estranho.

– Ãhn, claro? Não quero que a polícia apareça antes que a festa possa sequer começar. A última coisa que eu preciso é de algum idiota bêbado que o dispare.

– Você viu alguém, tipo, rondando sua casa nos últimos tempos?

Charlotte estreitou os olhos.

– Isso é o começo de algum trote do Jogo da Mentira? Tosco, Sutton. Repetições não são permitidas, lembra?

– Repetições?

– Ah, por favor. Não finja que esqueceu o cara que entrou de penetra no meu aniversário com uma serra elétrica e uma máscara de Jason.

Eu ri em silêncio. Queria me lembrar desse.

Emma ergueu as mãos.

– Eu não estava planejando nada, sério. Só estou curiosa. Quer dizer, por que vocês têm um sistema de alarme tão sofisticado? Alguém já invadiu?

Charlotte deu de ombros.

– Não sei. Acho que não, detetive Mercer.

Lançando um último olhar a Emma, ela jogou alguns vestidos sobre o ombro e foi para o provador. Emma ficou ali pensando. Ela via amontoados de tecido ao redor dos dedos com unhas perfeitamente manicuradas dos pés da amiga. O que queria mesmo era saber quem tinha acesso aos códigos de segurança, mas Charlotte já achava que ela estava agindo de um jeito estranho.

A porta se abriu meio centímetro, e o rosto de Charlotte apareceu na fresta.

– Ah, que bom, você ainda está aí. Pode fechar meu zíper?

Charlotte se virou e levantou o cabelo. Emma puxou o zíper, mas ele não se moveu. O vestido verde-jade estava apertado na cintura de Charlotte.

— Hmm — disse Emma, constrangida, sem querer falar *Acho que você precisa de um tamanho maior*. Charlotte já era muito sensível em relação ao peso.

Infelizmente, esse foi o momento que Madeline escolheu para sair saltitando do provador ao lado com um minissuéter colado ao torso esguio, expondo o abdome tonificado e a cintura estreita. Ela fez um rápido *pas de bourrée* no espelho, caindo em uma graciosa meia cortesia.

— O que acham, garotas?

Charlotte se afastou de Emma e bateu a porta.

Madeline congelou, os olhos arregalados.

O que foi isso?, murmurou ela em silêncio para Emma.

Emma cerrou os dentes, sem saber como responder. Como podia dizer a Madeline que ela tinha escolhido o momento errado para sair dançando e parecendo uma modelo da Victoria's Secret?

Então ela se virou para o provador de Charlotte.

— Char? — chamou ela com a voz suave, encostando a bochecha na porta. — Você está bem?

Ela ouviu a outra fungar no provador.

— Estou.

Madeline trocou o peso de um pé para outro, desconfortável.

— Eu fiz alguma coisa? — sussurrou, envolvendo a cintura com os braços como se de repente se sentisse nua. Emma balançou a cabeça.

— Não, eu fiz. — Ela se voltou outra vez para o provador.

— Vamos embora — disse Emma. — Este lugar é um lixo. Além do mais, vi um vestido bronze maravilhoso na Castor and Pollux que vai ser perfeito para seu tom de pele.

A porta se abriu. Charlotte estava com as bochechas vermelhas e os olhos marejados, mas deu um jeito de exibir uma expressão blasé. Atrás dela havia pilhas desarrumadas de vestidos pelo chão. Em geral, Emma teria detestado deixar uma bagunça como aquela para as funcionárias da loja arrumarem. Afinal de contas, em sua antiga vida ela era uma garota da classe trabalhadora, mas se limitou a dar o braço a Charlotte e guiá-la até a porta. Madeline correu atrás dela, mas Emma se virou e lhe lançou um olhar que dizia: *Ela está bem, deixe-me ficar um tempo sozinha com ela.* Madeline assentiu, esperando um pouco para ficar alguns passos atrás.

– Então, Castor and Pollux? – perguntou Emma.

Char deu de ombros.

– Tanto faz.

Emma observou Charlotte com cuidado quando elas subiram na escada rolante, tentando interpretá-la. Char sempre se comportava com a confiança de uma fêmea alfa, mas devia ser difícil andar com Madeline, a Primeira Bailarina, e a Glacial Sutton Mercer, que entravam nos menores tamanhos das araras com facilidade. E havia a mãe de Charlotte, que não comia nada além de toranja e parecia sua irmã mais velha.

Ela colocou a mão no ombro da amiga.

– Char, você sabe que é deslumbrante, não sabe?

A máscara fria e indiferente do rosto de Charlotte não se alterou. Ela observou três mulheres mais velhas no nível mais baixo como se fossem as pessoas mais fascinantes do mundo.

– Sério – persistiu Emma. – Você tem um corpo incrível. Eu daria qualquer coisa para encher uma gola em V como você.

O rosto de Charlotte virou-se para Emma, com os lábios se curvando de raiva.

— Menos, Sutton. Se meu corpo fosse tão bom, aquele trote idiota com as etiquetas não teria funcionado.

— Etiquetas? — perguntou Emma, surpresa.

— No ano passado, quando vocês passaram um mês inteiro trocando as etiquetas das minhas roupas para eu achar que estava engordando.

Os lábios de Emma se entreabriram. Elas tinham mesmo feito *isso*?

— Adorei passar metade do meu terceiro ano achando que estava gorda demais para usar tamanho quarenta e quatro — disparou Charlotte com raiva.

— Foi uma piada horrível — disse Emma com seriedade. — Desculpe, Char.

O pedido de desculpas pareceu deixar Charlotte sacudida por um instante, mas depois sua expressão voltou a ficar impassível.

— Não importa.

— Importa, sim — insistiu Emma. — Foi maldade.

Charlotte torceu o nariz.

— Foi ideia sua.

Emma estremeceu. *Claro* que tinha sido ideia de Sutton.

— Bem, foi um erro, e se eu pudesse não teria feito. Desculpe.

Charlotte parou diante da Williams-Sonoma e levantou os óculos para olhar Emma por baixo deles.

— Ok, estou começando a achar que Celeste pode estar certa. Você foi substituída por um alienígena ou coisa do tipo.

Emma sorriu.

— Não tem nenhum alien aqui. Eu só... bem, percebi que às vezes não valorizo vocês. Espero que saiba quanto você e a Madeline significam para mim. São minhas melhores amigas.

Eu pairei ao lado de minha irmã, concordando em silêncio. Estar morta me deu uma nova perspectiva sobre a forma como vivi. Acho que até fantasmas podem amadurecer.

— Esperem um minuto — disse Madeline, dando um passo à frente para se juntar a elas. — Sutton tendo uma conversa sincera? Isso é influência do sr. Sensível?

Charlotte sorriu.

— Mads, acho que você sacou tudo. Vai começar a escrever poesia, Sutton?

Madeline e Charlotte riram, assustando um pombo que estava empoleirado em um pretzel ali perto.

— E quanto a dar mamadeira a filhotes de gatos? — implicou Madeline.

— Doar seu cabelo para crianças com câncer? — sugeriu Charlotte, rindo.

— Estudar violão e cantar em bares para amadores? — acrescentou Madeline.

A tensão tinha se quebrado. Emma enrugou o nariz em uma irritação fingida enquanto Madeline e Charlotte se apoiavam uma à outra, rindo.

— Vocês duas são hilárias — retrucou ela com insolência.

— Nós sabemos — disse Charlotte, engolindo outra risada. Ela segurou as mãos delas. — Venham. Preciso encontrar um vestido à altura do meu corpo gostoso. — Sua voz foi sarcástica, mas o tom de amargura desapareceu. — E Sutton...

— Sim?

Charlotte balançou a cabeça.

— Nada. Obrigada. Ou... sabe... eu perdoo você. Vocês duas. — Ela olhou também para Madeline.

– Ei, eu não pedi desculpas – brincou Madeline, dando o braço a Charlotte.

– É porque você é uma escrota – falou Charlotte em tom leve. – É inevitável. Mas mesmo assim eu a perdoo.

Minhas melhores amigas e minha irmã começaram a andar pelo shopping juntas.

– Obrigada – sussurrei para Charlotte. – Obrigada por me perdoar.

Tudo muda. Mais cedo ou mais tarde, todas nós crescemos.

17

PESQUISANDO E RECORDANDO

Durante o tempo livre na quarta-feira, Emma entrou na biblioteca da escola na surdina. O lugar era uma sala bege sem graça repleta de estantes de metal e pôsteres de celebridades segurando livros. O nome da bibliotecária era srta. Rigby, uma mulher relativamente jovem que usava óculos de gatinho e cardigãs vintage. Ela tinha um ar de perene irritação, como se não acreditasse que adolescentes recusariam a chance de usar material de pesquisa todos os dias, mas, se visse um aluno examinando as pilhas por vontade própria, amolecia de imediato. Emma esteve ali algumas vezes desde que chegou a Tucson, primeiro para verificar fontes para um trabalho de inglês, e outra para pegar livros e ler por prazer. A princípio, a bibliotecária a tratou com ceticismo. Parecia conhecer Sutton pela reputação de bad girl, e não pelo comparecimento à biblioteca. No entanto, ao longo das últimas semanas, ela aceitou o fato de que Sutton Mercer tinha começado a gostar de livros.

Emma decidiu aceitar a sugestão de Ethan e investigar um pouco a doença da mãe. Talvez não ajudasse a solucionar o assassinato de Sutton, mas ao menos lhe daria alguma informação sobre o que Becky estava enfrentando.

– Oi, Sutton – disse a srta. Rigby, sorrindo para ela da mesa de informações.

– Oi, srta. Rigby. – Ela olhou em volta para se certificar de que ninguém a entreouvia, embora a biblioteca estivesse quase vazia. – Vou fazer uma pesquisa para uma apresentação.

– Qual é o tópico?

– Ãhn, doença mental.

A srta. Rigby se recostou na cadeira, pensativa.

– É um assunto bastante amplo para se lidar de uma só vez. Está interessada em algo específico?

– Bem, estou interessada em... casos violentos. – Seu pulso acelerou um pouco só por dizer em voz alta.

A bibliotecária assentiu.

– As violentas são sempre as mais interessantes, não é? – comentou ela. – Devo admitir, Psicologia Anormal foi uma das minhas matérias preferidas na faculdade. Venha comigo.

A bibliotecária a conduziu por um corredor no meio de pilhas de não ficção. Havia quatro estantes e meia cheias de títulos como *O guia dos transtornos de personalidade para leigos* e *Estudos de caso de doenças mentais*. Vários dos livros pareciam obsoletos e mofados.

A srta. Rigby analisou as estantes por um momento até encontrar o que procurava.

— *A oficina do diabo* — disse ela, animada. — É sobre insanidade criminosa. É um bom livro, e deve ser um bom ponto de partida para sua pesquisa se você estiver interessada nesse tipo de coisa.

Emma gostava da srta. Rigby, mas era meio arrepiante ouvi-la falar de insanidade violenta como se fosse uma fonte de entretenimento.

— Ãhn, ótimo.

— É óbvio que o conselho escolar não nos deixa ter nada perturbador demais na biblioteca, então talvez também seja bom dar uma olhada na universidade. Eles devem ter um monte de coisas.

A bibliotecária retornou à mesa, e Emma voltou-se para as estantes. Ela pegou mais alguns livros e foi para uma mesa escondida atrás da seção de ficção científica, meio fora de vista da recepção.

Começou a folhear o primeiro livro. Tinha várias imagens, desde xilogravuras dos julgamentos das bruxas de Salém até fotos antes e depois de lobotomias nos anos 1960. Ela foi até o sumário e passou o dedo pela lista de assuntos, sem saber o que estava procurando. Então se lembrou de algo que a enfermeira disse no hospital: *Parece um surto psicótico*.

Ela encontrou *surto psicótico* e foi até a página indicada. *A psicose é marcada pelo distanciamento completo da realidade*, dizia. *Ilusões, alucinações, pensamento ou comportamento perturbado e falta de controle dos impulsos são indicadores de um surto psicótico*. Em seguida, o livro descrevia vários assassinos em série com nomes como Ceifador Noturno e Assassino do Machado de Dallas, que haviam recebido instruções das vozes em suas cabeças para matar repetidas vezes. Haviam assassinado pessoas que amavam. Pais. Irmãs. *Filhos*. Só porque uma voz tinha mandado.

O estômago de Emma se revirou. Becky foi levada para o hospital porque tinha apontado uma faca para alguém. Será que uma voz a mandara fazer isso? O que ela poderia ter feito se os seguranças não tivessem interferido?

— Lendo algum livro legal?

Thayer estava de pé diante dela, com o cabelo escuro caindo de qualquer jeito sobre os olhos esverdeados. Emma fechou o livro com força e o colocou de lado, com a capa para baixo. Uma obra sobre psicose criminosa não parecia o material de leitura típico de Sutton Mercer.

Thayer se deixou cair na cadeira da frente, e de repente um pacote de Twizzlers apareceu diante do nariz dela. O cheiro doce de morango a deixou com água na boca.

— Para você!

— É o meu preferido! — exclamou Emma, dando uma grande mordida no doce grudento e açucarado.

Emma sempre tinha uma embalagem desse doce na bolsa em Nevada para escondê-la dos irmãos temporários com problemas de espaço-e-posse.

— Como você sabia?

Ele franziu a testa.

— Porque eu trazia para você todos os dias?

Emma sorriu ao pensar que seu doce preferido também era o de Sutton. Apesar dos estilos de vida tão diferentes, talvez compartilhassem alguns gostos, afinal.

— O que você está lendo, hein? — perguntou Thayer. Ele pegou o livro e assobiou baixo de surpresa. — Uau. Você tem um lado sombrio que eu não conhecia.

– É por isso que está aqui? Para saber mais sobre meu lado sombrio? – perguntou Emma.

Thayer assentiu.

– Obviamente. Estou perseguindo você.

Emma sentiu as bochechas ficarem quentes sob o olhar de Thayer. *Ele acha que está olhando para Sutton*, não para mim, lembrou a si mesma. Uma faísca de curiosidade surgiu no fundo de sua mente. Thayer estava infeliz e irritado quando ela o conheceu, e ela ainda se surpreendia ao ver esse lado amigável e doce. Então se lembrou de algo e pigarreou.

– Lembra-se do dia da feira em que você ganhou aquele Scooby-Doo enorme para mim? – perguntou ela.

As sobrancelhas dele se ergueram de surpresa.

– Como poderia esquecer? Passei três horas jogando anéis em pinos de boliche para conseguir aquele negócio idiota.

– Laurel me lembrou outro dia – disse Emma com suavidade. – Foi muito... *fofo*.

Thayer franziu as sobrancelhas.

– Você disse que foi uma idiotice. Disse que bichos de pelúcia de parques de diversão eram cheios de piolhos.

– Ah, que isso, eu adorei – murmurou Emma.

Por um instante, ela se imaginou como Sutton, recebendo o bicho de pelúcia, revirando os olhos para manter intacta a reputação de diva, mas depois encostando a bochecha ao brinquedo de plush barato e sorrindo ao pensar em Thayer. Tinha certeza de que a irmã havia ficado em êxtase com aquele gesto.

Revi o Scooby-Doo sentado em minha colcha. Thayer e eu nos amávamos com tanta intensidade, mas só tínhamos ficado juntos por um curto período. Não era justo.

Thayer estendeu a mão por cima da mesa para pegar a de Emma. Por uma fração de segundo, ela o deixou fechar os dedos sobre os dela, mas logo se retraiu.

Ele corou.

— Desculpe — disse. — É difícil perder hábitos antigos.

Ela foi poupada de ter que falar mais quando Celeste, que embaralhava cartas preguiçosamente, saiu de trás de uma estante. Ela usava uma jaqueta de renda verde sobre um vestido cinza curto e sem forma, e uma grande pedra roxa pendia do pescoço em um cordão. Os anéis nos dedos cintilavam enquanto ela brincava com o baralho. Ela parou quando viu Sutton e Thayer.

— Oláááá — disse ela, esticando a palavra.

— O que você quer? — perguntou Emma, franzindo a testa. Não estava no clima para ouvir mais sobre sua aura danificada naquele dia.

Celeste sorriu para Thayer com uma expressão que parecia filtrada através da lente desfocada de uma câmera.

— Não sei se já nos conhecemos. Você é o namorado da Sutton?

Thayer tossiu e lançou um olhar constrangido a Emma.

— Eu sou Thayer — disse ele, estendendo a mão.

Celeste não a apertou. Ela se sentou ao lado dele e fixou os olhos em Emma.

— Sutton — disse ela, enfim. — Acho que fui enviada aqui para lhe dar uma mensagem.

Thayer arregalou os olhos, claramente se divertindo. Emma se lembrou de que ele dissera que Celeste tinha um *corpo celestial*. Típico de garoto.

— Uma mensagem? — desafiou ela. — Sério? De quem?

— Do universo. — O olhar de Celeste era distante. — Eu estava indo para o Centro Estudantil encontrar o Garrett quando senti uma necessidade irresistível de vir aqui. Não sei por quê... não estava planejando visitar a biblioteca. Mas algo guiou meus passos direto para você. — Ela se aproximou ainda mais. — Acho que eu devia ler suas cartas, se você não se importar.

Emma parou. Uma vez tinham lido tarô para ela, quando ela e Alex entraram escondidas em uma convenção New Age no Cosmopolitan em Las Vegas. A médium era uma mulher magra com longos cabelos escuros e um sotaque que parecia oscilar entre jamaicano e sulista. Ela disse a Emma que via dificuldades familiares no horizonte, segredos e mentiras expostos, uma morte, mas que no final Emma teria lucro financeiro. Ela e Alex riram daquilo. Na época, pareceu uma boa piada, pois Emma não tinha família.

Mas naquele momento tinha. E essa família enfrentava muitas dificuldades.

Emma mordeu o lábio. Não sabia se acreditava em leitura da sorte. Mas estava sem ideias. E talvez, quem sabe, as cartas pudessem lhe dizer algo.

— Tudo bem — disse ela. — Vá em frente.

Celeste não falou nada, limitando-se a embaralhar as cartas. Para Emma, foi inevitável notar que, apesar da expressão distante do rosto, suas mãos se moviam com a velocidade e a confiança de um vigarista.

Celeste tirou a primeira carta, que exibia uma mulher vendada e amarrada diante de uma fileira de espadas. O desenho era simples e colorido, o rosto da mulher estava quase todo escondido pelo lenço que cobria seus olhos, mas a pele de Emma pinicou ao olhar para ele. A mulher estava encurralada, cercada por lâminas.

– O Oito de Espadas – disse Celeste em tom cuidadoso. – Indica que você está incapacitada. Que suas opções são limitadas e você não vê uma saída.

As mãos de Emma começaram a tremer, e ela as escondeu sob a mesa. Celeste tirou outra carta. Dois cachorros olhavam para a lua. O rosto da lua era estranho e hostil.

– A Lua. – Celeste ergueu os olhos para encontrar os de Emma, com o rosto sério e triste. – Há loucura a seu redor, Sutton Mercer.

As palavras perfuraram o coração de Emma com um dardo de gelo. O tom de Celeste fez parecer que era culpa de Emma, como se ela tivesse gerado a insanidade. Emma balançou a cabeça de um jeito quase imperceptível quando Celeste virou a terceira carta. Essa não precisava de explicação. O sombrio cavaleiro esquelético carregando um estandarte preto. Era óbvia.

– A Morte – sussurrou Celeste.

Emma percebeu que pressionava os punhos com força nas coxas e se concentrou em relaxá-los. Obrigou-se a abrir a boca e dizer alguma coisa sarcástica, a zombar de todo aquele processo. Mas sua vida inteira parecia exposta em papel diante dela. Ela não conseguia se mover.

A sugestão de um sorriso brincou nos lábios de Celeste.

– As cartas não mentem jamais – sussurrou ela. Com isso, recolheu o baralho e foi embora.

Emma continuou olhando para a mesa como se as cartas ainda estivessem ali. Algo... *sobrenatural* tinha acontecido?

Thayer tocou seu cotovelo.

— Não me diga que acredita nessa bobagem.

Emma engoliu em seco.

— Ela estava certa, Thayer. Sobre minha mãe.

Ele revirou os olhos.

— Ela só viu o que você estava lendo e chutou algumas coisas. Ela está tentando confundi-la.

Emma ficou perplexa. Claro. Os livros espalhados ao redor tinham títulos como *Insanidade clínica* e *Um guia para a psicose*. Celeste a tinha manipulado. Ela expirou, aliviada.

— Agora estou me sentindo ainda mais idiota.

— Você não é idiota — murmurou ele. — Só está com medo. Mas vai ficar tudo bem.

Se eu me aproximasse ao máximo de minha irmã, quase acreditaria que ele estava falando comigo. Que era para meu rosto que ele estava olhando daquele jeito.

Emma afastou os livros e cerrou os dentes.

Ambas sabíamos o que ela precisava fazer: saber mais sobre Becky, de um jeito ou de outro, e descobrir do que nossa mãe louca era capaz.

18
MÃE, INTERROMPIDA

Assim que o treino de tênis terminou, Emma foi direto ao hospital e pegou o elevador para o quarto andar. O cheiro forte de aromatizador de ambientes fez suas narinas arderem, assim como um odor mais desagradável de antisséptico. O corredor estava mergulhado em um silêncio sinistro, como se toda a ala tivesse cedido sob a pressão dos próprios segredos e delírios. Ela contraiu o maxilar e foi até o posto de enfermagem com o coração batendo como um tambor no peito.

O jovem enfermeiro de óculos e com calvície prematura tirou os olhos da tela do computador. O reflexo do monitor formava dois quadrados brilhantes nas lentes.

– Posso ajudá-la? – perguntou ele.

Ela segurou com força a alça da bolsa carteiro.

— Estou aqui para visitar Becky... quer dizer, Rebecca Mercer.

Ele indicou uma folha de papel presa a uma prancheta.

— Assine o registro.

A página vazia era deprimente. Emma escreveu o nome de Sutton com capricho. O enfermeiro saiu de trás da mesa e leu o registro com uma das sobrancelhas erguidas.

— Você é a filha, certo?

Qual era a resposta certa? *Mais ou menos. Já fui. Só geneticamente.* Mas ela se limitou a assentir.

— Ela tem perguntado por você — disse ele, fazendo um gesto com a cabeça para indicar que ela devia segui-lo. Emma foi atrás dele. — Só conseguimos arrancar isto dela: 'Eu quero minha filha.'

Qual delas?, perguntou-se Emma.

Havia uma grande sala comunitária à esquerda deles, onde se via meia dúzia de pessoas pelas janelas. Todos os olhos estavam voltados para uma TV ligada em *Dancing with the Stars*. Uma garota de roupão de banho apenas um pouco mais velha que Emma estava de pé, balançando-se no ritmo da música. Uma mulher de meia-idade sentava-se perto da janela, com a cabeça entre as mãos. Um dos pacientes que estava diante da TV, um homem de cabelo grisalho e oleoso que descia em cachos pelo pescoço, olhou na direção do corredor e piscou para Emma. Faltavam vários dentes em seu sorriso. Emma correu atrás do enfermeiro, engolindo um medo quase palpável. Por um instante, teve vontade de voltar correndo para o elevador, para o carro de Sutton, para casa. Mas precisava fazer aquilo. Precisava falar com Becky.

Eu flutuava atrás de Emma, desejando poder avisá-la para tomar cuidado. Aquele não era um bom lugar. Talvez eu fosse mais sensível já que estava morta, ou talvez estivesse apenas me alimentando da ansiedade dela, mas ao redor sentia tristeza, raiva e medo. Mais ainda do que na primeira vez. Emoções me golpeavam por todos os lados. Eu me sentia como um nervo exposto.

– Sutton?

Uma mão segurou o bíceps de Emma. Um grito ficou preso em sua garganta. Por uma fração de segundo, ela teve certeza de que era o homem grisalho da sala comunitária, e um calafrio de nojo a percorreu. Mas então seus olhos recobraram o foco.

– N-Nisha? – perguntou ela.

O uniforme de listras vermelhas e brancas de Nisha era imaculado, e seu cabelo grosso estava preso em um coque banana. A alguns metros de distância havia um carrinho cheio de revistas antigas e livros gastos de capa mole. Os lábios de Nisha se entreabriram de surpresa.

– O que você está fazendo aqui?

Emma engoliu em seco. Ela não tinha planejado ser vista por ninguém que conhecia. Como podia ter esquecido que Nisha trabalhava como voluntária ali? Mais à frente, viu o enfermeiro calvo a esperá-la com impaciência diante do quarto de Becky. Ela se inclinou para o ouvido de Nisha.

– Estou… visitando uma amiga. Mas isso precisa ser segredo. Por favor, não conte a ninguém que me viu aqui. Explico depois.

Nisha assentiu. Ela abriu a boca como se fosse dizer mais alguma coisa, depois pareceu mudar de ideia. Emma se virou para o enfermeiro e, enquanto se afastava, teve a nítida consciência de que Nisha a observava.

O quarto de Becky não havia mudado, com exceção do acréscimo de um pequeno vaso cheio de íris e rosas amarelas na mesa de cabeceira. Emma se perguntou se o sr. Mercer os havia levado. Uma luz fluorescente tremulava e zumbia no teto, e do pequeno banheiro do quarto vinha o esporádico *plinc* de uma pia vazando. Uma bandeja de comida murcha estava intocada na bancada.

Becky dormia esticada na cama. Usava uma calça de pijama de flanela e uma enorme camiseta do Arizona Wildcats em vez da bata hospitalar. Seu cabelo havia sido lavado e penteado, e suas unhas estavam limpas. Mas sua pele ainda estava pálida e marcada por olheiras profundas. Emma notou que ela não estava amarrada à cama. Só podia ser um bom sinal, não é?

Senti um fervilhar de emoção emanar da mente de Becky. Era difícil captar seus sentimentos, estava tudo misturado em sua cabeça. Mas, em meio à confusão, um pensamento ardente era mais forte que qualquer outra coisa e repetia-se sem parar como um cântico. *Sinto muito. Sinto muito pelo que fiz.*

– Você tem meia hora – disse o enfermeiro, assentindo para Emma e depois sumindo pelo corredor.

Emma pegou o iPhone de Sutton, abriu o aplicativo de gravação de voz e apertou GRAVAR, depois fechou a porta delicadamente com o pé. Becky abriu os olhos devagar quando ouviu o *snick* do trinco se encaixando, e seu olhar disparou para os lados como o de um animal selvagem. Ela tentou se sentar, mas parecia fraca e descoordenada. Então viu Emma. Seus olhos se arregalaram.

— É você — disse ela com a voz rouca. — Emma.

— Não — falou Emma em um tom suave. — Não, meu nome é Sutton.

— Ah. — Becky ficou com os olhos vidrados quando voltou a deitar a cabeça nos travesseiros.

Emma deu um passo em direção à cama. O corpo de sua mãe exalava um cheiro químico e medicinal. Ela mordeu o lábio.

— Há quanto tempo você está na cidade? — perguntou ela, mantendo a voz baixa e controlada.

— Algum tempo — respondeu Becky com a voz arrastada.

— O que anda fazendo aqui?

Um sorriso lento e estranho se abriu no rosto de Becky.

— Observando você, claro.

Eu estremeci ao olhar aquele rosto devastado e flácido. Observando-a porque sabia que ela era Emma? Para ter certeza de que estava desempenhando meu papel? Observando-a e colocando mensagens ameaçadoras sob o limpador de para-brisas de Laurel, esganando-a na cozinha dos Chamberlain?

Emma segurou com força a grade de proteção da cama.

— Quando foi a última vez que conversamos? — perguntou ela. — Quando nos vimos pela última vez, quer dizer?

A boca de Becky se retorceu para baixo.

— Quando você tinha cinco anos, Emma.

A luz fluorescente tremulou outra vez, emitindo um zumbido ensurdecedor no silêncio. Emma debruçou-se sobre a cama.

— Meu nome é Sutton — insistiu ela em tom suave.

Mas a cabeça de Becky rolou de um lado para outro na pilha de travesseiros, com os olhos distantes.

– Você adorava participar das minhas caças ao tesouro quando era pequena. Gostou da que fiz para você no hotel, Emma?

– Eu sou a Sutton – repetiu Emma, mas Becky a ignorou.

– Lembra-se do vestido de princesa que comprei para você no brechó de caridade? Você dançou pelo quarto do hotel. – Becky ergueu as mãos como se regesse uma música que só ela ouvia. – Girava, girava e girava... tão linda.

Emma se concentrou em respirar devagar, com cuidado. Caso contrário, podia gritar ou começar a chorar.

– Você era uma menina boazinha, Emmy, mas também era má. Dava trabalho demais. – Uma única lágrima desceu pela bochecha funda de Becky.

Emma cerrou os dentes.

– Eu sou Sutton – disse ela. – Meu nome é Sutton. Então vou repetir. Quando foi a última vez que você me viu?

Becky se apoiou no travesseiro.

– No cânion – disse ela, com a voz repentinamente firme e as palavras claras. – Naquela noite no cânion.

Sua mão agarrou o antebraço de Emma, perfurando a pele com as unhas. Enquanto Emma tentava se libertar, um grito saiu de sua garganta. Os dedos de Becky se firmaram, e sua expressão era fixa e vazia. Bolhas de espuma se acumulavam nos cantos da boca e desciam pelo queixo.

– Socorro! – gritou Emma.

Ela tentou abrir os dedos de Becky, mas parecia um pesadelo. Becky a segurava com cada vez mais força. A porta se abriu e enfermeiras entraram depressa no quarto. O enfermeiro que tinha acompanhado Emma ao quarto ajudou a soltar seu pulso.

– Ela está tendo uma convulsão – gritou ele para as outras enquanto empurrava Emma em direção à porta. Emma viu uma mulher preparar uma seringa com habilidade, dando um peteleco com o dedo indicador.

O ponto onde Becky tinha apertado o braço de Emma latejava, e eu também sentia. Então, independentemente da minha vontade, o calor do toque de minha mãe biológica se transformou em uma lembrança. A lembrança daquela noite no cânion, quando encontrei Becky pela primeira e última vez...

19
MAMÃEZINHA QUERIDA

O sorriso da mulher se alarga quando ela estende a mão para me ajudar a levantar.

— Oi, Sutton. Eu sou sua mãe. Becky — cantarola ela outra vez. — É um grande prazer conhecê-la.

Olho sua mão estendida. Algo me diz para não a aceitar. Tento me levantar sozinha, mas tropeço quando minha camisa fica presa em um galho atrás de mim. Na mesma hora me arrependo da decisão de voltar para esse lugar escuro no meio do nada. Por que não fui à casa da Nisha ou chamei um táxi para me levar em casa?

Olho de relance a mulher que alega ser minha mãe e assimilo seu cabelo desgrenhado, seus olhos ardentes, sua boca tensa. Meu estômago se contrai como quando Thayer e eu assistimos a filmes de terror. O ar crepita de tensão.

— Está tudo bem — murmura Becky com suavidade, ajoelhando-se perto de mim. Gravetos e folhas prendem-se a suas roupas rasgadas, como se ela tivesse ficado vagando pelo deserto durante dias. Então vejo um corte raso em sua testa e uma mancha de sangue na sua bochecha.

— O que aconteceu com você? — pergunto, apontando. Minha voz sai aguda como a de uma menininha assustada.

A mão de Becky sai voando até o ferimento.

— Ah, só um acidente. — Ela dá uma risadinha cautelosa. — Um pequeno tropeço.

Mas não me parece o corte de um tropeço. Parece o tipo de ferida que um volante causaria se batesse na cabeça de alguém que tivesse atropelado um garoto de dezessete anos.

Lá embaixo no condomínio, a batida da música da festa para de uma hora para outra. De repente fica tão silencioso que ouço meu coração bater nos ouvidos, o som rápido e apavorado da minha respiração. A mulher diante de mim se aproxima um pouco mais.

— Sutton — sussurra ela, estendendo o braço para acariciar minha bochecha. — Olhe só para você. É tão linda.

Eu quero me afastar, mas estou paralisada. As mãos dela são frias, ásperas. Sinto o cheiro de seu hálito azedo.

— É tão linda — repete ela, a mulher que acha que é minha mãe. Mas não é. Não pode ser. Minha mãe é outra pessoa, uma mulher linda, agradável e trágica. Não essa mulher suja da montanha, essa aberração. Não sei por quê, mas meu pai, ou seja lá quem ele for, mentiu para mim. Talvez só quisesse me confundir.

Por fim, meus músculos cooperam, e eu me afasto.

— Eu... eu preciso ir — digo, levantando-me. — Minha carona está esperando.

Becky solta uma risadinha.

— Você não tem carona. — Ela fica de pé em um instante. É mais rápida do que eu esperava. *— Vi seu avô ir embora.*

Fico surpresa.

— Você estava me observando?

Ela assente.

— Ah, querida, tenho observado você há anos. — Sua voz é tranquilizadora, como se ela estivesse cantando uma canção de ninar, mas suas palavras são distorcidas. *— Observei você aprender a nadar quando era pequena, usando boias de braço do Mickey por um tempão. Vi quando pintou o cabelo de louro no final do ensino fundamental. Eu estava no encontro regional de tênis no ano passado, vi você jogar. Você foi incrível. E vi você escapulir com aquele garoto hoje. Thayer? É esse o nome dele?*

O mundo fica bambo sob meus pés. Ela sabe de tudo. O tempo todo, essa esquisita foi um rosto na multidão, uma convidada indesejada em minha vida. Uma onda de fúria percorre meu corpo inteiro.

— Você não tinha esse direito — sussurro.

Becky recua como se eu a tivesse empurrado.

— Claro que tenho. Eu lhe dei a vida.

Há algo tão factual em sua forma de falar que percebo naquele momento que ela está dizendo a verdade. Permito que a ideia me envolva. Só me deixa ainda mais enojada.

— Isso lhe dá ainda menos direito — rosno. *— Você me observou em vez de cuidar de mim. E agora aparece do nada, no deserto, no escuro, sozinha, e joga essa bomba em mim? Qual é o seu* **problema?**

Becky contrai os ombros, na defensiva.

— Não foi assim que eu planejei as coisas — argumenta ela.

Mas eu estou irritada. Quero magoá-la. Quero que minhas palavras queimem. Estou furiosa com todos os que mentiram para mim: meu pai, minha mãe e sobretudo essa mulher.

— Você não é uma mãe — disparo, e as palavras chiam no silêncio, como ácido. — É uma mentirosa e eu odeio você.

— Você não está entendendo — sussurra ela.

— Não estou mesmo, nem quero entender — digo. — Nunca mais quero vê-la.

— Não se atreva a dizer isso! — grita ela, agarrando meu braço.

Eu congelo. Nenhum adulto jamais gritou comigo assim, das profundezas da alma. O peito de Becky ofega. Ela segura meu pulso com força e o aproxima do rosto.

— Eles me disseram que era só uma — rosna ela, com a boca tão próxima que poderia morder. — Não duas. Você não deveria existir, Sutton, não deveria ter nascido.

Eu a encaro.

— Quem *disse isso?*

Mas ela não responde.

— Fiquei morrendo de medo de machucar vocês. Eu destruo tudo o que toco. — Ela voltara àquela voz melódica de canção de ninar. — Mas acho que é tarde demais. Você já está destruída.

— Me solte! — protesto, lutando contra ela, tentando me afastar. Mas ela é muito mais forte do que parece. Seus braços musculosos se fecham ao meu redor e não consigo respirar. — Pare com isso! — grito. Aspiro o cheiro de suor de seu corpo e sinto os ossos duros sob sua pele. Meu olhar perscruta em volta. Vejo a boca escura e aberta do cânion abaixo.

Ela me abraça com força, mas parece que estou sendo envolvida por uma cobra, espremida, espremida e espremida e depois engolida inteira. Eu continuo a me debater.

— Solte!

Mas Becky não solta.

— Minha garotinha — diz ela perto do meu ouvido.

Abro bem a boca, tentando engolir ar, mas só consigo engolir a camiseta. Enquanto seus braços me apertam cada vez mais forte, ouço as palavras mais uma vez: Você não deveria existir, Sutton. É tarde demais. Você já está destruída.

Minha mãe está aqui para me matar, *penso apavorada.*

E então a lembrança evapora na escuridão.

20

A FUGA

Becky convulsionava na cama hospitalar, revirando os olhos e agitando os membros. Ela soltou um gemido agudo. Emma cambaleou para trás até o corredor e sentiu algo molhado no braço. Seu pulso estava pontilhado com meias-luas de sangue nos locais que Becky havia perfurado com as unhas. As bochechas também estavam molhadas. Não de sangue, mas de lágrimas. Algo se rompeu dentro dela: o amor e a esperança murcharam. Talvez Becky tivesse mesmo matado Sutton. Já não parecia tão difícil imaginar a mãe como a assassina da irmã.

Eu tremia por causa da lembrança que havia acabado de recuperar, temendo que ela estivesse certa. A força com que Becky me apertou, a tristeza com que me olhou, como se estivesse se despedindo. *Você não deveria existir. Eles me disseram.*

Ela estava mesmo ouvindo vozes. Vozes que lhe disseram para me matar.

Emma olhou pela porta enquanto duas enfermeiras e um auxiliar de enfermagem cercavam a cama de Becky.

— Amarrem-na na cama — disse uma delas, uma mulher de meia-idade que usava um uniforme hospitalar cor-de-rosa com estampa de corações. A ponta prateada de uma agulha brilhava em sua mão direita.

Um auxiliar de enfermagem grandalhão com corte de cabelo militar se debruçou sobre Becky, grunhindo enquanto prendia as tiras de couro ao redor de seus pulsos. Mas Becky foi rápida demais para ele. Como um gato, ela se esquivou, sinuosa e fluida. Quando ele agarrou seus ombros, ela soltou um grito agudo e atormentado. O auxiliar de enfermagem olhou por cima do ombro.

— Uma ajudinha aqui?

— Pode deixar — disse a enfermeira, largando a seringa em uma bandeja.

Ela segurou os pés descalços de Becky. De repente, houve um estalo terrível e depois um grito. Uma enfermeira voou para trás, com sangue espirrando do nariz. Emma levou um segundo para perceber que Becky a havia chutado. Com a surpresa, as mãos do auxiliar de enfermagem se afrouxaram por uma fração de segundo, e Becky se levantou. Ela pegou a seringa no criado-mudo e a segurou como uma arma.

— Fiquem longe de mim — sibilou ela, com a voz rouca e áspera.

O auxiliar de enfermagem ergueu as mãos.

— Vai ficar tudo bem, srta. Mercer. Ninguém está tentando machucá-la.

Becky percorreu o quarto com um olhar selvagem. A enfermeira ainda estava caída no chão em posição fetal, segurando o nariz. O auxiliar de enfermagem deu alguns passos cuidadosos em direção a Becky. Ela ergueu a agulha, apontando-a para ele.

– Eu vou atacar. Juro que vou. – O auxiliar de enfermagem parou e deu um passo para trás.

Emma congelou. O corredor estava vazio e quieto. Ela era a única pessoa ali que podia interferir, pegar Becky de surpresa. Ela não podia permitir que a assassina de sua irmã escapasse.

Respirando fundo, ela se jogou para a frente e segurou Becky, apertando os ombros magros da mãe com os braços. Becky gritou e se livrou dos braços de Emma, empurrando-a com uma força surpreendente. Emma caiu no chão. Ela se arrastava para longe quando Becky apareceu na porta, ainda com a seringa na mão. Becky parou por um instante, olhando Emma com os olhos arregalados.

– Sutton... – sussurrou ela, deslocando os olhos para pouco acima de Emma... para *mim*. Nem Emma nem eu sabíamos mais com quem ela estava falando.

Os lábios de Emma se entreabriram. Ela queria se mover, mas seus membros estavam pesados e inúteis. Becky se aproximou um pouco mais, depois virou as costas e, com um grito, correu em direção à escada na outra extremidade do corredor. Um burburinho confuso começou na sala comunitária. Um dos pacientes da ala gritou:

– Fujam!

– Alguém chame a segurança! – disparou a enfermeira de uniforme cor-de-rosa de corações, levantando-se sem firmeza.

Ela e o auxiliar de enfermagem passaram correndo por Emma em direção ao corredor. Os pacientes que estavam vendo TV gritavam, alguns deles chorando e outros berrando palavrões. Um velho de camisão de dormir saiu correndo de seu quarto rumo à escada, à liberdade. Ele foi controlado por um auxiliar de enfermagem musculoso e recolocado à força no quarto. Uma sirene começou a tocar pelos corredores de linóleo.

– Naquela noite no cânion. – Emma repetia as palavras de Becky em voz alta. Pensar na última noite de vida de Sutton causou uma espécie de ataque em Becky. Será que o que ela viu no rosto da mãe era culpa ou algo mais semelhante a... entusiasmo?

Ela pensou na esposa do sr. Rochester em *Jane Eyre*, entrando escondida no quarto de Jane e destruindo suas coisas, ateando fogo à casa. Becky era louca, e os Mercer haviam tentado escondê-la da mesma forma que o sr. Rochester escondeu a esposa. Ao que parecia, ela estava se vingando de todos eles.

Eu destruo tudo o que toco, disse-me Becky no cânion.

– O brotinho está sozinho no corredor? – perguntou uma voz áspera.

A poucos metros estava o homem malicioso da sala comunitária, o que tinha piscado para ela. Seu cabelo pegajoso caía no rosto, e a camiseta branca que usava era coberta de manchas. Ele sorriu, revelando dentes amarelos e lascados, e começou a se aproximar dela.

Emma olhou em volta freneticamente para ver se alguém o havia notado, mas os auxiliares de enfermagem e enfermeiras estavam em frenesi, correndo pelo corredor ou gritando ao telefone no posto de enfermagem. Emma balançou a cabeça, muda. Ele riu e chegou mais perto. Exalava um odor desagradável. De perto ela viu que seus olhos eram quase pretos. Eles cintilaram com malevolência.

— O brotinho não deveria ficar sozinho em um lugar como este. É linda demais. Deixa todo mundo excitado.

Emma estava encostada na parede. Ele se inclinou sobre ela com o hálito quente e rançoso. Emma virou o rosto, fechando os olhos com força. Ela imaginava o rosto dele, aproximando-se cada vez mais com aqueles dentes horríveis expostos...

— Sr. Silva, por favor, afaste-se. A srta. Mercer precisa de espaço para respirar.

Ela abriu os olhos e viu o sr. Silva cambaleando diante dela, olhando para o corredor, onde duas pessoas haviam saído do elevador. Nisha Banerjee dava passos determinados em direção a eles, seguida pelo pai. O jaleco branco do dr. Banerjee flutuava como uma capa enquanto ele percorria apressado o corredor. O sr. Silva deu um passo atrás com uma expressão envergonhada.

— Eu estava ajudando — murmurou ele.

O dr. Banerjee o empurrou com delicadeza em direção à sala de TV.

— Já controlamos a situação, obrigado. Volte para seu quarto, por favor.

Nisha correu até Emma. Seus olhos estavam arregalados, e seu uniforme, amarrotado. Uma mecha solta de cabelo caíra sobre a bochecha. Parecia que ela tinha corrido.

— Eu ouvi a confusão e fui buscar meu pai. Você está bem?

Emma assentiu em silêncio. Ela engoliu em seco, lutando para impedir as lágrimas quentes que estavam atrás de suas pálpebras de descerem pelas bochechas.

O dr. Banerjee virou-se para as garotas.

– Nisha, você poderia, por favor, localizar o pai de Sutton? Ele deve estar na ortopedia.

Nisha lançou a Emma outro olhar minucioso, depois se endireitou e depressa saiu andando.

O dr. Banerjee estendeu a mão para ajudá-la a se levantar. Ao redor, Emma ainda ouvia os gritos dos pacientes, os passos rápidos dos enfermeiros em solas de borracha. Um walkie-talkie crepitou. Uma enfermeira segurava o receptor a alguns metros dali. Seu rosto estava pálido enquanto ela olhava o aparelho.

– Repito, não consigo encontrá-la em lugar nenhum – disse a voz do outro lado. – Chamamos a polícia.

– Esta já causou problemas antes – comentou a enfermeira. – Diga para terem cuidado.

Emma olhou para o dr. Banerjee.

– Eles vão encontrá-la? Ela não *saiu*, não é?

O médico pigarreou.

– Vamos a algum lugar tranquilo esperar seu pai, está bem?

Com os membros fracos e trêmulos, Emma entrou com o pai de Nisha em uma sala de conferências ali perto. O dr. Banerjee conduziu-a até um sofá de vinil de dois lugares sob uma janela.

– Quer um chá? Ou um copo d'água? – Emma apenas fez que não com a cabeça. Então ele pegou uma cadeira de madeira da mesa de conferências e se sentou diante dela. Sob o jaleco, que estava imaculado, ela viu que ele usava uma camisa oxford amarrotada com uma mancha de café no bolso da frente. Ela se perguntou quantas tarefas domésticas ele esquecia ou simplesmente não tinha vontade de fazer após a morte da esposa.

– Seu pai me contou um pouco sobre a situação da sua família – disse ele com a voz suave. – Para fins terapêuticos, é claro. Para que eu possa entender as coisas pelas quais Becky está passando. Sinto muito que você tenha visto sua mãe assim.

Emma assentiu, olhando para o relógio. Becky tinha sumido havia cinco minutos.

– Ela não *saiu* do hospital, saiu? – perguntou ela outra vez.

– Vocês lacraram este lugar, não é?

De repente, a porta se abriu com força e o sr. Mercer entrou mancando, com uma expressão apavorada. Ele foi diretamente até Emma e pegou suas mãos.

– Meu Deus, Sutton. Ela machucou você?

– Não. Estou bem – sussurrou ela.

Ele lhe deu um abraço apertado.

– Sinto muito. – Depois se voltou para o dr. Banerjee. – O que pode ter provocado isso? Sutton? Alguma outra coisa?

O dr. Banerjee retorceu a boca, constrangido.

– Bem, não posso violar a confidencialidade entre médico e paciente, mas às vezes pacientes como Becky correm mais riscos quando fazem um avanço importante. Fizemos um excelente progresso nas sessões em um curto período de tempo. Ela parece ter muita culpa por algo de que se arrepende profundamente. Acredito que ao visitá-la esta noite a srta. Mercer possa ter causado parte dessa tensão emocional extrema.

– Culpa? – O sr. Mercer franziu a testa. – Pelo quê?

O dr. Banerjee balançou a cabeça.

– Não posso contar. Desculpe, Ted.

– Mas você disse que ela estava melhorando! Que estava fazendo algum tipo de progresso... – O sr. Mercer parecia confuso. – Então por que ela... *fugiria*? Não faz sentido.

– É minha culpa – disse Emma com uma voz que mal passava de um sussurro. Os dois homens olharam para ela. Ela olhou o colo para não os encarar. – Eu a deixei zangada. Eu a irritei.

O dr. Banerjee franziu as sobrancelhas.

– Srta. Mercer, não é culpa sua. Sua mãe é uma mulher doente. O comportamento dela não é normal. Para ser honesto, quem falhou fui eu. Eu não deveria ter permitido visitas que pudessem angustiá-la.

– Ele está certo, Sutton – disse o sr. Mercer. – Eu não deveria ter encorajado você a vir vê-la. Ela estava aqui porque atacou uma pessoa. É obviamente instável.

Emma ficou grata pelas palavras reconfortantes, mas sabia que não eram verdadeiras. Eles não conheciam a história toda. Não tinham visto a expressão de Becky quando ela falou do cânion.

Outras palavras de Becky me assombravam: *tenho observado você*. E estava observando Emma. Observando-a ser *eu*.

O sr. Mercer segurou o braço de Emma e a ajudou a se levantar.

– Obrigado, Sanjay. Acho melhor levar minha filha para casa. Ela teve um dia difícil.

– Claro. – O dr. Banerjee olhou de Emma para o avô. – Não quero assustar vocês, mas acho que devo alertá-los. Becky está em uma posição muito precária neste momento.

Se não a localizarmos logo, ela pode encontrar vocês, e não tenho como garantir as condições em que estará.

— Vocês *precisam* encontrá-la — disse Emma.

Pensar em Becky à solta, vagando sozinha pelas ruas, indo atrás dela, dava arrepios a Emma.

— Não se preocupe, nós a encontraremos — garantiu o dr. Banerjee. — Mas, Sutton, por favor, não se culpe. É comum pessoas com graves distúrbios mentais e de isolamento atacarem aqueles que mais amam.

Emma não sabia o que dizer. Amor? O amor não podia ser parte daquilo. Becky não a olhou de um jeito amoroso, mas, sim, como se tivesse visto um fantasma.

E talvez tivesse, pensei.

21

CALMARIA NA TEMPESTADE

Em silêncio, o sr. Mercer acompanhou Emma até o carro. O crepúsculo caíra enquanto ela estava no hospital, e os resquícios da luz do dia cobriam as montanhas distantes. O estacionamento estava meio vazio sob a iluminação amarela dos postes, mas carros de polícia cercavam o terreno. A van de um jornal parou, e repórteres saltaram. Emma imaginava a manchete: *Louca Escapa de Hospital, Ameaça Pedestres com Seringa*. Que tipo de hospital permitia que uma mulher insana simplesmente fugisse?

– Quer que eu a leve para casa? – perguntou o sr. Mercer quando eles viram o Volvo de Sutton. – Você pode deixar o carro aqui até amanhã.

Emma balançou a cabeça.

– Não tem problema. Eu sigo você.

O sr. Mercer assentiu, pressionando o alarme de seu SUV. Dois bipes curtos ressoaram na escuridão.

— Nunca pensei que ela tentaria machucar você — disse ele em voz baixa.

— Eu sei.

Ela não culpava o sr. Mercer pelo que Becky fez. Ele só queria o melhor para Becky e também para Sutton. Devia fantasiar sobre reunir a filha e a neta; sobre a volta de Becky para casa, saudável, feliz e pronta para fazer parte da família outra vez. Ele não via quão perigosa Becky era de fato. Mas não era o único que tinha sido enganado.

— Não sei o que vai acontecer agora — disse o sr. Mercer, franzindo a testa. — Becky é imprevisível. Ela pode sair da cidade de novo. Mas, Sutton, se você a vir, se sequer *achar* que a viu, conte-me imediatamente. Está bem?

— Claro. — Ela apertou a chave de seu carro com tanta força que perfurou a palma da mão.

Emma dirigiu devagar para casa, seguindo as luzes traseiras do carro do pai. A cabeça latejava e os músculos ainda se contraíam de ansiedade enquanto a adrenalina da última hora começava a se dissipar. Ela passou sob uma passarela de pedestres construída para parecer uma gigantesca cascavel, com as presas à mostra, arqueada sobre o tráfego. Em geral, a instalação a divertia, mas nesse dia lhe pareceu agourenta, como se a qualquer momento pudesse se aproximar e engoli-la.

Becky podia estar em qualquer lugar àquela altura. E, embora a polícia a estivesse procurando, ela sempre teve talento para escapar. Emma viu isso muitas vezes quando era pequena; Becky sumia na multidão ou passava despercebida por olhos curiosos. Ela sabia se tornar um fantasma em um piscar de olhos.

Por algum motivo, eu não achava que ela fosse sair da cidade. Tinha a sensação de que ficaria por perto. Perto *demais*.

As luzes nas varandas do condomínio atravessavam a escuridão que cobria as ruas. Emma nunca notou quantas sombras havia ali, quantos lugares onde alguém poderia se esconder. Quando os dois pararam na casa de adobe de dois andares dos Mercer, ela viu uma silhueta alta e de ombros largos movendo-se no jardim.

Thayer, de botas de caminhada e bermuda cargo, usava um ancinho para empurrar pedras lisas de rio até um dos novos canteiros que o sr. Mercer havia construído antes de se machucar. A cicatriz profunda e branca da cirurgia estendia-se no joelho de Thayer. Quando os carros pararam na entrada da garagem, ele se endireitou e acenou.

Antes de entrar, o sr. Mercer respondeu sem ânimo ao aceno. Thayer se apoiou no ancinho, observando Emma sair do carro devagar.

– Você é muito dedicado – disse Emma, tentando esconder a tensão da voz. – Está quase acabando, hein?

Thayer franziu a testa, preocupado, e colocou as mãos nos ombros dela.

– O que aconteceu? – perguntou ele.

Emma desviou os olhos.

– Nada.

– Qual é, Sutton. Eu *conheço* você. Está acontecendo alguma coisa. O quê?

O lábio de Emma começou a tremer. Antes de se conter, ela se deixou cair nos braços dele. As lágrimas que vinha controlando se libertaram e desceram pelas bochechas.

– É minha mãe biológica – começou ela.

E então a história inteira se despejou: o ataque de Becky no hospital, a fuga, a tendência à violência. Thayer virou o braço dela para ver as marcas das unhas pontiagudas de Becky e estremeceu, depois encarou Emma.

– E acham que ela pode vir aqui? – perguntou ele, com uma expressão aflita. – Que pode atacar você de novo?

Emma soltou um suspiro trêmulo, enxugando os olhos com as costas da mão.

– Eles não sabem o que ela vai fazer.

– Por que ela a atacou, *afinal*? Você é a filha dela. – Thayer ainda não tinha soltado seu pulso. Os dedos dele eram quentes e tranquilizadores.

– Ela é... doente – atrapalhou-se Emma, sem saber até que ponto poderia admitir. – É difícil explicar. Sei que não faz sentido.

Thayer estreitou os olhos em direção à rua.

– É *melhor* ela não vir aqui.

Gratidão correu pelas veias de Emma.

– Você é um ótimo amigo – murmurou ela, apertando seu pescoço em um abraço.

Thayer a puxou para perto, correndo as mãos por sua coluna. Quando Emma se afastou, eles riram constrangidos e depois ficaram em silêncio. A risada enlatada e em volume baixo de uma sitcom saiu da janela aberta de um vizinho. A alguns quarteirões de distância, um cachorro latiu.

Thayer alternou o peso de um pé para outro.

– Enfim. É melhor você descansar um pouco. – Ele olhou de novo para o jardim. – Vou terminar isto aqui e voltar para casa. E... Sutton? – acrescentou, sério de repente. – Sabe que pode me ligar sempre se precisar de alguma coisa, não é? Quer dizer, não importa quanto as coisas estejam estranhas entre nós, vou estar aqui em um piscar de olhos se precisar de mim. Está bem?

Emma observou seus profundos olhos esverdeados, que tinham se acendido com uma suave intensidade.

– Está bem – sussurrou ela. Depois passou a bolsa por cima do ombro e entrou em casa.

Tentei ficar para trás o máximo que pude, observando o garoto que eu amava voltar ao trabalho. Mas logo o cordão entre mim e minha irmã gêmea se esticou, e fui arrastada atrás dela.

22

EM BANHO-MARIA

Na noite seguinte, Emma e Ethan pararam no estacionamento do Clayton Resort. O enorme hotel situava-se junto às montanhas nos arredores de Tucson, longe das autoestradas e do tráfego da cidade, e era cercado por belezas naturais, rochas vermelhas e cactos em flor. Uma densa floresta de árvores nativas cercava o resort, protegendo seus pátios e piscinas de olhares curiosos e fornecendo a cobertura perfeita para qualquer um que quisesse entrar escondido nas fontes termais.

Eu invadi as fontes termais várias vezes com a panelinha do Jogo da Mentira. Alguns de nossos melhores trotes foram planejados ali. Lá também foi onde minhas maravilhosas amigas me agarraram por trás, me jogaram no porta-malas do carro de Laurel e me levaram até o deserto para me estrangular com o cordão do meu próprio relicário.

Ethan pedia para ir havia semanas, e após a cena no hospital no dia anterior, enfim a necessidade de relaxamento de Emma venceu sua relutância em desobedecer às regras. Seu corpo inteiro doía. O estresse das últimas semanas tinha se assentado sobre seus ombros como um peso, deixando as costas cheias de nós e o pescoço dolorido. A única coisa pela qual ela não ansiava era entrar em um deserto desolado e assustador, mas Ethan estava ao seu lado.

— Está pronta? — perguntou Ethan quando atravessaram o estacionamento.

Emma abraçou a bolsa de praia de palha de Sutton. Olhou em volta, tentando ignorar a sensação de que estava sendo observada. Toda vez que saía de casa ela ficava hiperatenta a todos os esconderijos a seu redor, todos os lugares onde Becky podia estar.

— A-hã — disse ela, inquieta.

Usando uma bermuda de praia vermelha e uma camiseta com a estampa de um antigo pôster de um filme japonês do Godzilla, Ethan segurou sua mão de um jeito reconfortante. Emma olhou em volta para se situar, depois o guiou por uma trilha estreita e escura. As luzes do resort cintilavam ocasionalmente através dos vãos entre as árvores, mas, tirando isso, estava escuro. Fragmentos de nuvens pairavam no céu, escondendo trechos de estrelas. A pele de Emma formigava.

— Detesto não saber onde a Becky está — sussurrou ela.

Emma contou tudo a ele logo depois de chegar em casa na noite anterior. Ethan quis ir até lá, mas Emma o desencorajou, alegando exaustão. Era verdade apenas em parte. Ela também não queria que Ethan aparecesse enquanto Thayer ainda estivesse no jardim. Não mencionou que o ex de Sutton estava ajudando o sr. Mercer, pois não precisava que Ethan ficasse estranho e ciumento por causa disso.

Ethan assentiu.

– Eu também. Mas não vou deixá-la machucar você – disse ele com firmeza, pegando sua mão.

Emma mordeu a unha do polegar, lembrando-se da noite no estúdio cinematográfico, quando o bilhete apareceu em seu carro. Quem o deixou ali estava escutando a conversa deles, tinha certeza. Isso significava que o assassino, ou seja, Becky, sabia que Ethan conhecia seu segredo. Será que Becky sequer hesitaria em se livrar de Ethan se precisasse?

O pensamento a atravessou como uma bala, e ela parou de repente.

– Prometa que vai ter cuidado – disse ela com urgência. – Se vir Becky, não faça nada corajoso ou idiota. Ela é perigosa. E não aguento nem pensar em perder você.

– Você não vai me perder – garantiu ele. – Vai ficar tudo bem. Enquanto estivermos juntos, ela não poderá fazer nada contra nós.

Emma engoliu em seco. Com os braços de Ethan envolvendo-a de forma tão protetora, ela se sentia quase segura.

– Tudo bem – sussurrou ela.

Cuidado, pensei. *Você não pode se dar ao luxo de baixar a guarda. Becky é mais forte e esperta do que parece.*

– Quer conversar sobre isso? – perguntou Ethan. – Sobre... suspeitos? O que fazer quanto a Becky?

Emma sentiu uma pontada de culpa. Por mais que precisasse se concentrar na investigação, ela estava deixando isso consumir o relacionamento deles. Ethan merecia passar uma noite sem bancar o detetive.

— Vamos passar um tempinho sendo nós mesmos – sugeriu ela, e seu coração se aqueceu ao ver o rosto dele se iluminar.

— Por mim, tudo bem – disse Ethan, beijando-a de leve e dissipando a tensão nos membros dela. Emma se encostou a ele, adorando ver a forma como seus corpos se encaixavam.

— Vamos – murmurou ele, dando um passo para trás e puxando-a pela trilha.

As fontes ficavam em uma pequena clareira, com pedras vermelhas e refletores posicionados discretamente nas árvores ao redor. Vapor desprendia-se da superfície de forma convidativa.

— É lindo, não é? – disse Emma, voltando-se para Ethan.

Mas ele não olhava em volta, admirando a paisagem. Ele a encarava com tanta intensidade que ela corou.

— *Você é* linda – sussurrou ele.

Ela se aproximou em silêncio e tocou sua bochecha, deixando-se levar pelo encanto da noite quieta e tranquila. Ethan fechou os olhos de cílios longos, e ela contornou com os dedos a linha de seu maxilar, os lábios perfeitamente esculpidos, as maçãs do rosto.

Ele a puxou e a beijou, com mais urgência dessa vez. Sua boca se abriu para a dele e a mão dele segurou seu cabelo. Todos os pensamentos sumiram de sua mente. Ela passou as mãos sob a camiseta dele até o rígido V dos músculos da barriga, antes de despi-la por cima de sua cabeça. Ele puxou o vestido sem manga que ela tinha colocado sobre o biquíni, jogando-o no chão com a camiseta.

A respiração deles era curta e rápida. Ela o pegou pela mão. Devagar, olhando-o nos olhos, ela o conduziu para as fontes. A água ondulou contra ela, quente demais, quase dolorosa a princípio. Eles se sentaram no banco de pedra com as costas na lateral da piscina.

— Você é incrível, sabia? — sussurrou Ethan por fim.

Ela apoiou a bochecha sobre o coração dele, sentindo a pulsação forte em seu peito.

— Você também — disse ela. — Nunca conheci ninguém assim.

— Caras como eu existem aos montes — provocou ele. — Que garoto não adora poesia e astrofísica? — Ela riu baixo, mas depois seus olhos ficaram sérios. — Emma, é você que é especial. Nem acredito que a encontrei. Não acredito que é minha.

— Ainda bem que encontrou — murmurou ela. — E eu *sou* sua.

Ele encostou a testa contra a dela, encarando-a. Respirou fundo.

— Emma... eu amo você.

Os lábios de Emma se entreabriram. Ela recuou, segurando o rosto dele entre os dedos.

— Eu também amo você — sussurrou ela.

Era tudo o que ela sempre desejou: ser amada, encontrar alguém que a entendesse, com quem pudesse compartilhar tudo.

Eles entraram na parte mais funda. Emma enroscou as pernas na cintura de Ethan e ele a abraçou, carregando-a para a nascente da fonte, onde a água era mais quente. Ela o beijou de um jeito brincalhão, no pescoço, nos ombros, na boca. As mãos dele percorreram sua nuca, movendo-se pelo cabelo, depois desceram até encontrar o nó que prendia o biquíni atrás do pescoço. Ele se atrapalhou por um instante ao tentar desatá-lo antes que ela percebesse o que estava fazendo.

— Espere — ofegou ela, recuperando o fôlego. Colocou a mão no peito de Ethan. De repente, sentiu-se exposta e nervosa.

Ethan mordeu o lábio.

— Desculpe — disse ele com uma expressão envergonhada, depois afastou as mãos. Ela tirou um cacho úmido dos olhos dele.

— Ethan, eu só quis dizer... eu quero, mas não agora. Estamos num lugar público demais.

Os olhos dele percorreram a clareira, avaliando as pedras, a superfície da água, tudo menos o rosto dela.

— Público demais para... *quê*? — perguntou ele de um jeito tímido. — Quer dizer... você quer... está pensando em... eu adoraria...

— Sim — interrompeu Emma. — Eu também adoraria. — Ela imaginava sua primeira vez com Ethan desde que começaram a namorar, embora não tivesse tido coragem de confessar até aquele momento. Também não sabia se estava pronta. Mas, sabendo que ele a amava, sabendo que ela o amava, tinha certeza.

— Quero contar algo para você — continuou ela. — Eu nunca... nunca fiz.

— Nem eu — disse Ethan. Ele segurou seu queixo com a mão, e ela olhou nos olhos dele. — Quando chegar a hora certa, vai ser especial para nós dois.

Depois, eles se beijaram um pouco mais, sem o mesmo frenesi. Entre o calor da água e a sensação do abraço de Ethan, Emma relaxou por completo. As estrelas cintilavam no céu limpo do deserto. Um coro de grilos fazia uma serenata nos galhos próximos. *Foi uma ideia perfeita*, pensou Emma. Deixar o medo de lado por alguns minutos, esquecer toda a mágoa, a fúria e o terror que Becky trouxe consigo. O que ela teria feito se não pudesse dividir nada disso com Ethan?

Mas, por mais que eu esperasse que ele pudesse proteger minha irmã, estava longe de ter certeza. Becky era imprevisível e perigosa, e estava por aí, em algum lugar na escuridão. Se Becky tinha tentado atropelar o Thayer naquela noite no cânion, será que também não tentaria se livrar de Ethan?

23

AJUDA INESPERADA

A casa de Ethan estava escura quando Emma o deixou. Algumas das outras casas do quarteirão já tinham colocado as luzes de Natal, e o vermelho, o verde e o branco emprestavam cores brilhantes às paredes de adobe, embora ainda não fosse nem dia de Ação de Graças. Uma família colocou um bando de renas falsas no gramado, com direito a um Rudolph com nariz vermelho e um trenó cheio de flores vermelhas. Mas o bangalô de Ethan não tinha decorações e chegava a ser negligenciado. Tinta se descascava do revestimento das paredes, e a varanda tinha um degrau podre do qual Emma quase se esqueceu. Ele rangeu de um jeito sinistro sob seus pés.

– Quando posso ver você de novo? – perguntou Ethan, com os braços ao redor da cintura dela.

— Amanhã na escola? — provocou ela. Ele deu um beijo brincalhão em seu nariz.

— Sábado? — perguntou ele, esperançoso. — Podemos alugar um filme, ou só olhar as estrelas...

Emma sorriu. Eles tinham se conhecido assim: Emma o pegou observando estrelas durante a festa de Nisha, na primeira noite em que fingia ser Sutton.

— Temos a festa da Charlotte, lembra? — disse ela. Ele enrugou o nariz um pouco, e Emma riu. — Qual é, sr. Antissocial, não me faça encarar essa sozinha.

Ethan nunca fora muito fã de festas, mas esperava se animar ao conhecer melhor as amigas de Sutton.

— Por você, qualquer coisa — sussurrou ele.

Deu-lhe outro longo beijo e depois escapuliu porta adentro. Ela ouviu a tranca estalar atrás dele.

Do outro lado da rua assomavam as montanhas Catalinas. Ela não as enxergava no escuro, mas dava para ver a entrada da área de recreação do Sabino Canyon da varanda de Ethan. Só de pensar nisso, sua pele pinicava. Foi ali que ela esperou por Sutton ao chegar a Tucson, cheia de expectativa. Também foi ali que sua irmã passou a última noite de sua vida. Ela estremeceu, sentindo que o próprio cânion a observava, uma presença sombria e malévola. Ela não acreditava em fantasmas, mas o local tinha algo de ameaçador. Talvez Becky estivesse lá.

O som de passos interrompeu seus pensamentos. Ela congelou, com a mão na porta do carro. Quando se preparava para entrar correndo e abaixar os pinos, Nisha apareceu sob a luz. Ela estava com a calça de moletom do Hollier High e uma regata que exibia seus ombros fortes. Seu cabelo tinha um brilho quase roxo no escuro. Ela usava óculos tartaruga da Guess e estava sem maquiagem. Parecia que estava se aprontando para dormir.

– Oi – disse Nisha. – Desculpe. Não tive a intenção de assustá-la.

Emma soltou o ar, depois riu, nervosa.

– Não assustou. Só estou meio tensa, acho.

– Depois de sair com Ethan?

– É... quer dizer, *não*, claro que não. Por outros motivos. Mas sim, Ethan e eu saímos. – Ela sorria só de dizer o nome dele.

Nisha balançou a cabeça.

– Vocês são o casal mais estranho de todos os tempos.

– Por que está dizendo isso?

A luz com sensor de movimento na entrada da garagem dos Banerjee se desligou, e elas ficaram no escuro. Nisha pigarreou.

– Desculpe. Esqueça que falei isso. Enfim, eu vi seu carro e só quis me certificar de que estava tudo bem. Digo, depois de toda a loucura no hospital.

Emma olhou para baixo por um momento, mexendo com nervosismo no tecido de seu vestido regata ainda úmido.

– A mulher que fugiu ontem é minha mãe biológica. Seu pai está cuidando dela. – Ela alternou o peso de um pé para outro e deixou escapar o pensamento que a incomodava mais do que qualquer outro. – Ótima genética, hein?

O olhar de Nisha era gentil por trás dos óculos.

– Qual é o problema dela?

– Não sei bem – respondeu Emma. Ela estava grata pela escuridão. Teria sido difícil demais conversar sobre isso se

Nisha visse seu rosto. – Quer dizer, ela obviamente é louca. Só gente louca acaba na ala psiquiátrica de um hospital, não é?

– Louca não é bem uma palavra que eu usaria – observou Nisha com cuidado. – As pessoas têm todo tipo de problemas que as levam para o tratamento.

– Bem, sejam quais forem os problemas dela, parece que eu sou um deles – suspirou Emma. – Nisha, você se importaria de não contar isso a ninguém? Ninguém sabe de nada... que conheci minha mãe biológica, ou como ela é. É um segredo meu e do meu pai.

– Claro – disse Nisha. Ela fez uma pausa, com a testa levemente franzida. – Por que ela a chamou de Emma?

Emma ficou inquieta, e sua pulsação acelerou.

– Ãhn, Emma era o nome que ela me deu quando bebê – disse ela, pensando com rapidez. – Meus pais o mudaram quando eu tinha só alguns dias de vida.

Nisha assentiu.

– Você teve sorte. Emma é nome de solteirona velha. Sutton é muito melhor.

Emma franziu os lábios, mas eu não resisti. Caí na gargalhada.

– Enfim, desculpe se fui indiscreta – disse Nisha. – A coisa toda pareceu muito assustadora, e eu quis ter certeza de que você estava bem. Não é a mesma coisa, mas... entendo o que você está vivendo. É difícil ver sua mãe agir de forma estranha.

A mãe de Nisha morreu de câncer no ano anterior. Emma tinha a sensação de que foi muito rápido, mas sem dúvida a sra. Banerjee passou por um tratamento, radiação ou quimioterapia, que devia tê-la deixado irreconhecível.

— Como é ser voluntária lá? — perguntou Emma. — Quer dizer, não é difícil ficar perto de toda aquela... insanidade?

Nisha tirou os óculos e os limpou na barra da camiseta.

— Para ser sincera, escolhi a ala de psiquiatria porque meu pai trabalha lá — contou ela em tom direto. — É o único jeito de vê-lo hoje em dia. Ele sempre trabalhou demais, mas piorou muito depois que a mamãe morreu.

Ela recolocou os óculos, o que deixou seus olhos maiores e mais vulneráveis.

— Na verdade, não é tão ruim. Quer dizer, acontece muita coisa assustadora lá. Mas às vezes vemos alguém melhorando. É como se as pessoas voltassem a si ou acordassem de um pesadelo. É muito inspirador. — Ela pigarreou. — Isso foi tão brega.

— Não foi, não — disse Emma com suavidade. — Acho maravilhoso.

A luz ligou outra vez. Emma estremeceu, apertando os olhos por causa do clarão repentino. Nisha olhou para trás em direção à entrada da garagem.

— Não se preocupe, deve ser só o gato do vizinho.

Emma expirou com força.

— Estou nervosa desde que minha mãe fugiu do hospital. Só queria saber exatamente qual é o problema dela. Ninguém me conta nada. E se ela for... violenta?

Nisha assentiu devagar.

— Posso fazer alguma coisa para ajudar?

Emma mordeu o lábio, olhando de relance para a casa de Ethan.

— Sabe se teria algum jeito de eu olhar a ficha dela? — perguntou ela.

Nisha recuou levemente.

— Eu nunca lhe pediria para pegá-la para mim — disse Emma às pressas. — Sei que é confidencial. Mas se você soubesse *como* conseguir... significaria muito. Talvez eu descubra para onde ela foi. Talvez a encontre.

Nisha inclinou a cabeça para trás e olhou o céu. Ela mexeu no pingente com a letra *D* de ouro preso à corrente em seu pescoço. Emma suspeitou de que tivesse pertencido à sra. Banerjee.

— Acho que talvez eu possa ajudá-la — disse Nisha. Ela passou os dedos pelo cabelo. — Pode esperar aqui um segundo?

— Claro.

Nisha voltou pela entrada da garagem em direção à casa dela. Emma ouviu a porta se abrir e se fechar. Ela se encostou ao carro, contando os segundos. Em algum lugar do cânion um coiote caçava, e os latidos curtos e agudos ecoavam pelas rochas do deserto. O som lhe causou um calafrio na espinha. Ela olhou para aquela direção na escuridão do parque, tentando se convencer de que não tinha nada a temer.

Minutos depois, os passos de Nisha ressoaram no cascalho.

— O aniversário da minha mãe é dia sete de setembro — disse Nisha em tom enigmático. Então colocou algo em forma de cartão de crédito na mão de Emma.

Emma abriu o punho. Era uma pequena chave eletrônica branca. O logotipo do Hospital da Universidade do Arizona estava impresso na frente.

Imediatamente, ela puxou Nisha para um abraço. Por alguns segundos, Nisha ficou rígida e surpresa. Depois Emma sentiu o corpo de Nisha relaxar quando ela retribuiu o abraço de forma hesitante.

— Obrigada — sussurrou Emma, afastando-se.

Nisha assentiu.

— Preciso ir. Vejo você na festa, ok?

Ela voltou para casa. Emma imaginou-a entrando no silencioso vestíbulo dos Banerjee, passando por todas as coisas que a mãe tinha comprado para a casa deles, um vaso, um porta-retratos, uma manta. A casa devia parecer quase assombrada.

Fiquei refletindo sobre isso. Será que Nisha tinha uma companheira invisível? Será que a sra. Banerjee flutuava a seu redor, adulando e reconfortando uma filha que não podia mais ouvi-la? Por algum motivo, eu duvidava de que ela tivesse as mesmas questões inacabadas que eu.

Emma abriu a porta do Volvo. Quando estava entrando, viu uma cortina esvoaçar em uma janela da casa de Ethan. Um instante depois, uma luz se acendeu na sala e a mãe dele passou pela janela em um gasto roupão de banho cinza. Emma observou por mais um instante, perguntando-se se ela tinha entreouvido sua conversa com Nisha. Depois entrou no carro.

Emma suspirou. Talvez pedir ajuda a Nisha com a ficha médica fosse antiético. Mas se ajudasse a inocentar Becky valeria a pena. E, do contrário, podia ajudar a pegar enfim o assassino de sua irmã.

Eu concordava com Emma. Com Becky à solta, precisávamos de todas as informações que pudéssemos obter.

Estava na hora de descobrir alguns dos segredos de nossa mãe.

24

ENCONTRE-ME NA PRAÇA

Emma abriu os olhos e piscou devagar, confusa. Seu corpo estava estranhamente pesado, e os braços pareciam chumbo nas laterais do corpo. Ela olhou para o teto desconhecido de ladrilhos, cheio de luzes fluorescentes industriais. O quarto cheirava a cera para piso e remédios. Monitores estranhos pairavam sobre sua cama, apitando e piscando para ela.

Ela tentou se sentar, mas o corpo não se movia. Ela olhou para baixo, e o coração começou a martelar. Em vez do pijama de bolinha de Sutton, ela usava uma bata hospitalar fina e branca e estava com uma pulseira plástica. Os braços e as pernas estavam presos à cama com amarras de couro manchadas.

– Não! – gritou Emma, forçando as amarras. Ela se debateu de um lado para outro, mas só as deixou mais apertadas.

— Passei muito tempo esperando por isso — disse uma voz familiar. Emma arfou. Becky. — Estou muito feliz por você enfim ter se juntado a mim.

O roçar dos lençóis e o ranger nas molas do colchão indicaram que sua mãe tinha saído da cama. Emma virou a cabeça com tanta força que parecia que o pescoço ia se desprender, mas mesmo assim não a viu.

— Mãe? — sussurrou ela.

— Eles tentaram nos manter afastadas — disse sua mãe. — Mas eu e você devemos ficar sempre juntas, Emmy. E agora podemos.

— Isto é um erro — falou Emma, debatendo-se outra vez. — Meu lugar não é aqui.

— É claro que seu lugar é com sua mãe — declarou Becky em tom apaziguador. — Não se preocupe. Você está aqui, e eu vou cuidar de você. Aí você vai entender.

— Entender o quê? — perguntou Emma. Becky não respondeu. — Mãe?

— Foi tão difícil ver você indo de um lar temporário para outro. — A voz de sua mãe parecia triste, trêmula. Estava mais próxima. — Eu detestava vê-la tão sozinha. Tão infeliz. Tudo o que você sempre quis foi uma família.

Emma ficou em silêncio, ansiosa.

— Você achou que eu a tinha abandonado, mas eu estava cuidando de você o tempo todo. E eu sei. Mães sempre sabem. Eu tinha um plano, e funcionou. Você foi paciente como uma menina boazinha, e agora você tem uma família.

Emma balançou a cabeça freneticamente, forçando as amarras.

— Eu não queria uma família dessa forma — insistia ela. — Eu nunca quis machucar ninguém.

— As pessoas se machucam todo dia — sussurrou Becky em seu ouvido. — Você faz ideia de como dói dar à luz gêmeas? Nunca imaginei que seriam duas. Não era para serem duas. Mas tudo bem. Eu corrigi esse erro.

— Mãe, pare — disse Emma, debatendo-se outra vez. — Por favor, diga que não fez isso.

De repente, o rosto de Becky apareceu diante dela, mais esquelético do que nunca. Os olhos estavam fundos e ocos, e os lábios, finos e descorados. Ela sorriu para a filha com tristeza. A mão retorcida de Becky se estendeu para tirar o cabelo da filha da testa, um gesto que Emma lembrava de quando era pequena.

Então Becky pegou um travesseiro da cama ao lado de Emma e o segurou quase como um bebê.

— Querida, nem sempre conseguimos o que queremos — disse ela. Depois, ainda sorrindo, pressionou o travesseiro no rosto de Emma.

Emma gritou no travesseiro. Ela tentou livrar-se do peso de Becky, mas as algemas nos pulsos e nos tornozelos cortavam a pele. Pontos coloridos dançavam sob as pálpebras. Os pulmões queimavam e a mente ficou confusa, até o mundo ao redor tornar-se brilhante e transparente. E ali, naquele espaço surreal em algum lugar além da visão, ela viu uma garota da sua idade. A garota gritava alguma coisa. Ela era bonita, com um longo cabelo castanho e olhos azuis. Será que estava vendo... a si mesma?

Não. Ela estava *me* vendo.

Emma, gritei.

Emma viu os lábios da garota se moverem, mas não entendia as palavras. Por algum motivo, no entanto, ela sabia que era Sutton. Emma olhou o rosto da irmã, tão parecido com o seu. Então teve uma serena sensação de desligamento, como se estivesse debaixo d'água. *Espere por mim, Sutton*, pensou ela. Ao menos ficaria com a irmã. Becky tinha cuidado disso.

Seus pulmões ofegaram uma última e desesperada vez. E ela se sentou de repente na cama de Sutton. Com o pijama de Sutton, na casa de Sutton. Era a manhã de sábado. A luz do dia entrava pela janela.

Ainda ofegante, ela pegou o robe de Sutton e foi ao banheiro que conectava seu quarto ao de Laurel. Depois de trancar a porta, ela abriu a água no mais quente possível. O vapor encheu o pequeno cômodo cor-de-rosa e branco. Ela abriu a cortina do chuveiro e entrou.

Foi só um sonho, repetia a si mesma sem parar, mas os cientistas não estavam sempre dizendo que sonhos revelavam as verdades que não conseguíamos enfrentar acordados? Será que o sonho tinha revelado a verdade sobre Becky? Ela queria poder falar com Sutton, só por um minuto, para que a irmã gêmea lhe dissesse o nome do assassino.

Mas eu também não sei, pensei com tristeza.

Emma esfregou furiosamente a pele com a esponja cor-de-rosa, tentando mandar embora a lembrança do pesadelo. Depois de secar o cabelo e decidir usar uma calça jeans skinny vermelho-bombeiro e uma camiseta branca, sentiu-se um pouco melhor, embora o sonho ainda se agarrasse ao fundo de sua mente como um adesivo. Ela desceu para a cozinha, esperando que um copo de suco de laranja e o café da manhã ajudassem a clarear a cabeça.

A sra. Mercer estava sentada à mesa, bebendo uma xícara de chá e lendo a seção de casamentos como fazia todas as manhãs calmas de sábado. O sr. Mercer terminava de lavar os pratos enquanto Laurel os secava e guardava.

– Aí está você – disse a sra. Mercer, olhando por cima de seus óculos de leitura. – Eu já ia bater para ver se você estava viva.

– Guardamos um waffle para você – acrescentou Laurel, deslizando um prato para Emma.

Laurel e eu sempre tivéramos um acordo tácito de não falar sobre carboidratos ou calorias nas manhãs de sábado, quando nossos pais faziam panquecas, torradas francesas ou os crepes especiais de cream cheese da minha mãe. Emma sorriu e estendeu a mão para pegar o xarope.

– Pensamos em ir ao mercado do produtor depois do café – disse o sr. Mercer. – Vou preparar um ratatouille hoje à noite se conseguir encontrar legumes decentes.

– Emma comeu uma garfada do waffle, refletindo. Ela pretendia ir ao hospital naquele dia para achar a ficha de Becky. No entanto, depois do pesadelo que acabara de ter não achava que iria conseguir enfrentar aquilo no momento. O sol brilhava pela janela, e uma brisa fresca de outono agitava as cortinas. Era um lindo dia para um passeio em família.

– Claro – disse ela. – Vamos.

Meia hora depois, a família estava no SUV. O sr. Mercer ligou o rádio em uma estação dos anos 1950 e percorreu as ruas secundárias em direção ao mercado. O mercado do produtor de Tucson, que abria toda semana, ficava em uma praça de pedra adjacente a uma velha igreja em estilo colonial.

Eucaliptos perfumavam o ar, e água em uma fonte no centro fazia um som agradável. Barracas cobertas com panos quadriculados de piquenique transbordavam de vegetais frescos, abobrinhas e abóboras, maçãs, laranjas e peras, um arco-íris de pimentões. Um casal jovem com um carrinho de bebê duplo estava diante de uma barraca de carpinteiro, examinando brinquedos de madeira pintados à mão. A fila da barraca de café orgânico do outro lado do pátio serpeava quase até os degraus da igreja.

O sr. Mercer logo se aproximou de um homem com uma camiseta do Grateful Dead que vendia tomates no cacho e começou a pechinchar. A sra. Mercer experimentou vários cosméticos ecologicamente corretos, conversando animada com a vendedora, que a Emma lembrava um pouco uma versão mais velha e amistosa de Celeste, com uma roupa toda de linho e um monte de anéis.

— Não deveríamos ter tomado café — disse Laurel, de olho em uma barraca de biscoitinhos e queijos.

Emma examinava um pote de tapenade fresca de azeitonas, pensando no piquenique com Ethan. A lembrança a fez sorrir.

— Ãhn, alô? Terra para Sutton? — disse Laurel, balançando a mão na frente do rosto de Emma. — Em que planeta você está?

— Só estou pensando no Ethan — confessou Emma.

— Que fofo. — Laurel a cutucou de brincadeira. — Então eu queria saber, posso pegar seu delineador líquido emprestado para a festa de hoje à noite? Quero um visual retrô de olho de gato.

— Claro — disse Emma. — E você? Vai com alguém à festa?

— Vou, Caleb e eu estamos tentando de novo — contou Laurel, corando. — Eu meio que o larguei quando Thayer voltou. Mas falei para ele que isso acabou.

— Ele parece ser um doce — comentou Emma.

Laurel e Caleb tinham começado a namorar pouco antes do Halloween, e Laurel estava muito interessada nele até Thayer voltar à cena.

— Ele é. — Laurel sorriu. — Estou feliz por ter me perdoado.

— Queria que Ethan também superasse toda essa coisa do Thayer — disse Emma, torcendo para não ser estranho demais falar disso com Laurel. — Quero muito ser amiga do Thayer, mas sempre que falo com ele parece que estou agindo pelas costas do Ethan.

Laurel ajeitou sua pulseira de ouro.

— É porque você e o Thayer não podem ser amigos — afirmou ela. Emma se surpreendeu. — Ah, qual é — pressionou Laurel. — Não é só porque você começou a sair com ele por causa de um trote que todas nós não sabemos que vocês dois eram loucos um pelo outro. Thayer *ainda* é apaixonado por você. Esse tipo de sentimento... não desaparece com facilidade. Talvez nunca.

Emma balançou a cabeça, confusa. Sutton tinha começado a sair com Thayer por causa de um trote do Jogo da Mentira? Essa era nova.

— Você está louca. Thayer não é mais apaixonado por mim.

— Pense o que quiser.

Laurel pegou um saco plástico e colocou algumas romãs. Emma desviou os olhos, concentrando-se no outro lado da praça para não ter que encarar Laurel.

E foi então que viu uma mulher com o cabelo preto desgrenhado, braços magros demais e uma camiseta puída sentada em um banco do outro lado da praça. Becky. Uma família numerosa passou diante de Emma, e então Becky tinha desaparecido.

Sem pensar, Emma se levantou de repente, jogou a bolsa nos braços de Laurel e saiu correndo para o meio da multidão. Passou por um homem de suspensórios roxo-vivo que vendia sorvete caseiro de sabores como creme de caramelo salgado e pera com gengibre, depois cruzou um grupo de adolescentes.

– Ei, cuidado! – Uma garota de bicicleta com fitinhas amarelas no guidão desviou para evitar Emma, mas ela mal se retraiu.

– Desculpe – murmurou ela, ainda se virando freneticamente para todos os lados, tentando ver para onde Becky tinha ido.

Ali. Ela estava indo em direção à fileira mais distante de barracas. Os tênis estavam amarrados com fita adesiva e não combinavam. O cabelo estava preso em marias-chiquinhas de trança, do jeito que ela arrumava o cabelo de Emma antes da escola todas as manhãs. Emma sentiu uma pontada no peito. Becky parecia tão indefesa... e inocente. Seria mesmo capaz de cometer um assassinato?

Emma abriu caminho entre um grupo de universitárias em frente a uma barraca de doces veganos, quase pisando no estojo aberto da guitarra de um artista de rua com o queixo com a barba por fazer.

– Mãe! – gritou ela. Várias mulheres olharam em sua direção, mas depois se voltaram quando perceberam que não era sua filha gritando. – Becky!

Emma sabia que era sua última chance. Ela se desprendeu da multidão, correndo por uma pizzaria sofisticada e uma galeria que vendia arte Hopi, quase colidindo com Becky por trás. Ela segurou o braço da mãe e a puxou para trás.

— O que você...

A pergunta morreu em seus lábios. A mulher que Emma tinha parado era apenas alguns anos mais velha que ela. Tinha um alfinete de segurança atravessado no nariz e sombra roxa escura nas pálpebras. Usava uma camiseta de uma banda chamada Pukes, e de perto Emma viu tatuagens através dos buracos de cigarro no tecido.

Ela soltou o braço da desconhecida.

— Desculpe. Achei que você fosse outra pessoa — murmurou Emma.

— Percebe-se — disse a mulher, com a voz áspera de hostilidade. — Não me toque.

Emma se virou, confusa, a tempo de ver Laurel correndo para encontrá-la. A punk disse um palavrão entre os dentes e foi embora.

— Quem era aquela? — perguntou Laurel, quando recuperou o fôlego.

— Era... achei que fosse Rose McGowan. — Emma ficou parada, entorpecida. — Queria pegar o autógrafo dela.

Laurel a encarou, incrédula.

— Por que Rose McGowan estaria perambulando pelo mercado do produtor de Tucson em novembro?

— Bem, obviamente não era ela — disparou Emma.

Sua garganta doía e parecia que ela estava sufocando; levou um minuto para perceber que estava segurando o choro. Ela pegou sua bolsa com Laurel.

— Venha, é melhor voltarmos.

Ela virou as costas e voltou para a praça sem dizer mais nada. Laurel a seguiu.

— Acho que você está surtando — murmurou Laurel.

Emma estava começando a concordar. Colocou a mão na bolsa e sentiu o contorno da chave eletrônica do hospital. Com ou sem pesadelo, tinha que agir. Se esperasse sentada por mais tempo para ver o que Becky podia fazer, ia acabar enlouquecendo.

Ela precisava manter o controle. Sua vida dependia disso, e qualquer esperança que eu tinha de justiça também.

25

"A" DE ASSASSINATO

Naquela tarde, Emma saiu do elevador da ala psiquiátrica pela terceira vez. Mas agora tinha um plano. Antes, parou no subsolo, usando a chave de Nisha para entrar na lavanderia e pegar emprestado um uniforme de voluntária. O único que encontrou era pequeno demais, então ficou parecendo mais uma fantasia de enfermeira safada, com o tecido vermelho e branco colado a suas curvas. Ela prendeu o cabelo em um coque apertado e tirou toda a maquiagem na esperança de que as enfermeiras não a reconhecessem como a garota que causou tantos problemas no começo da semana. E, para completar, colocou óculos de leitura de armação preta que tinha encontrado na mesa de cabeceira do sr. Mercer. Se funcionava para Clark Kent, funcionaria para ela.

Nenhuma das enfermeiras reagiu quando ela passou pelo posto, mal chegaram a erguer o rosto dos arquivos e digitações. A ala estava quieta como sempre, um silêncio pesado, de sono drogado e pânico parcamente suprimido. Emma ouviu uma voz em um dos quartos cantando uma rima infantil:

— O anel rosado, um bolso cheio de flores. Cinzas, cinzas...

A voz da pessoa se transformou em uma risada estranha, ou talvez fossem soluços. Emma não sabia. Ela se forçou a não se afastar rápido demais do som. Precisava dar a impressão de que seu lugar era ali.

A já familiar pulsação das emoções da ala latejava ao meu redor. Parecia areia movediça, puxando-me para baixo. Flutuei perto de minha irmã, apegando-me a seus pensamentos e sentimentos, tentando ficar na superfície.

Quando ela passou pela sala comunitária, viu os mesmos rostos vazios voltados para a televisão, a mesma mulher de cabelo escuro se balançando com violência no canto. O sr. Silva estava sentado na mesma poltrona de duas noites antes. Seus olhos encontraram os dela e se estreitaram de desconfiança. Ela prendeu o fôlego, temerosa de que ele se levantasse e fosse até ela, farejando como um cachorro.

Após um instante ele se voltou para a televisão, e seus olhos pretos perderam o foco. Ela enxugou o suor da testa e continuou em frente.

Depois de virar algumas quinas do corredor, ela encontrou: uma porta de madeira onde se lia REGISTROS. Ela passou o cartão no leitor e ouviu um clique na fechadura. Olhando o corredor para ter certeza de que ninguém tinha percebido, ela entrou se esgueirando e fechou a porta.

A luz se acendeu, revelando um closet estreito cheio de armários de metal do chão ao teto. Rótulos datilografados em ordem alfabética estavam afixados na frente de cada gaveta. Emma levou um momento ouvindo o profundo silêncio da sala, com o sangue latejando nos ouvidos. Bem ou mal, dali a poucos momentos descobriria a verdade sobre a mãe.

Ela passou os dedos nas letras nos armários até encontrar uma gaveta rotulada L—N. Puxou com força. A gaveta não cedeu.

Então notou a tela de LED piscando na parte de cima do armário. POR FAVOR, INSIRA O CÓDIGO, dizia a mensagem. Ela a encarou com expressão vazia. O que Nisha disse? *O aniversário da minha mãe é dia sete de setembro.* Emma estendeu um dedo trêmulo para digitar 0709 no teclado. A gaveta se abriu, deslizando suavemente.

Lá dentro havia várias pastas, cada qual cheia de documentos, formulários e até fotos. Emma esquadrinhou os rótulos com rapidez, tentando se situar na densa floresta de etiquetas em ordem alfabética. Seus olhos dispararam para uma pasta particularmente grossa. Então ela olhou de novo. E voltou para a pasta.

— Landry — sussurrou ela.

Ela pensou na mãe de Ethan arrastando os pés ao passar pela janela da sala, usando um roupão velho. Ela teve câncer... mas será que também tinha problemas psicológicos? Antes que Emma conseguisse se conter, seus dedos foram até a pasta e a puxaram. A respiração ficou presa na garganta quando ela viu o primeiro nome do paciente impresso com precisão na capa. Não era a pasta da sra. Landry. Era de Ethan.

Os dedos de Emma se comprimiram ao redor da borda da pasta de papel pardo. Talvez fosse outro Ethan Landry. Devia ser um nome comum. Tinha que haver uma explicação.

Mas lá no fundo ela sabia. Era a pasta de Ethan. *Seu* Ethan. Ethan lhe disse para não ir lá, e então ela entendeu por quê. O que havia ali dentro? O que ele escondia dela? De repente, Emma se sentiu furiosa e profundamente magoada. Ela tinha compartilhado *tudo* sobre si mesma com Ethan, coisas que nunca tinha contado a ninguém, as piores histórias dos lares temporários, fantasias idiotas da infância, segredos mais privados.

Emma inspirou, trêmula, e recolocou a pasta de Ethan no lugar. Ela não podia trair a privacidade dele, por mais traída que se sentisse.

Não importa, falei para ela. *Não é por isso que estamos aqui. Agora ande logo*, acrescentei, quando nós duas ouvimos passos se aproximando. Emma se retesou. Mas a pessoa passou pela sala de registros, e então minha irmã suspirou de alívio.

Emma balançou a cabeça depressa para cleará-la, depois foi para o fundo da gaveta. MELVILLE, MENDEL, MENDOZA... ali estava: MERCER. Puxou a pasta e a colocou sobre a gaveta. Por cima estava o formulário de admissão mais recente de Becky e uma cópia em letra ilegível de sua receita médica. A seguir estavam as notas de suas sessões, grampeadas dentro de uma pasta de plástico transparente como o trabalho escolar de uma criança. Estavam escritas na letra bonita e inclinada do dr. Banerjee.

A paciente está desanimada e apática, era tudo o que dizia em determinado dia. Outra nota dizia:

A paciente refere-se constantemente a um "ato terrível" que cometeu. Cruzei essa referência com sua ficha policial, mas nada parece corresponder a seu complexo de culpa. Ela vai sofrer esses delírios de perseguição até ser capaz de confessar.

Alguns desenhos de Becky haviam sido incluídos nas notas, os mesmos ornamentos intricados e abstratos que enchiam o caderno que Emma encontrou no sótão. *A arte da paciente demonstra tanto uma criatividade incrível quanto um nível incapacitante de compulsão*, escreveu o dr. Banerjee no verso de um deles. *A dosagem recomendada foi aumentada.*

Nada daquilo era algo que Emma já não soubesse. Ela virou algumas páginas.

A paciente fala com frequência da filha que lhe foi tirada. Parece convencida de que a criança está sofrendo uma lavagem cerebral e fantasia sequestrá-la.

O papel chacoalhou na mão de Emma quando ela começou a tremer. Uma filha tirada dela? Será que estava falando de Sutton? Será que tinha voltado a Tucson em agosto para afastar Sutton dos Mercer? Será que Sutton a enfrentou... e perdeu? Emma continuou lendo.

Este mês, faz doze anos que a menina nasceu. Isso parece trazer lembranças ruins para a srta. Mercer e exacerba seus episódios.

Fazia doze anos naquele mês. Não podia ser Sutton ou Emma.

Havia outro bebê.

Eu inalei com força. Becky tinha *outra* filha?

O mundo girou ao redor de Emma. Ela se segurou ao arquivo, com a sensação de que poderia cair e fazer a sala inteira desabar sobre ela. Cálculos rápidos percorriam sua mente. Becky deixou Emma quando ela tinha cinco anos, exatamente treze anos antes. Bem na época em que teria percebido que estava grávida outra vez.

Ciúme e entusiasmo se debatiam na mente de Emma. Becky a trocou pelo novo bebê. Mas a nota dizia que a menina foi "tirada" de Becky. E se a segunda irmã estivesse enfrentando o sofrimento do sistema de adoção como aconteceu com Emma?

Emma e eu tínhamos as mesmas perguntas: Onde ela estava? Emma podia encontrá-la? A menina estava segura?

Então Emma respirou fundo. Podia pensar mais sobre a outra irmã depois. Naquele momento, precisava continuar a procurar respostas. Folheando as notas com rapidez, encontrou a sessão mais recente no final da pasta. Algo havia preparado Becky para aquele ataque.

> *... enfim estamos fazendo progresso em processar a culpa e a tristeza da srta. Mercer. Hoje ela admitiu que há poucos meses encontrou sua primeira filha no Sabino Canyon. Ao que parece, as coisas não correram bem. Ela continua sem contar a história toda, mas aconteceu algo entre elas, algo que causou esse episódio mais recente.*

Ao que parece, o dr. Banerjee não conseguiu nada mais específico. Havia mais algumas notas rascunhadas, incluindo vários ajustes na medicação, que para Emma pareciam cada vez mais lúgubres. Ela folheou as páginas, desesperada por mais pistas.

Uma porta bateu em algum lugar do corredor. Ela se sobressaltou e se atrapalhou com a pasta, deixando páginas voarem em todas as direções. Uma conversa distante foi ficando cada vez mais alta enquanto Emma correu para reunir os formulários espalhados. Enfiou a pasta de volta na gaveta e a fechou.

— Vou pegar a pasta do sr. Lindon — disse uma voz feminina no corredor.

Emma respirou fundo, depois abriu a porta e espiou para fora. Uma enfermeira baixa de cabelo escuro dobrava a quina do corredor. Emma não podia sair sem ser pega. Olhou ao redor em desespero, mas não havia onde se esconder naquele espaço atravancado. Então seus olhos recaíram sobre as dobradiças da porta, e ela percebeu que abriam para dentro. Ela se encostou à parede, rezando em silêncio para que a porta não se abrisse com força suficiente para machucá-la. Com um clique suave, a porta veio em sua direção. Ela prendeu o fôlego. Ouviu a enfermeira cantarolar baixinho para si mesma. A poeira irritou seu nariz. A necessidade de coçá-lo era quase dolorosa. Ela fechou os punhos com força nas laterais do corpo.

Uma gaveta se abriu, e Emma ouviu o som de papel farfalhando enquanto a enfermeira passava as pastas.

Vá embora, Emma e eu pensamos juntas. *Pegue as pastas e saia.* Mas a enfermeira parecia não estar com pressa.

A porta a pressionou quando mais uma enfermeira parou no vão da porta e se apoiou nela.

— Oi, Marliz, tem bolo na sala de descanso. É aniversário da Huong.

— Alguém misturou todas essas pastas — reclamou a primeira voz. Emma cerrou os dentes. Ela não recolocou a pasta de Becky no lugar.

— Bom, se essa for a pior coisa que aconteceu hoje, estamos com sorte.

Marliz riu. Sua voz era aguda e feminina.

— Acho que não é nada comparado a uma fuga.

Emma ouviu a segunda mulher entrar na sala de registros, baixando a voz.

— Você soube das últimas da Mercer?

As palavras deixaram o corpo de Emma rígido. Ela mordeu a parte interna da bochecha.

— Eu soube que quando limparam o quarto encontraram uma foto da filha dela — continuou a segunda voz. — Sabe, a garota que a estava visitando quando ela surtou? Enfim, encontraram essa foto enfiada sob o colchão. Só que ela tinha escrito em cima do rosto da menina com uma caneta esferográfica, várias vezes, até rasgar a foto. Como se estivesse tentando arrancá-la ou coisa do tipo.

— Ah, meu Deus. Acha que ela é violenta?

— Vai saber. Vou jogar a real, Mar, eu trabalho neste andar há quase trinta anos, e a Rebecca Mercer é uma das piores que já vi. Não entendo por que a família dela não consegue fazê-la tomar remédios direitinho. Ela piora a cada vez que interrompe o tratamento. Dessa vez não conseguíamos nem tirar uma frase inteira dela.

— Acha que a filha deveria saber que está em risco? Não há como saber o que uma mulher tão louca vai fazer.

— Concordo, mas supostamente rabiscos em uma foto não são violentos o bastante para valer a quebra da confidencialidade entre médico e paciente. – A mulher suspirou. – Já encontrou a pasta?

– Achei – disse Marliz. – Agora vamos comer bolo antes que acabe.

A porta se fechou. Emma continuou com as costas na parede e escorregou devagar para o chão, com o coração acelerado.

As palavras da enfermeira ecoaram em seus ouvidos. *Como se estivesse tentando arrancá-la ou coisa do tipo.* Se a pasta era ambígua, a foto a tornava clara.

Eu fui um erro, e nossa mãe enfim encontrou um jeito de me apagar.

26
É MELHOR COMEÇAR LOGO A FESTA

– Está maravilhoso – disse Madeline, observando Emma esfumaçar o delineador cinza-ardósia na pálpebra. – Amo essa cor em você.

As garotas estavam no enorme banheiro de Charlotte se arrumando para a festa. O cômodo era decorado com ladrilhos de pedra e vidro azul-turquesa. Toalhas brancas fofas pendiam dos racks. Colagens das garotas do Jogo da Mentira pendiam em pesadas molduras nas paredes: Sutton, Madeline e Charlotte fazendo palhaçadas em frente a um gigantesco caubói de fibra de vidro, as Gêmeas do Twitter imitando sinais irônicos de gangue usando vestidos de festa, Laurel carregando de cavalinho uma Sutton risonha.

Emma piscou para si mesma no espelho, com os olhos transformados nos de uma deslumbrante aspirante a estrela.

Gabby estava sentada à penteadeira enquanto Lili estava de pé atrás dela, enrolando uma das longas mechas louras da irmã com um baby-liss. Pela porta aberta que dava para o quarto de Charlotte, ela viu Laurel fechar o zíper do vestido de Nisha, cujo rosa-shoking ficava em perfeito contraste com sua pele escura. Ao lado de Emma, de calcinha e sutiã, Madeline aplicava a quinquagésima camada de rímel nos cílios já longos. Charlotte estava no andar de baixo dando os toques finais à decoração.

— Eu poderia morar neste banheiro. Tipo, só neste banheiro e nunca ir embora – disse Gabby, olhando em volta.

Emma concordou intimamente. O cômodo era maior que alguns de seus antigos lares temporários. Uma banheira estilo Jacuzzi ocupava um pedestal em uma das extremidades do banheiro, com uma minissauna ao lado. Um box com seis chuveiros diferentes ficava no canto oposto. Os tapetes do banheiro eram grossos e macios, e o cômodo inteiro emitia um brilho imaculado, resultado de uma limpeza que só uma empregada em tempo integral podia manter.

— Eca – disse Madeline, enrugando o nariz. – Quem quer morar em um banheiro?

— Bem, talvez eu construísse um banheiro separado do banheiro – admitiu Gabby.

Eu me apoiei na borda da bancada, tomada por uma onda de saudade enquanto observava minha amigas. Quantas vezes fizemos isso antes de festas, fofocando e tramando trotes enquanto ajudávamos umas às outras a se arrumar? Observando minha vida pelos olhos de Emma, percebi quanto implicávamos e diminuíamos umas às outras. Era bom ser lembrada de que também fazíamos coisas como essa.

— Não se mexa — disse Madeline, virando o rosto de Emma para si. Ela ergueu um curvex e o apertou algumas vezes de forma ameaçadora. Emma tentou não se mover enquanto Madeline arrumava seus cílios.

— Está tudo bem? — perguntou Madeline em voz baixa quando afastou o curvex, observando Emma com curiosidade. — Você parece cansada.

Emma suspirou. Sentia-se atônita e esgotada desde o hospital, incapaz de processar tudo o que tinha descoberto. Becky tinha outra filha. Becky arrancou o rosto da foto de Sutton, ou seria de Emma? E o mais doloroso de tudo: Ethan mentiu para ela, escondeu algo enorme e importante. O que ele podia ter feito para acabar na ala psiquiátrica? E por um bom tempo, considerando o tamanho da pasta. Será que era algo tão horrível que ele temia que ela se afastasse por medo?

Ela tentou sorrir para Madeline. Apesar de tudo, Emma estava determinada a se divertir naquela noite, a esquecer a parte tensa de sua mente e a aproveitar algumas horas com as amigas. Sobretudo queria parar de se perguntar o que Ethan estava escondendo. Pegou o copo de plástico vermelho que tinha deixado na bancada e tomou um gole longo e lento de suco de oxicoco com vodca. O álcool ardeu no fundo da garganta.

— Estou linda — disse ela. — Ficando mais linda a cada segundo.

— Então tá bom — disse Madeline, embora claramente não estivesse convencida.

— À lindeza! — Ela ergueu o próprio copo em um brinde falso.

Laurel enfiou a cabeça pela lateral da porta do banheiro. Ela estava linda no vestido bandage dourado que tinha comprado na liquidação da Saks.

— Vocês já estão acabando, meninas? Algumas de nós ainda precisam fazer a maquiagem.

Emma se levantou.

— Vou descer e ver como Char está.

Ao atravessar o banheiro, ela parou para se olhar no espelho de corpo inteiro. Tinha decidido usar um vestido frente única rosa-claro que deixava sua pele com um brilho rosado. Talvez fosse um pouco sexy demais para Emma e doce demais para Sutton, mas era perfeito para o tênue meio-termo que vivia no momento. Ela calçou um par de sandálias douradas de salto alto Miu Miu e foi em direção à escada.

De tudo na vida luxuosa de Sutton, a casa de Charlotte provavelmente era a coisa *mais* exagerada que Emma já tinha visto. A enorme mansão de adobe tinha uma piscina de tamanho olímpico, uma garagem para seis carros e uma torre de sino que havia sido transferida, pedra a pedra, de uma missão jesuíta de duzentos anos ao sul de Yuma. Havia vistas maravilhosas da cidade em cada janela. A escada de mármore descia em uma elegante curva até um vestíbulo do tamanho de um salão de baile, onde as garotas haviam passado a tarde pendurando fios de luzes globulares em zigue-zague no teto alto. No patamar da escada Emma esbarrou com um cara de colete de couro sem nada por baixo que estava montando uma mesa de DJ. Ele nem ergueu o rosto quando ela passou por cima dos fios em direção à escada.

Emma encontrou Charlotte na cozinha, onde as garotas haviam coberto uma mesa com a melhor toalha de mesa da sra. Chamberlain e espalhado confete brilhante pela superfície para dar um toque. Travessas de comida cobriam cada centímetro, uma torta de tomate seco e pesto, aspargos enrolados em prosciutto, azeitonas recheadas com alho e fatias frescas de pão árabe. Ela pegou uma miniquiche e enfiou na boca.

Charlotte ergueu o rosto quando Emma entrou.

— Você está maravilhosa, querida — disse ela, cumprimentando-a com beijinhos no ar.

— Você também! — exclamou Emma.

O vestido verde-esmeralda de Charlotte ressaltava seus olhos. Naquela tarde, um cabeleireiro tinha feito um penteado clássico com cachos artisticamente arranjados ao redor do rosto. Os brincos pendentes de cristal captavam a luz e a faziam brilhar.

Emma ergueu seu copo.

— Parece que minha bebida acabou.

Charlotte indicou o bar, que era quase tão grande quanto o quarto de Sutton, além de ter quatro adegas climatizadas para vinhos na parede do fundo. Dúzias de garrafas de vidro estavam alinhadas na bancada, juntamente com ingredientes para drinques, limões e até um liquidificador. Emma fez dois Cosmopolitans, um para ela e outro para Charlotte. Ela os preparou em uma coqueteleira como manda o figurino, como uma simpática irmã temporária mais velha havia lhe ensinado. Pelas portas de vidro que davam para o pátio dos fundos, Emma viu o grande barril de cerveja à luz das tochas de bambu.

Em um cômodo ao lado da despensa, luzes verdes piscavam no painel de controle do sistema de segurança. Desarmado.

Não que importasse estar ligado ou não, pois Becky já tinha passado por ele antes. O coração de Emma acelerou ao se lembrar do assassino de Sutton estrangulando-a naquela mesma cozinha. Suas mãos tremeram. Será que não podia ter uma noite de folga sem temer pela própria vida? Ela merecia.

– Saúde! – gritou para Charlotte, depois terminou seu drinque de um gole só.

Algumas horas depois, Emma não temia mais nada. Ela e Brian Lloyd, cocapitão do time de basquete, acabavam de vencer Charlotte e Mark Bell em um acirrado jogo de pingue-pongue de cerveja no pátio. Quando Brian a desafiou para um shot de tequila da vitória, ela não pensou duas vezes, apenas virou a cabeça para trás e engoliu depressa, sem sal nem limão.

– Essa é a Sutton Mercer que eu conheço e amo! – vibrou Charlotte, jogando o braço ao redor dos ombros de Emma com carinho. – Onde você tinha se escondido?

Emma deu de ombros e passou por Tim Sullivan, cujo pai era dono de uma cadeia de lojas de artigos esportivos espalhada por todo o Arizona e que bebia cerveja de cabeça para baixo direto do barril enquanto o time de futebol americano inteiro o incentivava. Lá dentro, uma música de Jay-Z tocava no som de Charlotte. Garotas em vestidos minúsculos dançavam em grupos, ou com os braços entrelaçados aos de garotos com camisas de botão e calças jeans. Emma sorriu e acenou para todos, deleitando-se ao ver como era *divertido* ser Sutton.

Ela passou pelas Gêmeas do Twitter, que eram o centro das atenções na cozinha, revezando-se para contar uma história cabeluda a um grupo extasiado de garotas do terceiro ano. Madeline estava no colo de Antonio Ramirez em uma poltrona estofada, sussurrando em seu ouvido. Caroline Ellerby, uma caloura que forçava demais a barra, chegou à porta da frente com uma bandeja de shots de gelatina comprados prontos.

– Quer um, Sutton? – perguntou ela com um sorriso hesitante. Emma pegou um copinho de gelatina vermelha e o tomou distraidamente.

Seu telefone não parava de vibrar na clutch de pele de cobra, mas ela o ignorou. Devia ser outra mensagem de texto de Ethan dizendo que estava a caminho. Ela não queria vê-lo naquele momento. Ou queria? Gostaria de falar com ele logo para poder dizer o que achava de seu segredinho? Ela afastou o pensamento e voltou para o bar. Talvez mais uma bebida a ajudasse a se decidir.

Nisha estava diante da coleção de garrafas, medindo uma quantidade precisa de gim dentro de um copo. Ela ergueu o rosto quando Emma esbarrou nela e a segurou para impedir que caísse.

– Ei, menina. Você está bem?

– Eu sou Sutton Mercer – disse Emma, fazendo uma pose. – Sou fabulosa. – Ela tentou pegar a vodca, mas Nisha alcançou a garrafa antes que ela se servisse de outro copo.

– Calma aí, garota. – Nisha riu e serviu um copo d'água. – Cadê o Ethan? Ele não deveria estar aqui?

Emma bebeu a água devagar. A sala girava de uma forma agradável, linda e brilhante, como um brinquedo infantil em um parque de diversões.

— Quem sabe? Deve estar assistindo a uma chuva de meteoros ou coisa assim.

Nisha colocou a mão no braço de Emma.

— Ei, está tudo bem entre vocês?

Talvez fosse o álcool, mas antes que Emma conseguisse se conter, as palavras começaram a se despejar.

— Lembra quando você me ajudou a encontrar aquela... informação sobre minha mãe? — sussurrou Emma. — Pois é, Ethan também tem ficha lá. Enorme.

— Uau! — exclamou Nisha, arregalando os olhos. — Você conversou com ele sobre isso?

Ver a surpresa no rosto de Nisha fez a visão de Emma girar ainda mais rápido, e de repente ela percebeu o que tinha feito. Sim, Ethan a traiu, mas aquilo era entre eles.

— Esqueça. Tenho certeza de que não é nada — murmurou ela, voltando a abrir caminho pela multidão.

— Espere, Sutton — chamou Nisha, mas Emma continuou em frente até chegar ao pátio.

Alguns garotos jogavam vôlei aquático na piscina, apenas com shorts de malha. Laurel e outra garota estavam sentadas perto do ofurô com os pés na água. Elas a chamaram, mas Emma se deixou cair em uma espreguiçadeira. Ela se recostou e fechou os olhos. Quando o telefone vibrou outra vez, ela nem se deu o trabalho de checar.

Às dez da noite, Poor Tony, o DJ sem camisa em quem Emma tinha esbarrado mais cedo, começou a tocar do patamar superior da escada. O vestíbulo se encheu de convidados aos gritos. Emma vagou para o meio da multidão, com o pesado baixo vibrando por seu corpo como um segundo coração. Ela viu Madeline e começou a ir em sua direção, depois percebeu que Mads estava com um garoto e provavelmente não queria ser incomodada. Ela estreitou os olhos. Definitivamente não era Antonio. Mads era rápida.

Emma deu um passo atrás, tropeçando em um cara alto com um cabelo louro perfeitamente penteado com gel. Ele lhe lançou um olhar causticante quando ela se reequilibrou. Garrett.

– Desculpe – gritou ela, mais alto que a música.

Ele se limitou a revirar os olhos e se aproximar de Celeste, que estava ao lado, de vestido baby-doll com estampa ikat e meias de veludo. Ela balançou o cabelo, que estava penteado em cachos grossos, e riu. Então colocou os braços em torno do pescoço dele e dançou colado, encarando Emma com um olhar penetrante.

O mundo começou a girar perigosamente. De repente, tudo o que Emma queria era fugir, ir para algum lugar distante de todo o barulho e caos. A música estava começando a parecer menos a batida de um coração e mais um martelo golpeando seu crânio. Ela cambaleou até a porta da frente, abaixando-se ao passar por Gabby e Lili, a fim de não ser puxada para sua hiperativa rodinha de dança. Ela se esgueirou até a varanda e suspirou de alívio ao sentir na pele o ar frio da noite.

Mesmo com a imensa porta de carvalho fechada, ela ainda ouvia o barulho da música e os gritos da multidão. Mas, em comparação ao restante da festa, a varanda, com um elegante piso de pedra e cheia de enormes plantas em vasos, era um oásis de calmaria. Mariposas jogavam-se sem parar na luz de antigas arandelas de ferro, atacando-as com seus corpinhos.

Emma fechou os olhos e apoiou a cabeça em um dos pilares. A expressão de Garrett tinha acabado com seu bom humor, e de repente ela se sentia sóbria.

Então ouviu. Um farfalhar suave, o som de alguém se movendo ali perto. Ela congelou. Alguém estava na varanda com ela.

– Mãe? – sussurrou ela, olhando para as sombras de onde o barulho viera.

Volte para dentro!, sussurrei para ela. *Rápido!*

Mas era tarde demais. Um vulto alto saiu da escuridão, rindo suavemente. Tanto Emma quanto eu gritamos, minha voz inaudível para todos menos para mim mesma, e a dela, engolida pelo barulho lá de dentro.

Ninguém nos ouviria.

27

UMA VOZ NO ESCURO

Emma recuou depressa até um vaso de terracota. Sua pulsação latejava alto nos ouvidos. Será que devia correr para a rua ou voltar para dentro? O álcool deixava seu raciocínio lento, mantendo-a em uma perigosa indecisão. Ela deu mais um passo para trás. Era isso. Estava prestes a morrer.

– Eu não quis assustar você, Sutton. Sou só eu – disse das sombras uma voz masculina.

Thayer deu um passo em direção à luz. Estava maravilhoso com uma camisa de botão azul da Hugo Boss e uma bermuda cáqui.

Emma soltou o ar, aliviada.

Observei com inveja quando ele estendeu a mão para pegar o braço de Emma e levou-a até o balanço da varanda. Eles se sentaram lado a lado em um silêncio amistoso.

— O que você estava fazendo aqui? — perguntou ela, enfim. Seu coração ainda não tinha voltado ao ritmo normal.

Thayer abriu um sorriso triste, segurando uma lata de Coca-Cola.

— Parece que estar em recuperação nos torna estraga prazeres.

Emma pensou em como devia ser ir a uma festa daquelas para Thayer. Não era fácil resistir àquele tipo de pressão, ouvir adolescentes bêbados fazendo uma zona lá dentro e saber que não poderia ser um deles.

Thayer os empurrou delicadamente para a frente e para trás no balanço, com os pés no chão. No alto, Emma ouvia o chamado agudo dos morcegos caçando. O embalo suave do balanço a acalmou. Ela precisava se controlar. E se *fosse* Becky? Gritar e tropeçar na mobília não ia ajudá-la muito. Ela tinha que estar sempre pronta para qualquer coisa. Não devia ter baixado a guarda, nem mesmo por uma noite. Suspirou. Não era justo. Ela não aguentava mais ficar sempre em alerta. Queria ser vulnerável, *normal*, só uma vez.

— Você está se sentindo bem? — perguntou Thayer.

— Está todo mundo me perguntando isso hoje — disse Emma. — Não estou com uma cara boa?

— Você está perfeita, como sempre. Perguntei como está se *sentindo*.

Ela se virou para Thayer. Ocorreu-lhe que ele provavelmente era a única pessoa que a pressionaria nesse sentido, forçando-a a distinguir entre aparência e realidade. Ele retribuiu seu olhar com seriedade, com os olhos brilhantes contra a pele bronzeada. Emma não sabia como começar a responder. Ela não se sentia normal havia semanas. Ou talvez nunca tivesse se sentido tão normal. O álcool suavizava todos os seus pensamentos, então ela não tinha muita certeza do que estava falando até dizer em voz alta. Naquela noite nada fazia sentido mesmo: ela e Thayer, sentados ali naquele banco na noite fria de novembro; suas amigas; nem mesmo Ethan. Muito menos Ethan.

Ela enfiou uma mecha de cabelo atrás da orelha.

– Já sentiu que ninguém é o que parece?

Os lábios de Thayer se curvaram em uma expressão irônica.

– O tempo todo. Por que acha que não conto aos outros que fui para a reabilitação? Sabia que metade das pessoas que eu considerava meus amigos ia virar as costas para mim. – Ele soltou uma risada curta. – Sabia que ia acabar sozinho na varanda bebendo refrigerante enquanto quase todo mundo que eu conhecia finge que não me viu.

De repente, Emma se sentiu envergonhada. Ali estava ela, cheirando a cerveja sentada ao lado de um garoto que havia vencido uma difícil batalha pela sobriedade. Ela mexeu com a clutch de Sutton, soltando e prendendo o fecho.

– Só não sei mais com quem posso contar – disse ela em tom suave. – Estou sempre sendo magoada por gente que acho que conheço.

Thayer olhou por sobre o parapeito de ferro fundido da varanda. O vasto gramado dos Chamberlain parecia um cemitério de elefantes na escuridão, com carros estacionados de qualquer jeito por toda a sua extensão. Alguém havia parado um Miata bem em cima de uma das adoradas roseiras da sra. Chamberlain. Emma perguntou-se com indiferença como Charlotte ia se safar daquela.

— Que droga — comentou Thayer, brincando com o lacre da lata de Coca-Cola, que logo se quebrou entre seus dedos, e ele o colocou no braço do balanço. — Talvez você precise de gente nova na sua vida.

Emma mordeu o lábio e soltou uma risadinha constrangida.

— O problema é que algumas delas são parentes minhas.

— Ah — disse ele. — É, eu também conheço essa história. Não seria incrível se pudéssemos escolher nossa família?

— Eu fico com Steve Carell como pai e Tina Fey como mãe — brincou ela.

— Bart Simpson como irmão.

— Wednesday Addams como irmã.

Thayer sorriu. Ele se recostou ao balanço com uma expressão pensativa.

— Sabe, uma das coisas que aprendi na reabilitação que acabou não sendo um completo clichê é que não se pode controlar os outros. O melhor que se pode fazer é ser honesto com as pessoas que ama e esperar que elas gostem de você o suficiente para escutar. Mas não é possível transformar alguém em algo que essa pessoa não é.

— Isso é muito... adulto — disse Emma.

— Bem, muitos viciados agem como crianças — retrucou ele, dando de ombros. — Só estou dizendo que não dá para impedir que os outros a decepcionem. Vai acontecer em algum momento. Somos apenas humanos. O que você *pode* fazer é decidir como vai reagir a isso, como vai lidar com isso.

Emma assentiu devagar. Era um bom conselho; ela só não sabia se funcionava em sua situação. Estava investigando um assassinato e precisava combater fogo com fogo. Não podia mais jogar na defesa.

— Às vezes tudo é muito complicado – disse ela, desejando poder se abrir com Thayer.

— É, eu sei. — Ele expirou com força. — Pode acreditar. Morando com meu pai tenho que relevar muita coisa. Às vezes quero bater nele, puni-lo. Eu fiz isso, sabe, antes de ir para Seattle, dei uns socos nele. — Ele balançou a cabeça. — Mas pensava que podia mudá-lo de alguma maneira. Fazê-lo se arrepender. Não posso, obviamente.

Eles ficaram ali no escuro, balançando-se para a frente e para trás enquanto a música de Poor Tony continuava a chacoalhar a casa. Emma ia ficando sóbria depressa graças ao ar frio e à onda de adrenalina que percorreu seu corpo quando pensou que fosse Becky chegando na varanda. Mas ainda estava tonta o suficiente para admirar Thayer sem ficar constrangida. Ela lançava olhares para seu perfil, analisando a curva do queixo, a pequena cicatriz no maxilar. Ela se perguntou se isso também era um lembrete do acidente no Sabino Canyon.

— Thayer — sussurrou.

Ele se virou para ela, e a intensidade de seus olhos a fez perder o fôlego por um instante. Ela tossiu na mão.

— Eu nunca disse isso, mas... estou muito orgulhosa de você.

Era verdade: ela admirava a determinação de Thayer, sua força. Embora não o conhecesse antes, sentia que ele não era mais o garoto dos pôsteres de DESAPARECIDO. O garoto que sumiu sem dizer nada. Ele voltou uma nova pessoa. Mais que qualquer um que estava ali naquela noite, ele sabia exatamente quem era e no que acreditava. Era revigorante, sobretudo depois de todas as mentiras e fingimento que ela vinha acumulando.

— Sério? — perguntou ele.

— É preciso coragem para mudar — afirmou Emma em voz baixa. — Para começar a dizer a verdade a todo mundo, principalmente a si mesmo. Sei que foi difícil para você. Mas quem gosta de você de verdade... estamos aqui para apoiá-lo.

Ela sentiu as mãos quentes de Thayer, calejadas por causa de todo o trabalho que ele fizera no jardim, se fecharem sobre seus dedos.

— Quem gosta de mim de verdade, hein?

As bochechas dela queimaram.

— Sabe, Mads, Char, Laurel. Até seu pai. Todos nós gostamos de você.

— Que bom ouvir isso — disse ele em tom suave, puxando-a para perto. E então, antes que ela percebesse, os lábios dele estavam sobre os seus.

Por uma fração de segundo, ela se deixou levar pelo beijo. A boca de Thayer era muito macia e convidativa. Tudo o que ela queria fazer naquela noite era deixar de ser Emma e se tornar Sutton, mesmo que tudo acabasse ao soar da meia--noite como em um conto de fadas. E nesse momento, sentindo a doçura da Coca-Cola de baunilha na boca de Thayer, a linha entre ela e Sutton pareceu ainda mais indistinta. Ela se aproximou inconscientemente e os dedos dele envolveram sua cintura.

Por mais estranho que aquilo fosse para mim, eu entendia os sentimentos complicados de Emma sobre o fato de a linha entre nós estar se tornando cada vez mais confusa. Ambas nos afundávamos cada vez mais uma na outra, correndo perigo de nos perder. Observá-la viver minha vida e sentir a emoção do beijo de Thayer na boca de Emma era o mais perto que eu podia chegar de beijar o próprio Thayer. Eu não conseguia decidir se queria jogar a lata de Coca na cabeça deles ou encorajá-los.

Mas de repente Emma se afastou de Thayer. O que estava fazendo? Não era só porque todo mundo a chamava de Sutton que ela tinha se transformado na irmã gêmea. A culpa a perfurou como uma faca. Ela traiu Ethan e iludiu Thayer. Destruía coisas por todos os lados. *Igualzinha a Becky*, pensou amargamente.

— O que é isso?

Uma voz raivosa atravessou seus pensamentos, ela ergueu o rosto e viu Ethan nos degraus da varanda.

Os olhos dele ardiam de fúria. O maxilar estava rígido e contraído, e os punhos se abriam e fechavam, como se ele não conseguisse decidir se queria bater ou esganar. As mãos de Emma voaram para a boca.

— Ethan — exclamou ela. — Não é o que você está pensando...

— Você — rosnou ele, ignorando-a. Seus olhos estavam fixos em Thayer. — Você está morto.

Thayer mal teve tempo de se levantar antes de Ethan cair sobre ele, batendo com o punho direto no queixo do garoto mais alto. Ele segurou Thayer pela camisa e jogou-o em um dos pilares da varanda.

— Parem com isso! — gritou Emma.

Sangue escorria de um corte na cabeça de Thayer. Ele golpeou as costelas de Ethan com o cotovelo e Ethan se inclinou para a frente, estremecendo. Thayer o jogou para fora da varanda.

Poor Tony escolheu aquele exato momento para terminar seu set. Os gritos de Emma trespassaram o repentino silêncio, e as portas logo se abriram, despejando uma multidão confusa e turbulenta na varanda.

– Briga! – gritou alguém, entendendo o que estava acontecendo, e todo mundo acompanhou.

– Briga! Briga! Briga!

Os espectadores se dividiram quase imediatamente em dois lados. A maioria dos garotos incentivava Thayer com gritos de: "Acabe com ele, Vega!" E: "Tome essa, Landry!" Foi uma prova do poder e da popularidade de Sutton o fato de que todas as garotas, sobretudo as mais novas, começaram a gritar por Ethan.

Os dois garotos no jardim continuavam brigando, aparentemente alheios à multidão que havia se reunido. Sangue se acumulava na terra e se espalhava sobre os dois com a lama. A camisa de alguém se rasgou audivelmente.

Emma encontrou os olhos de Charlotte na multidão, lançando-lhe um olhar de súplica. Charlotte entendeu e virou-se para Mark Bell, que entrou correndo na casa e gritou para alguém que Emma não via. Instantes depois, dois outros garotos, ambos do time de basquete, desceram às pressas os degraus. Ricky Parker, o ala-armador, que acabara de receber uma bolsa integral para Duke, agarrou Ethan e segurou seus braços para trás enquanto Andrew Collins e Mark Bell puxavam Thayer na direção oposta. Ethan e Thayer lutaram para se soltar, encarando-se com uma hostilidade evidente.

– Mandou bem, Feira de Ciências – disse Thayer, recuperando o sorriso irônico. Havia um corte feio sobre seu olho. – Parece que finalmente virou homem.

Ethan ofegava quando Ricky soltou seus braços. A calça jeans estava suja de grama e terra. Por um instante, Emma achou que ele ia partir para cima de Thayer outra vez. Mas ele se virou para ela.

— Você não mudou nada, *Sutton*. — Ele cuspiu. — Continua sendo a mesma vadia egoísta de sempre.

Com isso, ele se virou e começou a atravessar o gramado a passos largos em direção a seu carro.

28

PATAMAR PITORESCO À FRENTE

– Ethan, espere! – gritou Emma, mas ele não se virou.

Ela desceu a escada da varanda às pressas e correu atrás dele, ignorando os olhares curiosos de todos. Ela tropeçou nas pedras do calçamento e tirou os saltos, frustrada, abandonando-os na grama. O Honda velho de Ethan estava quase nos portões, pois ele tinha sido a última pessoa a chegar à festa. Ela alcançou o carro no momento em que ele estava entrando e sentou-se com teimosia no banco do carona.

A havaiana de mola que Ethan tinha no painel oscilou quando ele bateu a porta.

– Pare – ofegou ela. – Eu posso explicar.

– Explicar o quê? – rosnou Ethan, enojado.

Seus punhos se fecharam perigosamente, como se ele quisesse bater em alguma coisa de novo. No escuro ela via um fio de sangue descendo pela testa dele até o olho.

— Você me disse para não ter ciúmes, Emma. Disse que Thayer era uma coisa da Sutton, não sua. Você é muito mentirosa. Tão mentirosa quanto sua irmã era.

— Não se atreva a dizer isso da minha irmã! – disparou Emma. – E por favor, quem é você para falar de mentira? – Ela se sentia completamente sóbria, e uma raiva afiada a preenchia, de forma que tudo se destacava com nitidez.

— Do que você está falando? – Os dedos de Ethan seguraram com força o volante, embora o carro não estivesse ligado. Ela cerrou os dentes.

— Estou falando da pasta na ala psiquiátrica com seu nome – disse Emma, com a voz perigosamente calma. – Parece familiar?

O rosto de Ethan endureceu.

— Você foi lá? Como?

— A Nisha me deu a chave – respondeu Emma em tom suave.

Ele inalou com força.

— Achei que tínhamos decidido que você não ia bisbilhotar a ficha particular da sua mãe.

— Não, *você* decidiu isso. E não se importava com a privacidade da minha *mãe*, só não queria que eu descobrisse seu segredo obscuro. Não é?

De repente, Emma sentia-se exausta e vazia, com a raiva se esvaindo. Ela piscou para controlar as lágrimas.

— Ethan, eu amo você. Compartilhei tudo com você. E agora parece que nem o conheço.

Os sons abafados da festa flutuavam até eles pelo ar frio da noite. O canto dos grilos ao redor do carro era auspicioso, mas o interior estava no mais completo silêncio.

– Você leu minha ficha? – perguntou Ethan, com a voz baixa e calma.

Ela o olhou de soslaio. Ele estava imóvel, com a boca contraída em uma linha reta e estoica. Ela balançou a cabeça.

– Não. Não me pareceu certo.

O corpo dele relaxou, e seus ombros se curvaram, desamparados. Ele empurrou o cabelo desgrenhado com uma das mãos.

– Eu devia ter contado – admitiu ele, contraindo os lábios com tristeza. – Queria contar. Mas não é uma parte da minha vida da qual me orgulho, ok? – Ele se deixou cair no banco do motorista, com o rosto retorcido de angústia.

Emma ficou olhando para a frente, para o bosque escuro diante do carro.

– Aconteceu há alguns anos. – A voz de Ethan era tão baixa que ela teve de prender a respiração para ouvi-lo. – Meu pai tinha voltado depois de uma longa viagem de negócios. A casa estava uma confusão total. A mamãe estava doente demais para limpá-la e eu tinha, tipo, quinze anos, então era meio que inútil nas tarefas domésticas. Meu pai surtou por causa disso. Digo... surtou de verdade. Ele começou a espancar minha mãe, empurrá-la de quarto em quarto colocando a roupa suja nos braços dela e jogando pratos sujos nela. Na sala de jantar, ele quebrou um cabo de vassoura na parte de trás das pernas dela de tão forte que bateu. Ele a estava punindo por ser preguiçosa, disse. – O rosto de Ethan voltou-se para as sombras. – Então atingi a cabeça dele com uma garrafa de cerveja. Não sabia mais o que fazer. Ela não quebrou, mas o nocauteou feio. Ele ficou apagado por uns minutos. Acordou mais tarde com uma concussão.

– Ah, meu Deus – ofegou Emma.

Ela estendeu a mão para tocar o braço de Ethan, mas ele não se moveu. Ela sabia que ele estava revivendo aquela noite horrível em algum canto escuro de sua mente.

– Essa não é a pior parte. Minha mãe chamou a polícia por minha causa. Quando eles chegaram, eu estava nervoso, meio incoerente com a coisa toda, então, em vez de ir para a cadeia, eles me levaram para o hospital. Acabei passando a noite preso a uma cama, tão cheio de haloperidol que não lembrava nem meu nome. Acho que tive sorte; a cadeia teria sido muito pior. Quando me avaliaram no dia seguinte, concluíram que agi para defender minha mãe e, como eu era menor de idade, resolveram tudo fora do tribunal. Mas tive que continuar a terapia por cerca de um ano.

– Espere, sua *mãe* chamou a polícia? – perguntou Emma, sentindo um aperto no peito. – Você só estava tentando protegê-la.

Ethan se virou para olhá-la com tristeza.

– Acho que não foi o que ela pensou. Por pior que as coisas fiquem com meu pai, ela sempre toma o partido dele, diz que ela merece, ou sei lá o quê.

No silêncio que caiu, os dois ouviram uma balada de R&B vindo da casa. Emma pegou a mão de Ethan e a apertou com força. Os dedos dele estavam inertes e pesados, como se ele tivesse se transformado em madeira e não sentisse seu toque.

— Desculpe — sussurrou ela. — Eu deveria ter deixado você me contar na hora que quisesse. Deveria ter percebido que só podia ser... difícil para você falar desse assunto.

Ela engoliu em seco. Os primeiros sinais de alívio surgiram dentro dela. Ethan não era louco. Não era como a mãe. Ele era uma vítima, assim como Emma.

— Ando tão apavorada, Ethan. Tudo o que eu achava que sabia sobre minha infância e minha família está errado. Parece que todo dia descubro algum enorme segredo novo. Acho que esperei o pior quando vi aquele arquivo. Porque o pior não para de acontecer.

Ele assentiu, olhando para o próprio colo.

— Não quero guardar segredos de você, Emma. Quero compartilhar tudo.

— Eu também — disse ela. Estendeu a mão para pegar a dele, mas ele desprendeu os dedos gentilmente dos dela.

— Tem certeza? Não foi o que pareceu hoje.

Emma balançou a cabeça.

— Ethan, foi *ele* quem *me* beijou. Eu bebi demais na festa e não estava pensando com clareza suficiente para impedi-lo a tempo. Foi um erro idiota. Sinto muito por isso ter acontecido e queria poder desfazer. Mas você precisa acreditar em mim. Não estou interessada no Thayer. Eu amo *você*.

Ethan mordeu o lábio. Por um instante, pareceu tão vulnerável, tão infeliz, que ela precisou de todas as forças para não puxá-lo para seus braços.

— Sinto muito pelo que eu disse — desculpou-se ele. — Sobre você e também sobre Sutton. É que... quando vi aquele merd... quando *o* vi tocar você, eu surtei.

Seus punhos se fecharam outra vez sobre as coxas e ele suspirou.

— Thayer Vega sempre conseguiu o que quis. Ele estala os dedos e o mundo lhe entrega tudo de bandeja. E ainda acho difícil acreditar que alguém como *você* possa se apaixonar por alguém como eu, quando poderia tê-lo. — Ele a olhou com seriedade. — Emma, ninguém nunca se importou comigo. E agora, de repente, a garota mais linda, inteligente e maravilhosa que já conheci é minha namorada? Fico imaginando que você vai acordar um dia em breve e me trocar por outro.

As palavras dele perfuraram dolorosamente seu coração. Ela sabia como era não se sentir amada. Sabia como era viver com esse tipo de dúvida. Ela se debruçou por cima da marcha e encostou a cabeça no ombro dele.

— Ethan, eu nunca senti isso por ninguém — sussurrou ela.

Ele passou um dos braços em torno dela, e ela se aninhou a ele. A alavanca do câmbio pressionou suas costelas, mas ela não se importou.

— De agora em diante, vamos confiar um no outro. Combinado?

— Combinado. — Ele olhou nos olhos ela, com os olhos pesados de emoção. — Eu nem tive a chance de dizer que você está maravilhosa.

Envergonhada, ela puxou o vestido curto sobre as coxas.

— Você também.

Ele estava usando um suéter cinza-claro com gola V que deixava a gola branca da camisa de botão aparecer por baixo. Ela gostava do visual eclético habitual, mas Ethan também ficava lindo quando se arrumava.

Ele tocou a bochecha dela, dando-lhe um beijo demorado e hesitante na boca. Um suave som de prazer escapou do fundo da garganta dela. Ela arqueou o corpo em sua direção.

Ethan recuou e analisou seu rosto, enfiando uma mecha de cabelo atrás de sua orelha.

– Quer subir um pouco mais a montanha para ver se tem algum lugar para olhar as estrelas? – perguntou ele.

Emma assentiu, surpresa com a ousadia.

Eles não falaram quando ele ligou o carro e passou pelos altos portões de ferro dos Chamberlain. Emma observou as linhas curvas da estrada da montanha aparecerem e voltarem a desaparecer sob os faróis. O CD retrô do Cure tocava músicas lindas e tristes conforme o carro subia. Ethan manteve os olhos na estrada e ambas as mãos no volante, mas ela sentia a atração magnética entre eles, pesada e urgente.

Por fim, no alto da montanha, Ethan estacionou em um patamar raso no acostamento da estrada.

As luzes de Tucson cintilavam bem abaixo deles, como se fosse uma pequena cidade de brinquedo. No céu, a lua tinha surgido e virado um crescente amarelo. Emma soltou o cinto de segurança e, sem uma palavra, passou por cima do console para o banco de trás. Ela chutou um exemplar gasto de capa mole de *On the Road* – Pé na Estrada para o chão e dobrou as pernas sob o corpo enquanto Ethan juntava-se a ela. Sem hesitação, eles se atiraram um para outro, um beijo se misturando ao seguinte, os corações parecendo bater em perfeita sincronia.

Emma tocou o peito de Ethan, empurrando-o com delicadeza. Ela se sentou e estendeu a mão devagar até a nuca para desfazer o nó de seu vestido frente única. A seda caiu ao redor de sua cintura, macia como pétalas de flores. Um rubor cobriu suas bochechas, mas ela ergueu o rosto timidamente para encontrar o olhar dele. Os olhos dele estavam cheios de uma ternura que a deixou sem fôlego. Ele a puxou para si, passando as mãos devagar por seus ombros e depois pelas costas, contornando as linhas de seu corpo uma a uma. Do lado de fora do carro, as estrelas brilhavam contra o céu escuro.

29
HORA DE ARTES E OFÍCIOS

Quando Emma acordou no dia seguinte, o sol do final da manhã se despejava através das cortinas translúcidas do quarto de Sutton. Ela piscou à luz, espreguiçando-se na cama. Tinha dormido bem e sem pesadelos pela primeira vez em semanas.

As lembranças da noite anterior voltaram à tona todas ao mesmo tempo, e ela corou de prazer, agitando os dedos dos pés sob as cobertas. Ethan foi incrível. Carinhoso e cuidadoso, adoravelmente desajeitado a princípio e depois ardente quando as inibições dos dois desapareceram uma a uma. Foi perfeito. Ela ficou atravessada na cama, sorrindo, por um bom tempo, sem querer quebrar o encanto da lembrança.

Tentei me lembrar da minha primeira vez. Será que tive uma? Parecia que Garrett achava que íamos perder a virgindade juntos, mas eu queria ter ficado com Thayer antes de morrer. Queria ter tido um momento perfeito com ele em algum ponto do nosso tumultuado relacionamento.

Uma gargalhada alta vinda do quarto de Laurel atravessou o devaneio de Emma. Parecia Madeline. Ela inclinou a cabeça e escutou. Então se lembrou: as garotas do Jogo da Mentira estavam lá para trabalhar no trote.

Emma rolou da cama e vestiu uma calça de ioga, depois atravessou o banheiro e abriu a porta do quarto de Laurel.

Todas as garotas estavam espalhadas pelo quarto de Laurel usando jeans e camiseta. Esparramadas na cama de Laurel, Lili e Gabby digitavam depressa nos iPhones. Laurel, à mesa, aplicava rímel diante de um espelho de aumento, enquanto Madeline e Charlotte organizavam o material de artes no chão. Nisha também estava ali, montando um microfone e um gravador de áudio antiquados. Emma ficou feliz de ver que as outras pareciam ter aceitado Nisha com tanta facilidade.

— Bom dia, Cinderela — disse Charlotte. — Eu trouxe seu sapatinho de cristal. E algo para acordar.

Ela apontou para a mesa, onde os saltos dourados de Emma, que ela havia abandonado na entrada da casa de Charlotte para correr descalça atrás de Ethan, estavam ao lado de um café fumegante. Emma pegou o copo com gratidão, soprando o vapor. Ela se sentou no chão e abraçou Charlotte com força.

— Char, sinto muito por ontem à noite — disse ela. — Espero que a briga não tenha estragado sua festa.

— Está de brincadeira? Todo mundo está falando disso no Twitter — comentou Lili sem tirar os olhos do telefone. — Juntando com minha notável conquista do Danny Catalano, foi a festa do ano.

Madeline fez um som de desdém.

– Ninguém mais está falando do Danny Catalano. Ele é intocável desde aquele corte de cabelo horrendo.

– Está crescendo – protestou Lili. – Além disso, ele beija muito bem.

Char voltou-se para Emma.

– Tudo bem, Sutton. Eu sei que aquela maluquice não foi culpa sua. Mas a Tonta do Twitter está certa, a briga animou mesmo o evento. Antes de o Ethan resolver dar uma de Incrível Hulk para cima do Thayer, o acontecimento mais interessante tinha sido uma luta de spray de queijo que alguns idiotas do time de luta fizeram no pátio dos fundos.

Antes que Emma dissesse mais alguma coisa, Madeline apontou para ela de um jeito acusador.

– Então o que está acontecendo entre você e meu irmão, afinal? Achei que tivesse terminado com ele.

– Eu *terminei* com ele, juro. – Emma ergueu as mãos, na defensiva. – Nós estávamos conversando, ele me beijou, eu não recuei rápido o bastante e o Ethan viu. Fim da história. Foi um acidente.

Madeline fez um som de desdém.

– Você é mesmo um perigo. Parece que Thayer sofre um monte de *acidentes* quando você está por perto.

– Ele está bem? – perguntou Emma.

Ela sentia um pouco de culpa por ter corrido atrás de Ethan na noite anterior sem ter visto como Thayer estava, mas teve a impressão de que eles não tiveram tempo de causar nenhum dano grave um ao outro. Além do mais, Ethan era seu namorado, não Thayer.

— Está ótimo — disse Laurel, sem desviar os olhos de sua maquiagem. Um olho estava pintado com sombra cintilante turquesa-vivo, e o outro ainda estava natural, conferindo-lhe um estranho olhar estilo *Laranja mecânica*. — Depois da briga, eu o levei em casa e o ajudei a se limpar. Como sempre — acrescentou em tom pungente.

Emma estremeceu.

— Não era minha intenção ninguém se machucar — disse ela com suavidade, pegando uma raposa de pelúcia na cama de Laurel e a apertando contra o peito.

— Não é culpa sua. Você é praticamente um ímã de garotos — falou Charlotte em tom desinteressado. — Por falar em garotos, você fez as pazes com Ethan?

— Ãhn, fiz.

Emma escondeu o rosto atrás do copo de café, com as bochechas ardendo. Os olhos de Charlotte se estreitaram.

— Sutton, tem alguma coisa que você queira nos contar? — perguntou ela, abrindo devagar um sorriso malicioso.

Curiosa, Madeline tirou os olhos da revista que folheava. Até as Gêmeas do Twitter largaram os telefones.

— Ela está, tipo, brilhando? — perguntou Charlotte às outras.

— Eu diria que ela fez totalmente as pazes com Ethan. — Madeline sorriu.

Emma abraçou os joelhos, encostando-os ao peito, e sorriu com as bochechas vermelhas. Laurel cutucou a lateral de seu tronco.

— Fale, mulher!

— Ok, ok! — disse Emma. — Ethan e eu... ontem à noite, nós... vocês sabem...

O final da frase falhou, mas não importava. O quarto se agitou com gritos e risadas. Só Nisha olhou Emma com preocupação. Emma estremeceu, lembrando-se de ter desabafado a história da ficha de Ethan com ela na noite anterior.

Emma se abaixou, tentando se defender da exigência das garotas por detalhes.

— Usem a imaginação, meninas — sugeriu ela.

Madeline abriu um sorriso malicioso.

— É melhor não pedir esse tipo de coisa — brincou ela com o rosto sério.

Depois disso, tudo foi esquecido, e as Gêmeas do Twitter começaram a digitar sem parar nos telefones, alertando seus seguidores para "ficarem ligados" em um grande evento naquela noite.

— Não entreguem o jogo — resmungou Madeline. — Se Celeste ficar sabendo, tudo irá por água abaixo.

— Não acho que ela receba feeds do Twitter em Marte — provocou Gabby.

Laurel colocou o disco novo da Rihanna, e logo todas estavam esparramadas pelo chão, fazendo vários adereços e conversando sobre a sessão espírita.

Emma desceu para pegar um saco de pretzels e algumas Cocas diet na cozinha. Ela parou na sala de estar, onde Drake estava todo alegre em um sofá no qual não podia subir. Ele abanou o rabo com preguiça nas almofadas quando ela acariciou seu pescoço. Pela primeira vez em séculos, ela sentiu que seu lugar era ali.

— Ei. — A voz de Nisha interrompeu seus pensamentos. Ela se aproximou e colocou a mão na orelha de Drake. — Eu amo esse cachorro — disse ela, acariciando-o. — Meu pai é alérgico, então nunca pudemos ter um. Mas acho que eu escolheria um pequeno em que pudesse colocar roupinhas.

– Você podia usar roupas de tênis combinando e carregá-lo em uma sacola – sugeriu Emma. Ambas riram.

– Então você e Ethan conversaram sobre... sabe? – perguntou Nisha.

Emma corou e ergueu o rosto para olhar os dois lados do corredor. A sra. Mercer estava no quintal fazendo jardinagem, e o sr. Mercer saíra para jogar golfe. Ela tirou a chave eletrônica do bolso e a devolveu a Nisha.

– Sim, ele me explicou tudo. Não é uma história legal; as coisas não foram muito fáceis para ele. – Ela piscou, desconfortável. – Desculpe ter desabafado tudo isso com você, e agradeceria muito se pudesse, sabe, guardar para si mesma. – Ela baixou os olhos. – Mas obrigada por vir ver como estou – acrescentou. – Você tem sido uma ótima amiga.

Nisha abriu a boca como se estivesse prestes a dizer alguma coisa, depois voltou a fechá-la. Elas se encararam em meio aos segredos, que ainda pairavam no ar. Então outra gargalhada veio do quarto de Laurel.

– Acho que é melhor voltarmos ao trabalho – disse Emma.

Nisha baixou os olhos, repentinamente tímida.

– Sutton... obrigada por me deixar fazer isso com vocês. Estou muito animada.

Emma deu o braço à amiga e endireitou os ombros.

– Não, obrigada a *você*. Pela ideia e por toda a ajuda com minha mãe. Agora vamos lá armar esse espetáculo.

– Vamos pegar essa vadia – concordou Nisha. E, de braços dados, minha irmã gêmea e minha ex-arquirrival foram para o andar de cima.

30

COISAS QUE ENCONTRAMOS À NOITE

A porta de um carro bateu na escuridão, e uma mulher de meia-idade com um turbante dourado brilhante saiu para a clareira. O sol tinha acabado de escorregar para trás das montanhas. O Sabino Canyon estava cheio de sons: grilos e pássaros cantavam na vegetação rasteira, enquanto mais ao longe um coro de coiotes começava seus uivos noturnos. Uma coruja adiantada fazia voos rasantes.

Além do turbante, a mulher vestia um longo manto de veludo roxo e estava com uma dramática sombra azul que ia até as sobrancelhas finas. Pedras preciosas enormes brilhavam nos dedos gordos. Ela acendeu um cigarro e deu um trago profundo.

– A sessão espírita é aqui? – perguntou ela, soprando duas tiras pelo nariz.

– Ótimo, você chegou – disse Madeline, indo até a desconhecida e apertando sua mão.

Ela havia contado às outras garotas que tinha uma surpresa de último minuto, mas Emma não imaginou que seria tão boa.

– Meninas, esta é Madame Sombria. Ela é uma, ãhn, médium *de verdade*.

As outras garotas mal esconderam os sorrisos. Madame Sombria parecia ter acabado de sair do elenco de um comercial de ligue-para-uma-vidente. Emma via os tênis cinza sujos por baixo de sua túnica.

– Perfeito – disse Charlotte.

Ela revirou sua bolsa e tirou uma pasta de papel pardo onde se lia: trote do encantador de fantasmas, escrito em caneta cor-de-rosa enganadoramente alegre.

– Aqui estão as informações sobre nossa vítima – explicou ela, entregando a pasta à vidente. – Pesquisamos um pouco. A avó dela era uma escritora muito conhecida. Morreu no ano passado, mas Celeste era íntima dela. Pode ser um bom caminho.

Madame Sombria folheou as páginas. Uma foto da avó de Celeste, uma senhora gorducha com cabelo cor de ferrugem e ruge demais, flutuou para o chão.

– Jeanette Echols? Claro, eu conheço o trabalho dela. Moleza – disse a médium, abaixando-se para pegar a foto.

Ela apagou o cigarro na terra antes de pegar a guimba com cuidado e a enfiar com rapidez em um bolso escondido em algum lugar de seu manto. Laurel e Emma se entreolharam, suprimindo as risadas.

– Onde a encontrou? – sussurrou Charlotte para Madeline enquanto Madame Sombria se servia das cenouras com molhinho que elas estavam beliscando conforme arrumavam tudo.

– Nos classificados, claro – respondeu Madeline. – O lar de todas as almas perdidas.

– Gente, ela acabou de enfiar o dedo no homus – comentou Laurel em voz baixa.

– Talvez seja um homus assombrado – brincou Emma.

As garotas tinha passado a tarde resolvendo tarefas de última hora e armando o cenário para o trote. Todas usavam longas túnicas pretas bordadas com estrelas metálicas que Charlotte tinha alugado na loja de fantasias. Todas menos Nisha, que estava de calça jeans e camiseta pretas, como uma contrarregra. Sua função era se esconder nos arbustos e ativar todos os "efeitos especiais" que elas tinham criado para o trote, incluindo um sistema de som surround portátil com sons de Halloween como gemidos e correntes chacoalhando. A melhor parte era um amontoado de balões de gás pintados com rostos assustadores que brilhavam no escuro e que Nisha podia mover para os lados com uma fita. As garotas os testaram no quarto de Laurel mais cedo. No escuro, davam uma impressão apavorante e perfeita de serem cabeças flutuantes e sem corpo.

Eu estava orgulhosa das minhas amigas por inventarem um trote tão incrível, mas também me sentia meio triste. Elas iam fazer uma sessão espírita falsa no mesmo lugar onde eu tinha passado as últimas horas da minha vida. Quem me dera poder falar de verdade com Emma. Quem me dera Madame Sombria fosse uma médium genuína e eu pudesse usá-la para me comunicar com minhas amigas. Eu diria a Madeline e Charlotte quanta falta sentia delas. Lembraria a Laurel que estava orgulhosa dela e que sentia muito por termos nos afastado. Diria a Emma que a amava e agradeceria por tudo o que tinha feito por mim. Até diria oi a Nisha e às Gêmeas do Twitter. Não sabemos quanto os amigos significam para nós até sermos forçados a observá-los de longe.

A pele de Emma pinicava como acontecia durante a formação de uma tempestade elétrica, embora o céu noturno estivesse claro e começasse a se encher de estrelas. Ela não ia ao cânion desde seu primeiro dia em Tucson, quando passou horas esperando Sutton. Sua mente não parava de reconstruir o que sabia sobre a última noite da irmã: o encontro com Thayer e o Volvo desgovernado que o atropelara, a discussão com o sr. Mercer, e depois... Becky. Como Becky podia ter matado Sutton? Será que a estrangulou ou usou uma arma? Ela tinha uma faca quando a polícia a levou para o hospital; talvez fosse a arma do crime.

E onde escondeu a arma do crime? Podia estar em qualquer lugar, até na vegetação rasteira próximo à clareira. Emma deu alguns passos em direção às árvores, depois parou. Àquela altura alguém a teria encontrado, se estivesse tão fácil de ver. Ali, no escuro, não era o momento de procurar pistas.

— Está quase na hora do show, meninas — anunciou Madeline.

Emma voltou-se para o círculo onde as garotas se reuniam. O ar pesava de expectativa. Charlotte ergueu as mãos como a lente de uma câmera, avaliando a área pela última vez. As gêmeas faziam algum tipo de exercício de aquecimento teatral, dizendo "Si-fu-chi-pá" uma para outra. Madeline começou a entregar pequenas caixas de papelão.

Emma abriu a tampa da sua. Ali dentro, aninhada em papel vegetal, havia uma máscara de papel machê na forma de um sátiro com chifres.

– São incríveis – disse Lili.

Ela e Gabby usariam máscaras de comédia e tragédia, uma sorrindo, e a outra com o rosto contraído. Quando as colocaram, Emma já não sabia quem era quem. Havia um gato preto com bigodes para Laurel e um sinistro rosto de boneca de porcelana para Charlotte. Como uma verdadeira diva, Madeline tinha guardado a única peça bonita para si mesma: uma máscara parcial vermelha com penas que cobria os olhos e as bochechas.

– Cuidado com elas. Precisam voltar para o armário do balé na segunda de manhã, senão vou me ferrar – avisou Madeline.

Um canto rítmico de trás das pedras sobressaltou Emma. Nisha tinha começado a música. Fios de "névoa" da máquina de fumaça se espalharam pela clareira. Mesmo sendo uma brincadeira, Emma sentiu os pelos curtos de sua nuca pinicarem. No Halloween de alguns anos antes, ela trabalhara na bilheteria de uma casa assombrada. Ela se lembrava de como a coisa toda parecia boba quando as luzes estavam acesas. Qualquer um via que os monstros de isopor eram falsos, e até a maquiagem de monstro de qualidade profissional parecia grosseira e boba sob a luz forte do dia. Mas, quando as luzes se apagavam, quando a máquina de fumaça soprava, a música ecoava de forma sinistra, e os atores se escondiam nas sombras esperando para pular nas vítimas, a casa se tornava maior que a soma de suas partes.

– Com licença? – A voz de uma garota interrompeu a música sussurrante. Um vulto saiu do meio da névoa, olhando em volta com insegurança. – Aqui é a Conferência dos Mortos?

O rosto da garota escondia-se sob uma máscara veneziana branca e dourada de *Carnevale*, mas o cabelo de Celeste era inconfundível, com tranças projetando-se em todas as direções. Sua túnica era de veludo grosso todo bordado com símbolos esotéricos em fios dourados.

– Aposto que ela tinha essa túnica pendurada no armário – sussurrou Laurel. Emma sorriu por trás da máscara.

As garotas assentiram lentamente. Madeline, transformada em um tipo de criatura mística reluzente, indicou o espaço vazio no círculo. Celeste saiu da trilha com um passo hesitante para se juntar a elas, com o branco dos olhos claramente visível por trás da máscara enquanto seu olhar percorria a clareira.

Apesar do ceticismo de Emma quanto à autenticidade de Madame Sombria, na hora do espetáculo ela foi uma profissional, permeando todos os seus gestos com uma intensidade teatral. Ela andou por trás delas no sentido anti-horário, espalhando sal para formar um círculo.

– Dentro deste círculo convidamos todos os espíritos benevolentes que queiram se comunicar conosco. Todos aqueles que querem nos fazer mal estão banidos para a escuridão externa.

Misteriosamente, sua voz adquirira um sotaque estranho e irregular. Emma encarou Charlotte do outro lado do círculo e precisou morder o lábio para não rir.

A médium retornou ao círculo, agitando as mãos sobre um pequeno caldeirão que Emma reconhecia como um sofisticado difusor de aromas. Madame Sombria enfiou a mão em uma pequena bolsa de couro presa no pescoço e tirou uma pitada de alguma erva seca. Quando a salpicou no fogo, a chama ficou mais forte. O cheiro que exalou parecia chá de menta misturado com o de vestiário.

De repente, seus olhos se abriram e se fixaram diretamente em Emma.

— Você — disse ela com uma voz gutural. — Tem alguém aqui por sua causa.

Emma ficou feliz que a máscara cobrisse sua confusão. Será que Madame Sombria tinha esquecido quem era quem? Talvez aquilo fosse só o primeiro ato, sua maneira de criar o suspense para a revelação final.

A música na vegetação rasteira era baixa e agourenta, um rumor suave do canto de monges.

— Eu sinto solidão. Dor — disse a médium.

A chama fraca do caldeirão refletia-se no rosto dela. Nesse momento, ela parecia uma bruxa, com os olhos iluminados por um conhecimento sobrenatural.

— Alguém que morreu jovem demais.

E então, de alguma forma, eu me desliguei dos sentidos de Emma pela primeira vez desde minha morte.

Flutuei para longe dela, ao redor do círculo em direção à Madame Sombria. Senti o cheiro das ervas, o calor do fogo e o frescor da brisa, tudo por conta própria, não apenas através de Emma. Não era como voltar a ter um corpo, e sim como me conectar ao lugar. O luar na clareira, o vento, a terra, o coro tranquilo dos grilos, os galhos das árvores retorcidas contrastando com o céu como dedos esqueléticos; era como se todas aquelas coisas estivessem conectadas e eu fosse uma delas.

Será que aquela falsa médium sem querer acessou algo real? Ou talvez meu corpo estivesse próximo, e essa proximidade me fizesse sentir um pouco mais viva outra vez.

Consegue me ouvir?, perguntei à médium.

Os olhos dela reluziram em resposta. Ela não parecia me ver, mas talvez me *sentisse*.

Diga a ela, falei com toda a clareza que pude. As pupilas de Madame Sombria estavam dilatadas na escuridão. *Diga a ela que eu gostaria de tê-la conhecido.*

— Eu gostaria de ter conhecido você — disse Madame Sombria com a voz monótona e distante.

Emma ofegou suavemente e fechou os olhos. Aquilo não podia ser real. Ela não acreditava em fantasmas. Mas mais do que nunca queria acreditar. Tentou acalmar os pensamentos, esvaziar a mente e esperar outra mensagem. *Estou ouvindo*, pensou ela desesperadamente. *Sutton, você está aí? É você?*

Eu poderia ter abraçado a mulher, com lamê dourado e tudo. Ela me ouvia. Ela podia se comunicar com Emma para mim, e podíamos trabalhar juntas para solucionar meu assassinato.

Diga que estou preocupada com ela, continuei. *Ela está em perigo. Só queria que tivéssemos tido a chance de nos encontrar. Teríamos sido uma dupla irrefreável. Diga a ela que sou grata por tudo o que ela tem feito. Diga que eu a amo.*

A voz sonora de Madame Sombria percorreu o círculo:

— Ele é um belo rapaz... alguém que você amou em uma vida passada distante, e perdida. Ele está na beira do abismo e lhe estende a mão... estende... mas o vão entre a vida e a morte é amplo demais, e ele vira as costas novamente. — Madame Sombria encostou a mão na sobrancelha. — Ele diz... ele diz que a verá um dia. Do outro lado.

Ao lado de Emma, Madeline soltou um leve som de desdém.

– Sutton Mercer, arrasando corações dos dois lados do túmulo – sussurrou ela.

Eu gemi de frustração. Pareceu tão real por um instante, mas era só parte da performance da médium. Por mais forte que eu me sentisse ali, continuava presa nesse limbo, sozinha e impotente.

Os ombros de Emma se curvaram. Foi tão fácil acreditar que a irmã ainda estava ali, cuidando dela. Mas era assim que charlatães agiam, não era? Descobriam algo em que os outros queriam acreditar e o serviam em uma bandeja de prata. Ela não podia se dar ao luxo desse tipo de negação. Sutton estava morta e perdida.

Morta, sussurrei com tristeza. *Mas não perdida. Eu estou aqui, Emma.*

Fios de névoa sopraram pela clareira, e a música transformou-se em um murmúrio baixo. Madame Sombria voltou a cabeça com o turbante para Celeste. A máscara veneziana brilhou à luz ambiente.

– Você, querida – disse a médium. – Chegou alguém para você. Uma senhora de idade. Ela passou para o outro lado há muito pouco tempo. Uma mulher de letras talvez?

Pelos buracos de sua máscara, os olhos de Celeste se arregalaram.

– Vovó? – guinchou ela. – É você?

Emma sentiu uma pontada de culpa. Era óbvio que Celeste era próxima à avó. Talvez fosse daí que veio toda a bobagem sobrenatural, o desejo desesperado de acreditar que a avó continuava presente. Parecia cruel mirar em um ponto tão vulnerável, sobretudo por Emma ter achado tão fácil acreditar que sua irmã morta ainda estava com ela.

— Ela está tentando me dizer alguma coisa — entoou Madame Sombria, levando as mãos às têmporas. Parecia estar se esforçando para ouvir. — Diz que não aprova o garoto que você está namorando. Gareth, acredito?

— G-G-G-Garrett, vovó — corrigiu Celeste com a voz tão baixa que Emma mal a ouvia. Madame Sombria assentiu.

— Ela diz... que ele usa mais produtos que você no cabelo.

Charlotte teve um ataque de tosse ao lado de Emma.

— E que não gosta de você de verdade — continuou a médium. — Ela diz que ele a está usando para se vingar de seu verdadeiro amor, uma garota devastadoramente linda que partiu seu coração.

Emma não acreditava que Charlotte tinha dito tudo isso a Madame Sombria. Os lábios de Celeste se contraíram com força.

— Eu sabia — rosnou ela. — Não se preocupe, vovó. Vamos terminar. Não vou mais perder tempo com ele.

Madame Sombria segurou a cabeça.

— Silêncio! — exclamou ela.

As garotas ficaram imóveis. Na vegetação rasteira, a música aumentou, um tenso *tremolo* de violino juntou-se à bateria baixa. Uma rajada de vento percorreu a clareira.

Quando passou, a médium abriu os olhos.

— Há algo aqui — disse ela em tom assustado.

Um gemido baixo veio de um ponto à esquerda, depois pareceu contorná-las como se as estivesse cercando. Celeste ergueu a cabeça de repete, seus lábios se entreabriram.

— Vovó? — sussurrou ela.

Luzes coloridas começaram a piscar, vindas da vegetação rasteira, e o som de passos reverberou por toda a clareira. O cacto falso estremeceu como se estivesse possuído. Por um instante, Emma quase se esqueceu de que era um dos objetos cênicos delas, controlado por Nisha na escuridão.

— Não — disse Madame Sombria, baixando a voz, com um sorriso estranho e meio louco no rosto. — A vovó não está mais aqui, Celeste. É um ser malévolo. Garotas, continuem com a mente e as intenções fortes e o baniremos juntas. Forças do mal, deixem-nos em paz. Forças do mal, deixem-nos em paz... — começou a entoar.

Um grito ecoou em algum lugar, e depois outro o respondeu do outro lado da clareira. Celeste arfou, levando uma das mãos à boca e apontando com a outra para os rostos verdes malignos que flutuavam no ar. Ela soltou um grito e chegou para trás, rompendo o círculo de sal com as sandálias.

— Você quebrou o círculo sagrado! — gritou Madame Sombria, apontando um dedo trêmulo para Celeste.

Celeste abria e fechava a boca como um peixe. Ela olhou ao redor desesperadamente, com o rosto pálido sob a máscara. Emma observou algo se mover nas sombras atrás dela. Era Nisha, esticando-se atrás de uma pedra com uma pena de pavão na mão entendida. Ela fez cócegas na nuca de Celeste e desapareceu antes que a garota se virasse.

— Celeste... — murmurou uma voz estranha em meio aos arbustos.

Nisha tinha usado o melhor de seus clipes de som, uma gravação superdistorcida de Charlotte chamando o nome de Celeste em uma voz assustadora. Nisha a havia alterado e acrescentado eco até quase não ficar reconhecível. O mesmo chamado veio do outro lado da clareira, e depois de um terceiro ponto. Logo a voz as cercava por todos os lados.

A nuca de Emma se arrepiou. Até *eu* estremeci, mesmo sabendo muito bem que era o único fantasma no cânion naquela noite.

– Os espíritos vieram buscar você! – gritou Madame Sombria.

Celeste estava encolhida, cobrindo a cabeça com as mãos, tremendo. O coro de vozes se sobrepunha e atingia um frenesi, um falatório insano. Quando Emma achava que não ia mais aguentar os sons pararam de repente.

– Pegamos você! – gritaram juntas as outras garotas, todas menos Emma.

A luz inundou a clareira. As garotas tiraram as máscaras, segurando a barriga de tanto rir. Lágrimas desciam pelas bochechas de Madeline. Laurel mal conseguia respirar, ajoelhada e histérica. Nisha saiu dos arbustos com um sorrisinho malicioso.

Celeste piscou sob a luz forte, com uma expressão confusa e vazia. Ela não tirou a máscara, mas continuou agachada em meio às folhas e à terra.

Charlotte jogou o cabelo para afofá-lo depois que a máscara o amassara.

– Como está a aura da Sutton agora? – zombou ela.

– Gravou tudo, Nisha? – perguntou Madeline. Nisha ergueu o iPhone.

– Estou fazendo o upload para o YouTube neste exato momento.

– Estamos cuidando disso! – exclamaram as gêmeas, pegando seus telefones para retuitar o link.

Celeste se levantou devagar. Folhas e terra se prendiam a seu manto. Uma das tranças tinha passado por cima da cabeça e se projetava para fora.

— Pegamos você de jeito, não é? — perguntou Madeline. — Quer dizer, você não deveria ter previsto, nas estrelas, nas folhas de chá ou sei lá onde?

— Hilário — disparou Celeste com uma voz bem menos aérea que de hábito. — Vocês são hilárias.

— Nós sabemos — disseram as Gêmeas do Twitter em um uníssono perfeito. Elas faziam uma dancinha insultuosa em torno uma da outra.

Celeste andou devagar até a lateral da clareira e pegou sua mochila de cânhamo. Era coberta de remendos e bótons que diziam coisas como TIBETE LIVRE e VEGANOS SÃO MAIS GOSTOSOS. Então se virou para elas.

— Vocês não deveriam brincar com forças que não entendem — disparou ela. Ela fixou os olhos nos de Emma. — Pode ser perigoso. Você pode atrair todo tipo de problema para si mesma sem querer.

— Acho que está na hora de você parar com esses avisos toscos de aura — disse Charlotte. — Foi você que atraiu todo tipo de problema para *si mesma* quando mexeu com a gente. Lembre-se disso na próxima vez que tentar manipular Sutton.

— Você foi alertada — insistiu Celeste, balançando a cabeça devagar. — Os espíritos não aceitarão ser ridicularizados.

Ela jogou a mochila sobre o ombro e começou a se afastar pela trilha. Logo depois, elas ouviram um carro ser ligado e sair.

— Foi brilhante — disse Madeline a Madame Sombria.

A médium já tinha acendido um cigarro e estava no canto, examinando os adereços das garotas. Charlotte entregou um envelope cheio de dinheiro à mulher, que o abriu e começou a contar as notas.

— Vou ter de me lembrar de algumas dessas coisas — disse ela. — Tinta brilhante e balões. Belo toque.

Emma ficou para trás, ainda de máscara, sem se juntar à comemoração do restante do grupo. Ela observou a mulher enfiar o envelope em algum lugar dentro da túnica, depois pegar a mesma trilha que Celeste tinha tomado em direção ao estacionamento. Laurel trouxe da vegetação rasteira um cooler com rodinhas enquanto Gabby e Lili construíam uma instável pirâmide de galhos. Nisha colocou um disco do Black Eyed Peas no som. Logo o fogo crepitava e marshmallows estavam enfiados em gravetos dourando no calor. A clareira, que apenas minutos antes era mais assustadora que um cemitério, havia se tornado clara e alegre.

— Não poderia ter sido melhor — disse Madeline, recostando-se em uma cadeira dobrável. As Gêmeas do Twitter liam em voz alta os tuítes com hashtag "sessão espírita". Elas tinham transformado o trote em um trending topic local nos últimos minutos.

Emma se enrolou mais na jaqueta de lã de Sutton.

— Gente, estou me sentindo meio mal — disse ela.

Se houvesse um DJ tocando nos arbustos, o disco teria arranhado e silenciado. As garotas se viraram para encará-la, perplexas. Sutton raramente se sentia mal por alguma coisa e não gostava de arrependimento. Mas para Emma era inevitável pensar no quanto quis acreditar que sua irmã ainda pudesse falar e em como se sentiu sozinha quando percebeu que a médium era uma fraude. Foi quase tão horrível quanto encontrar o primeiro bilhete do assassino, quase como se tivesse perdido Sutton outra vez.

— Só quis dizer, sabe... a avó dela morreu há pouco tempo. Talvez não devêssemos ter ido para esse lado — disse ela em tom suave.

Surpreendentemente, foi Nisha que falou primeiro, com a voz tensa:

— Se ela foi idiota suficiente para achar que a avó dela ia falar por intermédio de uma charlatã brega vestida de lamê, ela mereceu levar um trote. Os mortos não voltam. Por mais que você queira.

Emma mordeu o lábio. Claro que a séria e sensata Nisha não teria paciência para as esperanças desesperadas e delirantes dos enlutados. Sua voz estava áspera de amargura. Parecia que zombava do próprio luto tanto quanto do dos outros.

A música terminou. No silêncio que antecedia a seguinte, elas ouviram o latido distante de um cachorro no condomínio de Nisha. Depois ouviram um choro baixo e triste.

— Você deixou os efeitos sonoros ligados? — perguntou Laurel a Nisha, que balançou a cabeça. Algo se chocou nos arbustos. Emma aguçou os ouvidos.

— Sério, gente? — disse Madeline. — Quem deu um contratrote? Achei que tínhamos combinado de não fazer mais isso. Isso parou de ser divertido no ensino fundamental. Acho que a responsável devia ficar de fora do próximo trote como castigo.

— Não fui eu! — protestou Laurel com rapidez. — Juro solenemente pela minha vida!

— Todas repetiram as palavras de segurança. Elas se entreolharam, incertas.

— Tudo bem — disse Charlotte, revirando os olhos. Sua túnica se abriu, revelando uma regata de lantejoulas cor-de-rosa. — Obviamente é só a Celeste.

Madeline deu um tapa na testa.

— Ah, meu Deus, você está certa.

— Mas nós a ouvimos ir embora. — Emma franziu o cenho.

Charlotte ergueu uma das sobrancelhas.

— Desculpe, você é nova nisso? Ela deu a volta de algum jeito. Este lugar é cercado por um monte de trilhas, não seria difícil. Ela só está tentando nos fazer pensar que há algum espírito maligno à solta.

— Não acredito que ela está pedindo outro trote — comentou Laurel.

— Só a ignorem — sugeriu Charlotte. — Não aguento mais aquela esquisita.

A explicação pareceu bastar para as outras garotas. Nisha aumentou a música outra vez. As Gêmeas do Twitter repassaram a sessão espírita inteira em seu novo iPad, lendo os comentários que já estavam aparecendo no YouTube.

— O Spaceman77 disse: 'Quem é a garota com os chifres de sátiro? Ela é gata!' — Gabby voltou-se para Emma, mas ela mal percebeu.

Elas deviam estar certas, devia ser Celeste, tentando se vingar. Mas e se fosse alguém machucado? A voz parecia chorosa. E se alguém tivesse se ferido no bosque?

Ou... se Becky tivesse voltado à cena do crime e feito outra vítima?

Emma imaginou Sutton sangrando e correndo pelo bosque, tentando escapar de Becky. E se alguém estivesse na clareira naquela noite? E se alguém pudesse tê-la ajudado, mas a tivesse ignorado? Sutton podia estar viva, na fogueira com elas. Ela não podia deixar Becky se safar outra vez.

Ela se levantou e espanou a bunda. Para além da luz do fogo, o cânion era um breu. Ela espiou a trilha na direção em que tinha ouvido o choro.

– O que você está fazendo? – perguntou Madeline, encarando-a.

Emma olhou para as amigas. Ficar com o grupo na clareira era mais seguro. Mas ela contraiu o maxilar, determinada.

– Vou retribuir o trote da Celeste – disse ela. – Fiquem aqui.

– Espere, nós queremos ir – falaram Gabby e Lili, começando a se levantar, mas Emma estendeu a mão.

– Invoco o privilégio de Presidente Executiva e Diva – anunciou ela, citando o título oficial de Sutton no Jogo da Mentira. – Vocês podem ouvir o que aconteceu depois. Eu dou uma entrevista exclusiva.

Ela tentou ser despreocupada, mas seu coração estava martelando. Por mais que não quisesse ir sozinha, nunca viveria em paz consigo mesma se fizesse uma das amigas se machucar.

– Tudo bem, levante a mão quem não acha uma ideia brilhante Sutton sair andando sozinha pelo bosque – disse Laurel, jogando a própria mão no ar. Emma fez um som de desdém.

– Não estou nem aí, gente – retrucou ela, pegando a trilha com uma lanterna.

— Está bem, mas se você for assassinada no bosque, vou dizer que eu avisei — ressoou a voz de Charlotte atrás dela.

Touché, pensei.

O feixe claro da lanterna varria a vegetação de ambos os lados, pequenos arbustos e cactos lançavam longas sombras. Emma parou e escutou, tentando ouvir os sons outra vez. De mais longe veio outro choro, um farfalhar de folhas. Ela começou a correr pela trilha, tentando pisar com suavidade para ouvir de onde o som vinha. Um gemido humano ecoou nas pedras do deserto. A trilha a levou mais para cima na montanha. Ela se deslocou em silêncio por vários minutos até a fogueira brilhar bem abaixo dela, um minúsculo ponto de luz através de árvores dispersas.

Emma chegou ao patamar, onde havia um banco de parque voltado para o condomínio em que Ethan e Nisha moravam. Ela pensou distinguir a luz da varanda de Ethan. Será que ele estava olhando as estrelas? Ela queria poder descer correndo a montanha, direto para os braços dele.

Enquanto Emma olhava a cidade, vi um vulto sair em silêncio das sombras. Era uma mulher esquelética, com rímel e lágrimas escorrendo pelas bochechas. Ela observou Emma por um momento, mordendo o lábio. Uma velha pulseira de hospital ainda estava no braço, como se ela tivesse se esquecido de cortá-la.

Becky.

Emma estava de costas para ela. Fiquei perplexa ao ver como nossa mãe era silenciosa quando queria. Um instante antes, ela fez uma barulheira na vegetação, mas ali não havia nada em que tropeçar. Ela deu um passo em direção a Emma com os olhos colados em suas costas.

Algumas pedrinhas caíram pela lateral da montanha quando os pés de Emma as deslocaram. Era uma queda direta até o patamar seguinte, doze metros ou mais. Becky continuava avançando, com os olhos brilhando de um jeito estranho na escuridão, como os de um leão da montanha.

Emma!, gritei o mais alto que pude.

Emma inclinou a cabeça.

– Olá? – sussurrou ela. A voz que a chamara era tão baixa, tão fraca que parecia uma brisa.

Meus dedos se fecharam. Ela tinha me ouvido. Eu estava certa: ficava mais forte ali, por algum motivo.

É Becky!, guinchei, concentrando cada fibra de meu ser fantasmagórico nas palavras. *Ela está bem atrás de você!*

– Sutton? – sussurrou Emma. – Mas antes que eu pudesse responder, antes que Emma fizesse outro movimento, certa mão segurou seu braço. O corpo dela se virou à força, deixando-a cara a cara com Becky.

E, de repente, algo se encaixou no fundo de minha mente. Uma sensação familiar se apoderou de mim, algo desconhecido enfim fez sentido, e uma lembrança me puxou de volta no tempo...

31
A HISTÓRIA ORIGINAL

Meus pulmões queimam quando os braços de minha mãe se apertam ao meu redor. Cores vivas formam um caleidoscópio sob meus olhos fechados, verdes e vermelhos explodem em minha visão. Alguma parte ancestral de meu cérebro, um instinto primitivo de sobrevivência, entra em ação. Meu corpo se sacode para se livrar. Ela é mais forte do que parece, mas eu também. Eu me debato de um lado para outro, tentando respirar, agitando braços e pernas em todas as direções. E então de repente me liberto e me afasto dela, cambaleando.

Caio no chão, tonta e ofegante demais para me mover.

Ela se aproxima de mim. Abro a boca para pedir socorro, para gritar que fique longe, mas meus pulmões estão achatados dentro de mim. O rosto dela está escondido nas sombras de seu cabelo. Ela se aproxima como algum tipo de monstro, em um passo arrastado e hesitante, e se ajoelha a meu lado.

A lua sai brilhando de trás de uma nuvem, e de repente vejo seu rosto com tanta clareza quanto se fosse dia. Ela está chorando.

— Sutton, sei que está chateada, mas você precisa respirar, querida. Respire fundo. Você está hiperventilando.

Ela tenta pegar minha mão. Perscruto seu rosto em busca do grotesco riso de escárnio, da raiva que achei ter visto apenas segundos antes, mas não encontro. Em choque, eu me pergunto: Aquele era apenas o rosto de uma mulher tentando não chorar?

Respiro fundo, trêmula, e quando solto o ar o mundo fica mais claro.

— O que... você quer de mim ? – ofego.

Becky balança a cabeça para a frente e para trás, com o lábio tremendo.

— Só queria conhecer você, Sutton. Só isso. Desculpe. Eu não deveria tê-la agarrado desse jeito. Mas... já faz quase dezoito anos que queria abraçá-la.

Queira... me abraçar? Aquilo era um abraço? Minha mente gira. Uma percepção humilhante me ocorre: ela não me apertou. Eu só entrei em pânico quando ela colocou os braços ao meu redor.

Que bela rainha dos trotes eu sou. Quase asfixiei a mim mesma de medo.

Respiro muito fundo três ou quatro vezes. Ela não volta a me tocar, mas se senta a meu lado, observando-me com preocupação. Seus olhos ainda estão molhados, mas as lágrimas cessaram.

— Aqui estamos nós, sentadas na terra de novo – diz ela. Eu não digo nada. Ela morde o lábio. – Desculpe, Sutton. Eu sempre faço isso. Sempre acho um jeito de estragar tudo.

Ela parece tão desamparada, sentada ali, que quase sinto pena dela. Mas ainda não estou pronta para sentir pena, para perdoá-la. Ela estragou *tudo*, começando quando me deixou para trás com meus avós e terminando com nós duas gritando uma com a outra nas montanhas.

Os olhos de Becky recaem sobre o relicário que sempre uso. Eu o seguro, constrangida, em parte para escondê-lo dela, em parte para me certificar de que ainda está ali.

— Você ainda está usando meu relicário — diz ela com suavidade.

Fico irritada de novo. O relicário dela? É minha marca registrada, a base do meu estilo. Ganhei-o de presente dos meus pais quando era criança, e todo mundo sabe que nunca sou vista sem ele. A pequena esfera de prata é fria nos meus dedos. Não quero acreditar que algo dela passou todo esse tempo pendurado no meu pescoço.

— Minha mãe e meu pai me deram — digo no tom mais detestável que consigo. — Se era seu, não é mais.

— Não, claro que não. Eu não tive a intenção... quer dizer, eu o deixei para você, Sutton. Eu o deixei para você ter algo meu. Algo para se lembrar de mim.

Ficamos em silêncio por um bom tempo. Uma coruja pia no céu, caçando. Puxo um galho preso no meu short jeans por causa da longa caminhada através do bosque. Por fim, eu falo.

— Eu o uso todos os dias — sussurro.

A prata começa a ficar quente na minha mão. Becky puxa um elástico de borracha de seu pulso e prende o cabelo em um rabo de cavalo baixo. Com o cabelo domado parece mais calma. Ela respira fundo.

— Talvez agora você consiga entender melhor por que tive que deixar você. Não tenho jeito com as pessoas, Sutton. Fico... agitada. Eu me confundo com facilidade. Tenho pavio curto.

— O que a deixou assim? — deixo escapar.

A testa de Becky se enruga de tristeza. Ela dá de ombros.

— É assim que eu sou. A mamãe e o papai... seus avós, quer dizer... eles fizeram o melhor que puderam por mim. Mas algumas pessoas são simplesmente problemáticas por dentro, não importa como seja a vida delas. Às vezes eu melhoro por um tempinho. Acho que

posso me cuidar, talvez até cuidar de você... mas nunca dura. – Ela solta o ar com força. – *Deixar você com meus pais foi a coisa mais difícil que já fiz. Você precisa entender. Eu não queria fazer isso, ficava tentando me convencer de que podia tomar conta de você. De você e da sua irmã.*

Eu contraio a testa.

– *Laurel também é sua filha?*

Isso não faz nenhum sentido. Laurel é só seis meses mais nova que eu. Seria impossível.

– *Não, não.* – Ela se levanta e tira as folhas mortas e os galhos da bunda com tapinhas. Ela se alonga, depois olha as luzes da cidade, de costas para mim. – *Já se perguntou o que o E do seu relicário significa?*

Eu dou de ombros, embora ela não esteja olhando para mim. Eu me levanto, apoiando-me nas palmas sensíveis e machucadas das mãos. Minhas pernas estão todas arranhadas, e sinto uma dor na parte de baixo das costas que vai virar uma contusão feia. Minha camisa está basicamente arruinada, rasgada e coberta de terra. Eu suspiro, aproximando-me dela na beirada para olhar o condomínio lá embaixo.

Quando eu era pequena, tinha um sonho recorrente de que meu reflexo saía do espelho e brincávamos juntas. Quando explicava os sonhos a Laurel, ela dizia que eram assustadores, mas nunca eram. Meu reflexo e eu corríamos pelo parquinho de mãos dadas enquanto o sol subia no céu. Eu sabia, do jeito que sabemos nos sonhos, que éramos duas partes de um todo, que éramos incompletas uma sem a outra. Depois desses sonhos, eu me sentia completa como nunca quando estava acordada. Nunca contei a ninguém, mas fingia que o E no meu relicário era a inicial do meu reflexo.

– *A mamãe sempre disse que o relicário era vintage e tinha a inicial da dona anterior a mim.* – Respiro fundo. – *Mas quando eu era pequena fingia que pertencia a uma amiga minha.*

Becky assente devagar. Ela enfia a mão no bolso de trás e tira um maço de cigarros. Coloca um entre os lábios, depois se atrapalha com um fósforo. Suas mãos tremem, e a chama oscila por um momento antes de acender o cigarro. Ela dá um longo trago e exala.

— *Quando engravidei de você, fiquei muito animada* — *diz ela bem baixo.* — *Quer dizer, não foi uma gravidez planejada, claro. Eu era nova e estava sempre me metendo em confusão. Eu não sabia como ia cuidar de você. Mas quando a senti chutar pela primeira vez soube que não podia abrir mão de você.*

Eu abro a boca para interrompê-la, mas ela ergue o dedo.

— *Por favor, Sutton, é difícil falar disso. Espere e me deixe contar a história toda. Depois pode gritar um pouco mais comigo.*

Mordo o lábio. Ela dá mais um trago no cigarro, e a fumaça envolve seu rosto.

— *Comecei a me preparar para sua chegada. Juntei dinheiro suficiente para um carrinho e um berço. Li um monte de livros sobre bebês na biblioteca. Não tinha dinheiro para uma ultrassonografia nem nada disso, mas tomei vitaminas, comi legumes todos os dias e toquei música para você. Você amava salsa. Ficava louca lá dentro.*

Ela ri e, por um momento, quase parece uma mãe normal.

— *Então entrei em trabalho de parto. Vou poupá-la dos detalhes. Nossa, nem eu me lembro direito. Você não estava posicionada direito, e tiveram de operar. Eles me deram tantos remédios para dor que não entendi o que estava acontecendo até ter acabado. Aí trouxeram você para mim. Você... e sua irmã. Sua irmã gêmea. Emma.*

Por um longo momento, não consigo me mexer. Não consigo falar. Ergo o rosto, e ela está olhando para mim com uma expressão hesitante e esperançosa. Balanço a cabeça devagar.

— *Você está imaginando coisas* — *digo.* — *Deve estar drogada. Não tenho uma irmã gêmea. É impossível.*

— Você tem uma irmã gêmea — diz ela. — Eu nunca contei ao meu pai. Nunca contei a ninguém. Mas quero que você a encontre, Sutton. — Uma única lágrima se liberta e desce pela bochecha ossuda.

Penso no sonho recorrente, eu e meu reflexo dominando o parquinho. Penso na saudade que sempre tive de alguém, saudade de alguém que deveria estar a meu lado. Sempre presumi que esse sentimento era por minha mãe biológica, mas me pergunto: Será que no fundo eu sempre soube que ela existia? Minha irmã gêmea?

E de repente percebo que Becky está dizendo a verdade.

Minha mente está atordoada, mas um milhão de perguntas se despeja de mim.

— Onde ela está? — pergunto. — Ela sabe de mim? Ela sabe dos nossos... nossos avós?

— Não. Ela não sabe de nada disso. — Becky apaga o cigarro na terra, colocando o filtro no bolso. — Não sei mais onde ela está. Perdi o rastro. A última vez que soube onde ela estava, era em um lar temporário em Las Vegas, mas o Serviço Social a desloca com tanta frequência que não sei onde está. O sobrenome dela é Paxton, a não ser que eles tenham mudado.

— Mas então como eu vou encontrá-la? — pergunto. Becky se limita a balançar a cabeça.

— Você vai achar um jeito. Vocês duas estão fadadas a se encontrarem, Sutton. Vocês precisam uma da outra. Eu nunca deveria tê-las separado, para começo de conversa. — Ela cruza os braços e solta um suspiro alto. — Agora preciso ir, ou tudo vai ficar complicado demais.

— Como assim ir? Você acabou de chegar. Eu acabei de conhecê-la. E você precisa me ajudar a encontrar minha irmã — protesto.

Uma sensação pesada começa a causar um nó no estômago. Não estou exatamente triste por ela estar indo embora. Mas também não quero que vá.

O rosto de Becky adquire uma expressão estranha. Poucos minutos antes, podia ter me parecido sinistra, mas olhando com atenção vejo que minha mãe parece apenas abalada. Infeliz. É a expressão de alguém que já perdeu tudo.

– Eu sou doente – diz ela devagar. – Estou bem agora, mas sinto que está chegando. Outro episódio. Seu corpo estremece outra vez, como se o pensamento fosse repulsivo. – Não posso apoiá-la. Sinto muito. Você nunca vai entender o quanto. Mas é por isso que abri mão de você. Achei que estaria mais segura com seus avós, teria a chance de uma vida normal. – Ela enrola os braços finos no corpo. – Sabe, uma vez tentei voltar para buscá-la, quando você tinha poucos anos de vida, mas papai não quis entregá-la. Na época você já era filha dele. Ele enfim podia ter uma filha da qual se orgulhava. Eu nunca proporcionei isso a ele. Mas você? Sutton, você é minha segunda chance.

Ela sorri, e por apenas um momento fica quase bonita outra vez, quase jovem. As rugas do rosto relaxam, e sob o luar ela parece suave e inocente. Pura.

Então se vira e, sem mais uma palavra, desaparece na noite.

32

OI E TCHAU

A mão de Becky demorou-se no braço de Emma, como se tivesse dificuldade de se soltar. Então ela a soltou e deu um passo para trás.

— Sutton — disse ela com suavidade.

Os músculos de Emma estavam tensos, prontos para fugir. Até para lutar, se chegasse a esse ponto. Mas algo a impedia. Era sua chance de obter respostas. De descobrir o que tinha acontecido naquela noite entre Sutton e Becky. Ela se virou para encarar a mãe, plantando as pernas com firmeza no chão e cruzando os braços.

Becky tinha trocado as roupas do hospital por uma calça jeans e uma camiseta usada que dizia ALGUÉM NA VIRGÍNIA ME AMA. Seu rosto ainda estava magro demais, e sombras se formavam em suas concavidades e vãos, mas algo nele havia se suavizado. Os olhos estavam nítidos, e a boca, relaxada. Ela quase parecia a mãe jovem e bonita que Emma lembrava de treze anos antes: um pouco mais velha, um pouco mais acabada, mas reconhecível. Lágrimas e maquiagem tinham secado em seu rosto. Ela olhou Emma de cima a baixo.

– Você tem muita coragem de voltar aqui. Para o cânion – disse Emma.

Sua pulsação latejava no pescoço. Uma onda de medo percorreu sua pele como um toque suave, fazendo os pelos dos braços se arrepiarem. Ela não via mais a fogueira das garotas. Lá embaixo, no condomínio, ela ouviu uma moto acelerar e depois sumir. O som ecoou de um jeito estranho na rocha do cânion.

– Eu sei – disse Becky. Ela baixou a cabeça, retorcendo as mãos diante do corpo. – Mas queria ver você antes de ir embora.

– Antes de ir embora? – perguntou Emma com a voz aguda.

Ela estreitou os olhos. Não ia deixar Becky partir até que ela pagasse pelo que tinha feito.

Emma, protestei. Tentei segurá-la, mesmo sabendo que era inútil.

Mas dessa vez algo diferente aconteceu. Meu toque não a atravessou. Pousou levemente na superfície de sua pele, suave como um beijo. Eu *senti* seu coração bater, tão quente, tão vivo.

Emma ainda encarava a mãe com uma expressão determinada. Pareceu não ter sentido nada. Mas eu senti. Mesmo que só tivesse acontecido uma vez, eu tinha tocado minha irmã.

Não foi ela, falei, reunindo toda a minha força.

Emma precisava saber disso, parar de seguir a pista de Becky para encontrar o verdadeiro assassino. Concentrei todas as forças em fazê-la acreditar em mim.

Emma, não foi ela!

Então Emma percebeu: Becky a chamara de Sutton. Não de Emma. Ou ela era uma ótima atriz, ou não sabia mesmo que Sutton estava morta.

Alívio e suspeita se misturaram dentro dela. Talvez Becky fosse inocente, ou Emma estivesse apenas mentindo para si mesma outra vez, querendo acreditar em sua mãe apesar das provas em contrário. Ela mordeu o lábio.

— Para onde você está indo desta vez? — perguntou ela.

Becky deu de ombros.

— Não sei. Só preciso sair de Tucson. Este lugar me traz muitas lembranças ruins. Aqui tem muita gente que posso machucar. Que machuco — disse ela, engolindo em seco.

Emma se enrijeceu outra vez.

— Gente que você *machuca*?

Becky olhou para ela, com os longos cílios ainda úmidos de lágrimas. Ela respirou fundo.

— Sei que provavelmente você não vai acreditar em mim, mas não me lembro muito do hospital. Eles me injetaram tantas drogas que eu não sabia o que estava acontecendo. Mas lembro o suficiente para saber que devo ter assustado você. Sinto muito.

Ela rolou uma pedra para a frente e para trás sob a ponta do sapato.

— Sinto muito por não ter podido explicar antes, Sutton. Eu estava com medo demais de contar a verdade, sobre minha história, sobre minha doença. Naquela noite que nos encontramos aqui, foi difícil deixá-la com todas aquelas perguntas. Quase voltei para explicar, mas tive medo.

Emma virou as costas para Becky, andando em um pequeno círculo, tentando clarear sua mente. *Deixá-la? Quase voltei?* Parecia que Becky tinha deixado Sutton ainda viva. Será que ela podia acreditar no que Becky dizia? Ela *era* louca, afinal.

No entanto, Becky parecia muito mais lúcida, seus olhos estavam focados, e sua respiração, regular e calma. Todas as lembranças a que Emma tinha se apegado ao longo dos anos pareciam sufocá-la. Becky cantando desafinada junto com o rádio, ensinando-lhe a letra de todas as músicas dos Beatles. Becky levando-a a shows gratuitos na Strip de Las Vegas, com o rosto refletindo a luz da fonte do Bellagio. Becky tirando o cabelo de seu rosto, carregando-a até o apartamento depois de uma tarde de brincadeiras ao ar livre e colocando-a na cama. Emma fingindo dormir para poder se apoiar ao ombro da mãe. E ali estava ela, dizendo a Emma que tinha deixado Sutton ainda com vida no cânion na noite em que se conheceram.

Becky não me matou, sussurrei com urgência. *Acredite nela, Emma.*

E de repente, como se tivesse me ouvido, Emma acreditou.

Mas só para ter certeza, ela fez outra pergunta a Becky:

— Para onde você foi depois daquela noite?

Becky suspirou.

— Para Vegas, na verdade. Eu tinha a sensação de que a sua irmã podia estar lá. Até arrumei um emprego na lanchonete do Hard Rock, para ficar mais tempo e procurar por ela. Mas não cheguei a encontrá-la. — Ela parou, parecendo esperançosa de repente. — *Você* fez algum progresso na busca?

Vegas, pensou Emma. Em um cenário diferente, Becky poderia ter ido buscá-la e reunido as gêmeas por conta própria. Então ela percebeu o que as palavras de Becky significavam: Becky havia contado a Sutton sobre Emma. Saber disso causou uma nova onda de tristeza sobre ela. Em suas últimas horas de vida, Sutton sabia que tinha uma irmã.

– Sim e não – disse Emma com suavidade.

A mão de Becky apertou a dela na escuridão.

– Eu a amava muito. Abrir mão de vocês duas foi o maior erro da minha vida. Encontre-a, Sutton. A vida dela não foi tão fácil quanto a sua. Dê a ela as chances que você teve.

Emma respirou fundo.

– Você também tem outra filha, não tem?

Os olhos de Becky se arregalaram, e sua boca se abriu por um instante. Ela piscou várias vezes, depois assentiu.

– Sim – disse ela em um tom suave. – Como você...

– Onde ela está? – pressionou Emma.

– Na Califórnia. Com o pai. Eu fui declarada incapaz de cuidar dela há cinco anos. Não a vi desde então.

– Quantos anos ela tem agora?

– Doze – respondeu Becky. – Eu estava grávida dela quando entreguei sua irmã. – Ela balançou a cabeça com tristeza. – Sei que não faz o menor sentido. Tudo o que posso dizer é que eu não estava com a cabeça no lugar. Tinha parado de tomar os remédios, e na época pareceu uma boa decisão. – Ela ficou quieta por um instante. – Convivo com a culpa desde então.

O coração de Emma se contorceu no peito. Ela sabia que tinha sido abandonada por causa de outra criança, mas era ainda mais difícil ouvir Becky dizer isso em voz alta.

Ela imaginou a vida de Becky: viajando de cidade em cidade, incapaz de ir para casa, de ver as pessoas que amava. Sim, ela era destrutiva; estava sozinha porque feriu demais as pessoas de sua vida. Mas não escolheu ser doente mental. E, em seu jeito próprio e distorcido, tentou fazer o que era certo.

Emma deu um passo em direção a Becky. Ela olhou a mãe de cima a baixo mais uma vez. Mais tarde ligaria para o Hard Rock Hotel e confirmaria que Becky tinha trabalhado lá depois da morte de Sutton. Se ela estava em Vegas, não podia exatamente estar deixando bilhetes ameaçadores para Emma e soltando refletores para despencar em sua cabeça. Mas ela já sabia o que eles iam dizer. Becky estava falando a verdade.

Sob o odor de cigarro, ela sentiu o cheiro de um xampu de ervas barato que Becky sempre usava quando Emma era criança, de camomila e hortelã. Ela se lembrava daquela fragrância cobrindo-a quando a mãe se abaixava para lhe dar um beijo de boa-noite. Seu lábio tremeu, e os olhos se encheram de lágrimas.

— Mãe — disse ela, hesitante. — Viu mais alguém no cânion naquela noite? Alguém roubou meu Volvo e atropelou meu... e atropelou Thayer com ele. Preciso saber quem está atrás de mim.

Becky franziu a testa, balançando a cabeça.

— Acho que não. O papai e eu chegamos lá no começo da noite e estava bem cheio, mas, quando você e eu conversamos, estava vazio.

Emma deu um passo à frente e envolveu Becky em um abraço apertado. Por um instante, Becky pareceu congelada de choque. Depois também passou os braços em torno da filha. Emma abraçou a mãe pela primeira vez em treze anos. E a investigação chegava mais uma vez a um beco sem saída. Nenhuma pista nova, nenhum novo suspeito. Mas ao menos a mãe fora riscada da lista. E enfim ela conseguiu algumas respostas sobre sua família, sobre a própria história.

Os minutos passaram sem que elas saíssem do abraço. As lágrimas de Emma vieram quentes e silenciosas e encharcaram a camiseta de Becky. Ao longo dos anos ela manteve uma lista de *Coisas que Eu Diria para a Mamãe* caso ela reaparecesse. Mas uma vez que Becky estava ali, ela não queria dizer nenhuma delas. Palavras de ódio e raiva não resolveriam nada naquele momento.

Eu me aproximei de minha mãe e minha irmã, flutuando perto para fingir que também era parte do abraço. Sabia que nenhuma delas me sentia, mas por um instante eu estava ali com elas, mãe e gêmeas reunidas depois de dezoito anos.

Então nós três nos soltamos.

Becky coçou o lóbulo da orelha, constrangida.

– É melhor eu ir. Preciso sair daqui.

Por um segundo, Emma pensou em pedir que ela ficasse. Elas podiam ir juntas à casa dos Mercer. Podiam conversar com a sra. Mercer e fazê-la entender. Emma podia ajudar Becky a melhorar, podia cuidar dela, do mesmo jeito que fazia quando era pequena. Ia se certificar de que ela tomasse os remédios todos os dias, e elas podiam ir morar juntas. Podiam ser uma família.

Mas, enquanto imaginava, sabia que nunca poderia acontecer.

Emma assentiu, com a garganta seca.

– Cuide-se, mãe. Por mim.

Becky apenas sorriu e virou as costas. Depois sumiu, esgueirando-se para as sombras, com os passos estalando no chão e saindo do alcance da audição.

Minha mãe, estranha, triste, irreparável, mas não minha assassina.

33
A REFEIÇÃO MAIS IMPORTANTE DO DIA

Emma acordou no dia seguinte com a barriga roncando. A luz do começo da manhã se despejava através das cortinas semiabertas. O relógio marcava 5:57. Ela enfiou a cabeça embaixo do travesseiro, sentindo o persistente cheiro de madeira no cabelo e na pele por causa da fogueira da noite anterior. Sua aula só começaria em duas horas. Ela fechou os olhos com força, tentando se obrigar a voltar a dormir.

Mas o estômago roncou de forma traiçoeira, e Emma percebeu que vinha beliscando a comida havia uma semana, desde a primeira noite em que ela e o sr. Mercer foram ao hospital. Ela rolou da cama e foi para o closet, colocou um vestido suéter e passou uma escova pelo cabelo.

A casa estava escura e silenciosa quando ela se esgueirou escada abaixo em direção à cozinha. Do lado de fora, o céu tinha o tom violeta-escuro de antes do amanhecer. Apesar de ser muito cedo e apesar de ter voltado à estaca zero, Emma se sentia quase animada. Becky não tinha matado Sutton. E, pela primeira vez desde que ela era pequena, Emma havia se sentado ao lado de Becky para conversar com ela. Começava a entender a própria história familiar. Não era simples nem bonita. Mas era sua.

O sr. Mercer já estava sentado no canto de café da manhã com uma calça de sarja, uma camisa de botão e uma gravata de seda azul da Burberry que Laurel e Emma lhe tinham dado de aniversário um mês antes. O *New York Times* estava espalhado na mesa diante dele. Ele sempre acordava cedo por causa de todos os anos que passou obedecendo aos horários estranhos do hospital. Quando Emma entrou na cozinha, ele empurrou os óculos de leitura para a testa e olhou-a, perplexo.

— Você acordou cedo.

— Estou morrendo de fome — admitiu ela.

Ele dobrou o jornal e o deixou de lado.

— Bom, que tipo de pai deixaria a filha com fome? Vamos sair para tomar café.

Ao entrar no SUV do sr. Mercer, Emma abriu a janela. Ela deixou sua mão pegar o ar enquanto ele dirigia e balançou a cabeça distraidamente com a música que tocava no rádio. O sol começou a aparecer acima das montanhas, lançando uma luz laranja sobre tudo. Ela não sabia qual fora a última vez que viu o sol nascer. Tinha se esquecido do quanto podia ser bonito.

O sr. Mercer olhou-a de soslaio com um sorriso brincando nos lábios.

— Não a vejo tão feliz assim há algum tempo — disse ele.

— É — admitiu ela. — Tem sido um... mês confuso, acho. Ou um ano.

Eles entraram no estacionamento de um bistrô de adobe. Lá dentro havia flores cor-de-rosa frescas em todas as mesas e o cheiro de bacon e batatas coradas no ar. O restaurante já estava cheio com a clientela madrugadora. Meia dúzia de pessoas mais velhas de agasalhos esportivos riu alto em uma cabine no fundo. Sozinha em uma mesa, uma universitária com olhos exaustos de moletom e óculos bebia devagar uma xícara de café enquanto digitava furiosamente em um laptop, talvez tentando terminar um trabalho no último minuto. Emma ficou com água na boca ao observar pratos de panquecas, ovos, torradas francesas e batatas fritas caseiras rodarem pelo salão nas mãos dos garçons. Ela e o sr. Mercer se sentaram perto da janela, onde o sol do começo da manhã passava pelas frestas das cortinas brancas e limpas.

O sr. Mercer olhou para ela por cima do cardápio, depois suspirou e o baixou. Ele se debruçou na mesa, apoiando os braços.

— Sutton — disse ele em um tom cauteloso. — Becky veio me ver ontem.

Emma assentiu devagar. Ela dobrou e redobrou seu guardanapo sobre o colo.

— Eu também a vi.

Ele assentiu.

— Imaginei. Ela queria saber onde você estava. Eu disse que não sabia, que podia ligar e marcar um encontro, mas a Becky não gosta de nada combinado demais. Ela não se sai bem quando as pessoas esperam algo dela.

— Talvez seja porque já decepcionou tanto as pessoas que tem medo de falhar – disse Emma.

O sr. Mercer inclinou a cabeça para ela.

— Deve ser por aí.

A garçonete chegou e serviu uma xícara de café para ele, que acrescentou leite e açúcar antes de beber.

— É minha imaginação ou você amadureceu muito nos últimos meses?

Mais uma vez, Emma desejou poder contar a verdade ao avô. Ele merecia saber. Talvez pudesse ajudá-la a descobrir o que fazer para encontrar o assassino de Sutton e dar paz a seu espírito.

No entanto, toda vez que ela estava quase convencida a contar pensava nas mensagens ameaçadoras que tinha recebido. Obviamente, o assassino continuava observando. Ele podia estar ali naquele exato momento, naquele restaurante. Os olhos de Emma percorreram o lugar, analisando os garçons, as pessoas andando do lado de fora no estacionamento ou esperando na fila da lanchonete ao lado. Ela estremeceu. Era impossível saber o que o assassino de Sutton faria se ela contasse ao sr. Mercer. Ela não podia colocar a segurança do avô em risco.

O sr. Mercer também olhou de lado pela janela.

— Estou feliz que Becky tenha encontrado você – disse ele. – Sei que ela não queria deixar as coisas como estavam naquela noite no hospital. – Ele suspirou. – Parte de mim acha que eu deveria mandá-la de volta para lá, mas ela parecia muito mais saudável ontem à noite. Ela disse que precisava sair daqui, por isso lhe dei algum dinheiro e a fiz prometer que me ligaria em breve. Por experiência própria, sei que não adianta nada tentar forçá-la a se tratar. Ela precisa *querer* se cuidar.

Emma assentiu.

– Ela disse que sentia muito. Acho que só não entendo por que acha que precisa ir embora. Ela não pode ficar aqui e tentar de novo? Podíamos ajudá-la, pai. Vale a pena lutar pela nossa família.

Ele voltou seus olhos sérios para encontrar os dela.

– Ah, Sutton, claro que vale. Claro que *você* vale pena. E do jeito dela Becky se esforçou mais que todos nós jamais poderemos reconhecer. Mesmo que você não acredite em mais nada sobre ela, acredite nisso.

– Eu sei. Acredito – prometeu Emma.

O sr. Mercer abriu a boca, mas, antes que pudesse falar, a garçonete apareceu na mesa deles para anotar o pedido. Emma pegou o cardápio, tentando se decidir. Estava com fome bastante para comer meia dúzia de panquecas, mas finalmente se decidiu por uma omelete de legumes com acompanhamento de bacon. O sr. Mercer pediu ovos beneditinos, seus preferidos, depois se voltou para Emma e baixou a voz:

– Sutton, querida, sua mãe falou algo mais ontem à noite?

O coração de Emma acelerou.

– Como o quê?

Ele franziu a testa, olhando para as mãos, e em seguida balançou a cabeça.

– Não sei. Ela insinuou algumas coisas muito estranhas para mim, e não sei no que acreditar. Acho que o tempo dirá.

Ele mexeu o café, olhando para algum lugar distante.

Emma se perguntou o que, exatamente, Becky poderia ter sugerido. Que havia uma gêmea perdida em Las Vegas?

Outra filha na Califórnia? Outra coisa completamente diferente? Ela esperou que o sr. Mercer dissesse mais, mas ele ficou quieto e pensativo, bebendo em sua caneca.

Minha irmã ainda corria muito perigo, e junto com ela todas as outras pessoas que eu amava. Eu estava feliz por Becky ter sido inocentada. Mas Emma precisava continuar investigando a noite em que eu morrera. O caso esfriava a cada minuto. Não sabíamos nem onde estava meu corpo, e não tínhamos evidências nem pistas. Tudo o que tínhamos era meu assassino, observando cada passo de Emma.

– Para onde acha que ela vai desta vez? – perguntou Emma com suavidade.

Um sorriso triste ergueu os cantos da boca do sr. Mercer.

– Nem sei se ela sabe. Ela disse que me avisaria quando parasse em algum lugar. Espero que avise. Por mais difíceis que as coisas sejam, sinto saudade quando ela some.

Emma assentiu. Ela não podia contar a ele quanto entendia a sensação.

– Estou feliz por Ethan ter ficado ao seu lado esse tempo todo – disse o sr. Mercer, e Emma ergueu o rosto, surpresa. – Ele parece ser um bom rapaz. Talvez você devesse convidá-lo para jantar hoje à noite. Sua mãe vai preparar as enchiladas especiais dela.

Emma sorriu.

– É uma ótima ideia.

O garçom chegou com pratos de comida fumegante. Emma enfiou o garfo no queijo de cabra derretido bem no meio da omelete. Ela olhou mais uma vez pela janela. Um bando de pombos bicava migalhas invisíveis na calçada. Depois do estacionamento, o campus da universidade se alastrava, com as telhas vermelhas dos telhados brilhando ao sol da manhã.

Àquela altura, Becky podia estar em qualquer lugar, a caminho da Califórnia, de Las Vegas ou de algum lugar novo, onde ela pudesse recomeçar. Emma imaginou-a dirigindo pelo deserto, saudando com olhos cansados o sol. Bebendo um copo de café comprado em uma parada de caminhões e sintonizando o rádio até encontrar uma estação que tocasse música barulhenta e alegre. A vida de Becky foi cheia de erros e decisões ruins; seria ingenuidade esperar que de repente ela mudasse, mas Emma se contentou em torcer que Becky sobrevivesse. Desde que isso acontecesse, desde que ela estivesse viva, sempre haveria uma chance de amadurecer. Sempre haveria uma chance de um dia voltarem a ser uma família.

34

BEIJE A GAROTA

Quando o sr. Mercer deixou Emma na escola, as notícias do trote da sessão espírita já tinham se espalhado. Os boatos corriam rápido no Hollier, sobretudo quando se tratava das meninas do Jogo da Mentira. Garotos do time de futebol americano tentaram bater na mão de Emma para cumprimentá-la no corredor. Gente que ela reconhecia da festa de Charlotte gritou por causa de seu "fim de semana louco".

Ela não viu Celeste até a aula de alemão, no terceiro período. A sala de Frau Fenstermacher era decorada com tabelas de flexão de palavras e fotos de pontos turísticos alemães e austríacos. Havia uma foto panorâmica do Neuschwanstein pendurada ao lado do quadro-negro e uma imagem em preto e branco do Portão de Brandemburgo acima do aquecedor. A Frau estava sentada a sua mesa, corrigindo uma pilha de trabalhos enquanto os alunos se acomodavam nas carteiras.

Havia uma garota sentada de cada lado de Celeste. Emma não se lembrava de seus verdadeiros nomes; os apelidos alemães que tinham dado a si mesmas eram Klara e Gretl. Klara estava com uma bolsa com estampa de tigre da Mulberry na carteira, e Gretl usava uma jaqueta preta de motociclista e leggings colantes. A primeira garota gemia como um fantasma, agitando os dedos para Celeste, enquanto a outra soltava risadas agudas. Celeste estava sentada em silêncio, olhando para a frente, determinada a ignorá-las. Ela usava um vestido baby-doll de tie-dye e seu costumeiro arsenal de joias de prata, mas as habituais tranças haviam sido desfeitas. O cabelo caía longo e sem volume sobre os ombros, como se tivesse sido esvaziado.

Emma bateu com os livros na carteira ao lado da de Gretl. Todas elas se sobressaltaram, e Celeste virou a cara depressa.

— Oi, Sutton. Mandou bem neste fim de semana — parabenizou Gretl.

— É, pois é, tenho certeza de que Celeste aprendeu a lição — disparou Emma. — Então por que não a deixam em paz?

O sorriso se desfez na hora. Gretl fechou a cara.

— Ah, pare com isso, Sutton. Que arrogância é essa? Quem deu o trote foi você.

— Verdade. E agora o trote acabou, então esqueçam. Já é péssimo você estar usando falsificações de Jimmy Choos. Não ache que vai conseguir falsificar meus trotes geniais também.

Emma jogou o cabelo por cima do ombro e olhou para as duas garotas com a pose máxima de Sutton. Após um instante, elas se encolheram de novo nas carteiras.

O sinal tocou. Frau Fenstermacher andou de um lado para outro na frente da turma, batendo com um ponteiro de madeira na palma da mão de vez em quando para dar ênfase enquanto os guiava nos exercícios de conjugação. Emma sentiu os olhos de Celeste dispararem para ela durante a aula, mas manteve os seus no próprio livro.

– *Kennen* – disse ela, quando a professora lhe perguntou o verbo "saber". – *Ich kenne, du kennst, er kennt, wir kennen, sie kennen. Eu sei, você sabe, ele sabe, nós sabemos, eles sabem.*

ONDE VOCÊ ESTÁ?, escreveu Emma em uma mensagem de texto para Ethan sob a carteira. Ele também deveria estar na aula de alemão e não tinha o hábito de faltar.

EM CASA, DOENTE, respondeu ele.

AH, NÃO! MEUS PAIS QUERIAM QUE VOCÊ FOSSE JANTAR LÁ EM CASA ☹ FICA PARA A PRÓXIMA!

ESTÁ BRINCANDO? POR VOCÊ VOU MELHORAR COM CERTEZA, respondeu ele.

– *Sehr gut!* – exclamou Frau Fenstermacher, e Emma recolocou o telefone na bolsa sem demora.

A professora continuou observando Emma com desconfiança depois que ela respondeu à pergunta corretamente, como se esperasse que a *teufelkind* reaparecesse, a garota endiabrada que todos sabiam que Sutton era. Mas, quando Frau Fenstermacher devolveu os questionários corrigidos, Emma tinha uma estrela prateada grudada ao topo da página, e um ponto de exclamação rabiscado depois de "100%!".

Quando enfim a aula terminou, Emma enfiou o livro e o estojo na bolsa carteiro. Celeste a esperava perto da porta.

O rosto da garota estava menos luminoso que de costume, e os olhos estavam cansados e vermelhos.

– Você não precisava ter feito aquilo – disse ela, apontando para a carteira que Gretl tinha ocupado. – Mas obrigada.

Emma abriu a boca para falar, mas Celeste ergueu a mão.

– Olhe, desculpe se estava sendo estranha com a coisa da aura. Prometo que nunca mais vou falar disso. Mas só quero que você saiba que eu não estava fingindo. – Sua voz não tinha o habitual tom ofegante, mas era baixa e intensa. – Eu realmente sinto essas coisas e não consigo me livrar da sensação de que você está correndo um grande perigo. Só espero estar errada.

Um arrepio percorreu o couro cabeludo de Emma. Claro que Celeste estava certa, mas sua estranha premonição não estava dizendo nada que Emma já não soubesse. Ela estava em perigo desde que desembarcou do ônibus em Tucson. Talvez Celeste tivesse *mesmo* algum tipo de instinto sobrenatural, mas, a menos que pudesse levá-la ao assassino de sua irmã, não servia para nada.

Nesse momento, Garrett apareceu na porta e colocou um braço protetor sobre o ombro de Celeste.

– Não acredito no que você fez, *Sutton* – disse ele. O jeito como enfatizou o nome de sua irmã gêmea causou um calafrio na coluna de Emma, quase como se soubesse que o nome não pertencia mesmo a ela. – Tome cuidado.

O telefone de Emma vibrou na bolsa. Ela olhou para a tela; era Nisha; ela apertou IGNORAR, mas não antes que Garrett também visse a tela.

– Então você e Nisha agora são melhores amigas, hein? – Garrett soltou uma risada áspera e raivosa. – Bem, acho que vocês têm algo em comum: eu.

— Vamos, Garrett — interrompeu Celeste, puxando a manga dele e lançando um olhar de desculpas a Emma por cima do ombro.

Emma ficou ali parada, confusa. Depois balançou a cabeça e virou-se para fora da sala. E esbarrou em Thayer Vega.

Ela agarrou seu braço para se equilibrar. Não o via desde a festa, desde o beijo que havia durado tempo demais. Seus lábios arderam quando ela se lembrou.

Thayer estava meio baqueado, com o olho roxo e inchado, e o lábio cortado no meio, onde Ethan o socara.

— Ah, meu Deus — sussurrou Emma. Ela estendeu a mão em direção à bochecha dele, que recuou. Ela estremeceu. Era merecido. — Thayer, sinto muito.

Ele deu de ombros.

— Você tem cálculo agora, não é? Eu a acompanho.

Juntos, eles atravessaram os corredores em silêncio, deixando um rastro de sussurros por onde passavam.

— Aqueles dois voltaram? — perguntou uma garota a outra, alto o bastante para Emma ouvir.

Emma continuou olhando para a frente. Que pensassem que ela era uma vadia devoradora de homens se quisessem. Tinha coisas mais importantes com que se preocupar, um assassinato para solucionar. As pessoas que realmente importavam sabiam a verdade sobre ela.

Seu telefone vibrou outra vez na bolsa. Ela deu uma olhada para a tela, depois apertou IGNORAR. Nisha podia esperar alguns minutos.

— Venha — disse Thayer, conduzindo-a até um corredor estreito que conectava a ala de matemática à de artes.

Não havia nenhuma sala de aula no corredor, apenas um armário de suprimentos, dois banheiros e as câmaras escuras de fotografia. Eles estavam sozinhos, com exceção de um casal espinhento da banda marcial que se agarrava à parede sob um pôster de recrutamento do exército.

– Preciso conversar com você – disse ele, parado ao lado de um alarme de incêndio. Seus lábios se contraíram em uma linha séria. O machucado no olho ficava quase verde sob as luzes fluorescentes.

Emma soltou uma risada nervosa.

– Tudo bem. O que foi? – Seu telefone vibrou mais uma vez e ela olhou de relance para ele. Nisha. *Se toca*, pensou ela, apertando IGNORAR de novo.

Ele segurou o braço de Emma. Ela ergueu os olhos para encontrar os dele, cujo toque parecia queimá-la.

– Tem alguma coisa diferente em você – sussurrou ele com raiva.

O coração de Emma parou no peito. Ela se afastou e cruzou os braços.

– Claro que tem alguma coisa diferente, Thayer. Olhe, não estamos mais juntos. Você não deveria ter me beijado. Não sou mais a garota que você namorava.

Seu telefone tocou de novo, e Thayer cerrou os dentes.

– Você precisa atender?

– Não – disse ela abruptamente, apertando IGNORAR.

Voltou a encará-lo. Ele perscrutava seus traços como se tentasse solucionar um quebra-cabeça e não descobrisse para que lado virar a peça.

Ele balançou a cabeça.

– Está acontecendo alguma coisa com você. Não é só Landry. Tem algo... estranho. Pode dizer o que quiser, Sutton. Eu vou descobrir o que é.

Emma jogou o cabelo com petulância, embora seu corpo inteiro tivesse ficado gelado.

— Você teve uma recaída? Porque está agindo como um bêbado.

Thayer lhe lançou um olhar longo e penetrante. Ela precisava sair de perto dele, precisava se esconder de seu olhar antes que ele visse alguma coisa que não devia. Ela empurrou seu ombro de um jeito brincalhão.

— Agora vou para a aula, sr. Teoria da Conspiração. Ande logo ou vai se atrasar para a aula de inglês. O sr. Abernathy não vai aliviar sua barra pela terceira vez.

Com isso, ela virou as costas e se afastou, sentindo os olhos dele fixos em suas costas enquanto ela percorria o corredor.

Estou bem aqui, sussurrei para Thayer, antes que minha ligação com Emma me puxasse à força atrás dela. Embora eu não quisesse que o disfarce de Emma fosse desmascarado, meu coração se alegrou. Pelo menos, enfim Thayer percebeu que Emma não era uma substituta perfeita para Sutton. Enfim sentiu que eu parti.

Emma olhou o telefone de novo. ME LIGUE URGENTE, TENHO UMA COISA PARA CONTAR, escreveu Nisha em uma mensagem de texto. Mas, antes que ela tivesse a chance de discar, o sinal tocou. Os alunos entraram nas salas em todos os pontos do corredor. Ela passou o telefone para o modo silencioso e recolocou-o na bolsa. Nisha teria de esperar até o treino de tênis.

35

ME LIGUE, OU NÃO

Mais tarde, naquela noite, os Mercer estavam sentados à mesa do pátio no quintal, esperando Ethan chegar. Apesar da insistência de Emma de que ele não precisava ir, Ethan disse que estava muito melhor. Velas de citronela tremeluziam ao redor deles para manter os insetos afastados. O sr. Mercer colocou um disco de jazz no sistema de som externo, e embora Emma tivesse dito que era "muito tosco", ela secretamente apreciava o esforço que eles fizeram por seu namorado.

Ethan enviou uma mensagem de texto dizendo que estava atrasado: DESCULPE, ME ENROLEI COM MINHA MÃE, CHEGO DAQUI A POUCO. Desde que Ethan contou que a sra. Landry tinha defendido o marido violento e chamado a polícia para prender o próprio filho, Emma achava difícil sentir compaixão pela mãe de Ethan. Claro que era terrível ela estar doente, mas Ethan se esforçava muito para cuidar dela, e ainda assim ela o tratava como lixo.

Emma beliscou chips e salsa, mexendo no telefone. Nisha não tinha ido ao tênis, e Emma estava um pouco preocupada. Ligou e mandou mensagens de texto para a amiga várias vezes depois da aula, mas não obteve resposta.

Laurel a observava do outro lado da mesa enquanto o sr. e a sra. Mercer se engalfinhavam com uma garrafa de vinho e uma rolha teimosa.

– Está tudo bem? – perguntou ela em tom suave.

– Ãhn, está – disse Emma.

Não podia contar a Laurel que se sentia a ponto de ser exposta. Thayer suspeitava de que ela não era quem alegava ser. Ela não parava de pensar na expressão dele ao dizer que ia descobrir o que ela estava escondendo. Ele tinha falado sério. A pergunta era: que ele faria?

A campainha tocou, e Emma se levantou correndo para abrir a porta. Ethan estava no degrau segurando um buquê de lírios e rosas. Ele usava um paletó esportivo que tinha comprado com ela na Nordstrom algumas semanas antes, e o cabelo habitualmente desgrenhado estava bem penteado. Ela se aproximou e o beijou suavemente na bochecha.

– Você está lindo – disse ela.

– Você também – respondeu ele, depois de olhá-la de cima a baixo.

Ela tinha colocado um vestido chemise coral curto, casual o bastante para um jantar no pátio, mas ainda interessante o suficiente para chamar a atenção do namorado. Ele pegou uma mecha do cabelo dela e a ajeitou para trás.

– Como você está? – perguntou ela.

— Muito melhor agora que vi você. — Ele lhe deu um suave beijo na bochecha. — Desculpe por me atrasar. Precisei comprar um remédio da minha mãe na última hora. Só queria que ela tivesse me falado antes.

Por um momento, Emma pensou em contar a ele o que Thayer disse, perguntar o que deviam fazer. Mas não achou que falar de Thayer naquele momento fosse uma ideia muito boa. Ela não queria brigar pouco antes do jantar com sua família. Os dois podiam discutir aquilo mais tarde, quando estivessem sozinhos.

— Oi, Ethan — disse a sra. Mercer em tom animado quando Emma o levou ao pátio.

Ela estava com um avental amarelo-vivo por cima da camisa de botão de seda. Tinha ido ao salão naquela tarde, e o cabelo escuro caía em ondas perfeitas ao redor dos ombros.

— Você chegou bem na hora. As enchiladas estão prontas.

— Estão com um cheiro incrível — disse ele, entregando o buquê à avó de Emma.

— Não precisava! — exclamou a sra. Mercer, aspirando o aroma das flores. — Vou ali dentro pegar um vaso.

— Puxa-saco — murmurou Emma para Ethan. Ele sorriu.

O sr. Mercer tomou um gole de vinho, observando Ethan com atenção por cima da taça.

— Então, Ethan — disse ele, pigarreando. — Como está a escola?

Emma suprimiu uma risada. Sempre que o sr. Mercer falava com Ethan, adotava sem querer um ar austero e paternal, um tom de voz não-se-atreva-a-magoar-minha-menininha.

Ethan se remexeu, nervoso, sob seu olhar.

— Está indo muito bem. — Ele deu um sorriso tímido para Emma. — Eu ia contar a Sutton em particular, mas agora também é uma boa hora. Recebi minha carta de admissão antecipada da UC Davis hoje. Com bolsa de estudos integral e tudo.

Emma gritou alto, levando as mãos à boca rapidamente.

— Ethan! Isso é maravilhoso!

— Bom, parabéns, filho — disse o sr. Mercer, colocando o copo na mesa. — Sutton contou que eu estudei lá?

Emma olhou para o avô, surpresa. Ela não sabia disso. Ele abriu um sorriso caloroso para Ethan, e seu tom de sermão se dissipou.

— Não, ela não contou — disse Ethan, olhando para Emma.

— É uma ótima universidade — continuou ele. — Você vai se encaixar bem lá, Ethan. E não vai encontrar uma educação melhor em lugar algum. — Ele ergueu a taça outra vez. — Acho que isso pede um brinde.

Emma pegou seu chá gelado, erguendo-o bem alto. Estava muito orgulhosa de Ethan.

— Ao futuro — disse o sr. Mercer. — Aos alunos do passado e do futuro.

— Tim-tim! — gritou Emma, rindo.

Todos bateram os copos sobre a mesa. Emma encostou seu pé ao de Ethan sob a mesa.

— Então acho que a brincadeira da feira de ciências não o prejudicou tanto assim, no final das contas — disse Laurel, piscando para Ethan.

Emma se retraiu. Ela não conhecia a história toda, mas sabia que Sutton e as garotas do Jogo da Mentira arruinaram as chances de Ethan de conseguir uma bolsa de estudos alguns anos antes por causa de algum tipo de trote.

Ethan se limitou a rir.

— Não, mas mesmo assim vou me lembrar disso. Preciso de alguma coisa para usar contra ela.

Ele apertou o braço de Emma, e eles compartilharam um sorriso privado.

Logo os pratos de enchiladas de milho azul, arroz espanhol e salada de abacate estavam servidos. Emma bebeu seu chá, ouvindo o sr. Mercer relembrar seus anos na faculdade. Ethan escutou com atenção, fazendo perguntas sobre a cidade e a faculdade. A risada deles ressoava pela fria noite de outono, e as estrelas brilhavam no céu. Naquele exato momento, tudo estava perfeito.

Então o celular do sr. Mercer, com um toque agudo de um telefone antigo, atravessou a conversa. Ele o pegou e olhou para a tela. A sra. Mercer pigarreou.

— Estamos comendo, querido.

— Eu sei, desculpem. Preciso atender esta ligação... já volto. — Ele se levantou e entrou em casa. — Sanjay, acalme-se. — Emma o ouviu dizer antes que ele deslizasse a porta, fechando-a atrás de si.

Ela parou de comer e olhou o pai, observando-o pela porta de vidro de correr. Sanjay? Era o primeiro nome do dr. Banerjee. Será que algo tinha acontecido a Becky?

Emma forçou os ouvidos para tentar captar o que o sr. Mercer estava dizendo ao telefone, mas não ouviu nada. O rosto dele ficou muito pálido. Ela distinguiu as palavras: "Onde você a encontrou? Tem certeza?" O estômago de Emma se contraiu e ela empurrou o restante de suas enchiladas para longe na mesa. Só podia ser Becky. Depois de tudo aquilo, Becky não conseguiu nem sair da cidade. Os olhos de Ethan faiscaram para ela, questionando-a.

A porta deslizou outra vez, abrindo-se. O sr. Mercer ficou parado sem ação no vão da porta. Seu rosto estava contorcido de tristeza. Quando a sra. Mercer ergueu o rosto e o viu ali, levantou-se automaticamente.

– Ted... o que foi?

O sr. Mercer umedeceu os lábios. Sob a luz da varanda, seu rosto tinha sombras profundas.

– Era Sanjay Banerjee – disse ele com a voz baixa e entrecortada. – Ele acabou de encontrar Nisha com o rosto virado para baixo na piscina. Ela está morta.

EPÍLOGO

Minha família se entreolha diante da mesa redonda cheia de pratos fumegantes, taças de vinho manchadas de batom e flores frescas projetando-se do vaso. As mãos de Laurel voaram para a boca e congelaram ali, enquanto a sra. Mercer fica sentada em um choque mudo. Os olhos de Ethan estão arregalados de horror. E Emma, que já não é mais desacostumada à violência, aperta o telefone com uma das mãos. A tela mostra todas as chamadas de Nisha que ela ignorou. Elas tinham parado de forma abrupta naquela tarde, logo depois da aula.

Será que ela poderia ter salvado a vida de Nisha se tivesse atendido o telefone?

Enquanto observo minha família sofrer, eu me pergunto para onde a alma de Nisha foi. Talvez tenha se ligado a outra pessoa, esperando resolver as pendências *dela*. Será que vou vê-la se ela estiver presente, ou ela vai ser tão invisível quanto eu sou para as pessoas dessa mesa? Olho em volta, esperando ver minha antiga inimiga. Seria um alívio ter alguém com quem falar, mesmo sem saber o que eu diria. *Então, morrer é uma droga, hein? Ainda bem que você e minha irmã ficaram amigas.* Mas nem sinal de Nisha no quintal. Emma começa a chorar de repente, um som semelhante a um estranho soluço, e Ethan a puxa para seus braços.

Será que a morte de Nisha foi um suicídio? Um acidente?

Ou ela descobriu alguma coisa que meu assassino não queria que ela soubesse?

Recupero uma vaga lembrança de Nisha no acampamento no final do ensino fundamental. Nós todas passamos a tarde esparramadas em cadeiras de praia tentando nos bronzear, mas era como se Nisha não conseguisse sair da água. Ela nadava como um peixe. Venceu todos nas corridas do final do verão naquele ano e ganhou uma medalha de ouro falso durante a cerimônia de encerramento do acampamento.

Não, não foi um acidente. Lá no fundo, tanto Emma quanto eu sabíamos. Nisha queria contar alguma coisa a Emma. Fosse o que fosse, meu assassino deu um jeito de descobrir que ela sabia e certificou-se de que ela fosse silenciada para sempre.

A investigação de Emma revela perguntas e respostas. Emma e eu temos outra irmã em algum lugar, que pode ou não saber algo sobre nós. A doença de Becky aproximou Emma e meu pai, mas a sra. Mercer continua sem saber que eles estão em contato com minha mãe biológica. E ninguém parece saber da existência de Emma, muito menos imagina que ela tomou meu lugar.

Há ainda mais perguntas para adicionar à lista. O que aconteceu entre a última ligação de Nisha para Emma e a terrível descoberta do dr. Banerjee na piscina? O que ela queria tanto contar a Emma?

Meu assassino ainda está à solta, claramente querendo matar de novo. Emma precisa encontrá-lo, rápido, antes que as falhas em sua atuação comecem a aparecer. Thayer já está de olho nela. E se ela for exposta, será acusada da minha morte... ou será a próxima.

O aviso de Celeste volta à minha mente. *Você está correndo um grande perigo.*

O tempo está acabando. Emma precisa dar o próximo passo logo, ou meu assassino o dará por ela.

AGRADECIMENTOS

Como sempre, agradeço imensamente a Lanie Davis, Sara Shandler, Josh Bank, Les Morgenstein, Katie McGee e Kristin Marang da Alloy Entertainment – que grande equipe do Jogo da Mentira! Também para Jennifer Graham – não sei o que teria feito sem você. Agradeço muito a Kari Sutherland e Farrin Jacobs, da HarperCollins. Obrigada também a todos os leitores desta série e à audiência do programa, e uma enorme boa sorte a todas as pessoas incríveis que conheci na conferência da Society of Children's Book Writers and Illustrators em Los Angeles em agosto de 2013. Beijos para MS, MG, CM, SC, AS e CC. Vocês são o máximo!

Impresso na Gráfica JPA Rio de Janeiro – RJ